풀무학교 사람들

풀무학교 사람들

먹고 살 궁리

강규병, 김기선, 조혜정 **엮음**

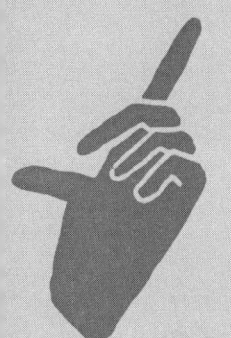

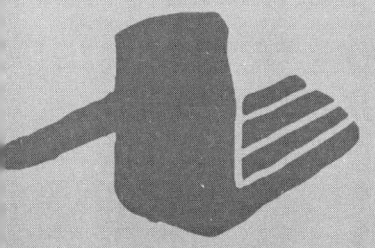

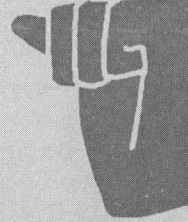

그물코

궁리하며 살아가는 삶의 기록

'풀무 사람들' 이야기

『풀무학교 사람들』이라는 책을 펴낸다는 소식을 듣고 20년 전 학교 소식지 「풀무」와 글쓰기 문집 「솔숲작은집」에 쓴 학생들 글을 추려 『풀무학교 아이들』을 책으로 냈던 기억이 떠올랐습니다. 고등학생인 아이들의 글이 좋다고, 책으로 엮으면 좋겠다는 출판사의 권유에, 그럴 만한 내용이 될까 하며 망설이기도 했습니다. 그때는 학교에서 학생들과 함께 생활글쓰기의 의미를 생각하며 실천하려고 노력하던 시기였습니다. 이오덕 선생님의 글쓰기 교육 철학을 바탕으로 학생들이 스스로의 삶을 있는 그대로 살려 쓰는 '삶을 가꾸는 글쓰기'를 강조했었습니다.

그새 긴 세월이 휘리릭 지났고, 학교 역사의 나이테도 다채로워졌습니다. 이럴 즈음 가끔씩 풀무골을 거쳐 간 사람들은 무슨 생각을 하면서 어디서 어떻게 살고 있을까 궁금해하는 사람들이 늘어났습니다. 그런 많은 바람에 부응하려는 뜻을 모았고, 적지 않은 노고를 거쳐 책으로 내놓게 된 것이랍니다. 반갑고 고마운 일입니다. 20년 전, 『풀무학교 아이들』이 아이였던 수업생들이 학교를 다닐 적에 품고 있던 생각들이라면, 이번에 펴내는 『풀무학교 사람들』은 창업(졸업) 후 수업생들이 어른이 되어 살아가면서 새롭게 느낀 생각과 삶의 모습을 알 수 있기 때문입니다.

글의 주인공들은 팔십이 넘은 어르신부터 갓 스물 넘은 사람까지 다양합니다. 풀무골이라는 터전에 깃들어 영과 육이 자란 '아이' 시절을 거쳤다는 공통점을 기반으로 살아가는 평범한 '사람들'입니다. 『풀무학교 사람들』은 학생 때의 생각을 담은 첫 책 『풀무학교 아이들』과 달리, 수업생으로서 「풀무」에 썼거나 학교 와서 강의한 내용도 있고 이번에 새로 쓴 글도 있습니다.

또 책 제목을 보태어 채워 주는 '먹고살 궁리'라는 말은 어떻게 살아가야 하는지 태도를 가리키는 뜻을 담고 있어 글에 담긴 삶을 한층 기대하게 합니다. 일이나 상황을 해결하거나 더 낫게 하려고 마음속으로 이리저리 따져 깊이 생각하거나 사물에 깃든 이치를 깊이 헤아려야(궁리해야) 하는 것은 때마다 일마다 놓지 않아야 할 몸짓이기 때문입니다.

글쓰기가 중요한 풀무학교 삶

이 세상 사람들은 누구랄 것 없이 제 처지에서 다들 열심히 '궁리' 하며 삽니다. 더구나 풀무학교에서 더불어 사는 삶의 소중함을 경험 하고, 진리를 추구하는 정신적 가치를 배워 학교 밖을 나선 사람들은 말 그대로 평생을 수업생(修業生)으로 살아가려 합니다. 그 과정에서 때로 갈등하며, 스스로 이기고 지는 싸움을 자주 했을 것입니다. 그 럴 때마다 가슴 깊이 남는 것은 사람이 온 곳과 갈 곳을 분명히 알아 야 한다는 점입니다. 이런 근원적 성찰과 함께 생명과 평화 사랑, 현 실과 이상의 조화, 일과 공부의 병행(일만 하면 소, 공부만 하면 도깨비) 같은 기준들이 살아갈 궁리와 그것을 모색할 힘을 솟아나게 했으리 라 생각합니다. 학교 시절 여러 형태로 그런 것을 표현하고 실천하던 경험이 몸과 마음에 스며 있으리라 믿게도 됩니다. 그 가운데 학교에 서 매우 중시하던 글쓰기 정신, 글쓰기의 힘을 다시 떠올려 봅니다.

풀무학교에서는 자신의 생각과 느낌을 말하고 써야 할 때가 참 많 습니다. 입학에서부터 창업까지 이 절차를 거쳐야 합니다. 입학시험 에서는 글쓰기로 스스로의 생각을 드러냅니다. 학교를 다니면서는 '벽보'라고 하는 학급 단위의 벽 신문에 누구나 글을 써야 하고, 학년 말에 학급 문집을 내게 되면 모두 다 여러 형식의 글을 씁니다. 그뿐 아니라 각 교과 시간에 글 쓰는 과제가 있고, 특히 국어시간엔 보통 한 달에 두어 번은 주제에 따른 글을 써 내야 합니다. 책을 읽은 기록 도 달마다 쓰게 합니다. 아침과 저녁 모임 시간에도 자기 생각을 말해야 하는 기회가 누구에게나 주어지고, 3학년 마지막엔 창업 논문이라는 형식으로 진로나 가치관을 정리하는 글을 써야 하니, 일상이 거의 생각 쓰기라고 해도 지나친 말이 아닙니다. 교육 과정 자체가 읽고 쓰는 것의 연결입니다. 그렇다고 모든 사람이 이름날 만큼 글을 잘 쓰는 것은 아닙니다. 또 글쓰기의 기교나 방법에 대해 특별한 훈련을 받는 것도 아닙니다. 이런 글쓰기와 말하기 경험을 통해 옳고 그름을 따지는 힘을 기르고, 상황에 따라 생각할 기회를 거치는 가운데 글쓰기를 두려워하지 않고 언제 어디서나 자기를 드러낼 수 있게 되지 않을까 싶습니다.

글과 말로 자기다운 삶 꾸리기

누구나 다, 특히 일하는 사람들이 글을 쓰고 나누어야 세상이 좀 나아질 수 있다고 생각합니다. 그런 관점에서 학교를 떠난 '풀무학교 사람들'이 자신이 살아가는 일터, 삶터에서 보고 듣고 생각하는 이야기를 글과 말로 이어가길 바라는 마음입니다. 글쓰기는 자기 주관을 객관화해 보고 나와 다른 세계에 공감해 볼 수 있는 바탕이 될 것이기에 그렇습니다. 글을 쓰며 자신을 격려할 수 있고, 자기를 돌보며 자기답게 살 수 있을 것 같아서입니다. 어디서든 '별을 노래하는 마음'으로 품위 있는 삶을 지향하는 힘을 내어야 합니다. 자주 그 '별'은 '바람에 스치워' 괴롭기도 하겠지만, '풀무학교 사람들'은 누구나

다 풀무학교의 '간판'으로 각자의 풀무를 등에 졌으니 든든합니다. 풀무골에 학교는 오래도록 둥지로 남아 있을 것입니다. '깃 다 자라' 떠난 이들은 제 몫 다하며 '먹고, 살고, 놀기'가 따로따로 돌지 않도록 쉼 없이 '궁리'하는 사람들이길 기원합니다.

 이 책을 들춰 읽으며 넓고 다채로운 세상의 한 모퉁이에서 할 수 있는 힘껏 이런 가치를 배우고, 그런 삶에 눈을 돌려 살아가려는 사람들도 있다는 걸 따뜻한 시선으로 바라보아 주시기 바랍니다. '풀무학교 사람들' 뿐만 아니라 누구나 몸 둔 곳에서 읽고 쓸 궁리를 할 수 있다면 참 고맙겠습니다.

김현자 고등부 14회, 전 풀무학교 국어교사

『풀무학교 사람들』 발간을 축하합니다

풀무를 사랑하고 아껴 주시는 풀무 가족 여러분, 밝았습니다!

학교를 떠나 사회에서 살아가는 '풀무학교 사람'으로서 풀무학교는 크고 작은 판단을 할 때 알게 모르게 영향을 주고 있다고 느낍니다. 풀무는 영원한 마음의 고향입니다.

학교에서 『풀무학교 사람들- 먹고살 궁리』라는 책을 펴낸다는 소식을 들었습니다. 기쁘고 반갑습니다. 수업생들이 무슨 일을 하며 어떤 생각으로 살아가는지 조금이라도 엿볼 수 있을 듯하여 내용이 기대도 됩니다. 사실 이런 책은 수업생회에서 펴내야 마땅할 것도 같은데, 모교에서 그런 일을 했다니 고맙기 그지없습니다.

지난 1월 24일 모교는 61회 창업식을 거행했습니다. 그 자리에 참석하여 학교를 떠나는 후배님들을 격려하며 세월이 너무 빠르다는 생각을 새삼스럽게 했습니다. 저도 47년 전에 창업만 하면 무엇이든 할 수 있겠지 생각하고 떠났지만, 막상 풀무의 바깥세상은 생각처럼 녹록지 않았습니다. 진실, 정직, 성실, 사랑과 같은 학교에서 배운 가치와는 어쩌면 정반대인 양 치열한 경쟁에 내몰리며 좌절도 하고, 이런 속에서 어떻게 먹고살 것인지 궁리하며 헤쳐 온 세월이 주마등처럼 스쳤습니다.

어쨌든 저는 할 수 있는 게 열심히 일하는 그 자리에서 성실하고 묵묵히 해 내는 재주밖에 없는 것 같습니다. 처음엔 힘들어도 그런 자세가 가장 중요하다는 생각이 듭니다. 수업생들은 어디서 무엇을 하며 살든 너무 서두르지 말고 성실하게 이루고 싶은 목표를 향해 노력하며 살아갔으면 하는 바람입니다. 그렇게 살아가는 이야기가 이번에 나온 이 책에 이어 계속 책으로 엮어져서 수업생들에겐 새로운 역사가 되고, 모교에는 긍지로 우뚝 설 수 있으면 좋겠습니다.

세월이 흐르고 세상은 바뀌어도 풀무의 정신만큼은 사회에서도 결국은 통한다고 생각합니다. 그런 믿음으로 최선을 다하는 수업생의 삶을 살아가길 기원합니다.

이 책이 나오기까지 고생한 편집 위원을 비롯한 손길들 모두에게 감사의 말씀을 전하며, 각 가정마다 행복이 넘쳐나길 기도합니다.

이기화 **고등부 14회, 총수업생회장**

펴내는 글

남이 닦아 놓은 길보다 새로운 길을 개척하라

_「풀무 직업 십계」 중

학교의 겨울은 끝(창업)과 시작(입학)이 교차합니다. 지난 1월, 61회 학생들이 창업을 했습니다. "한 알의 밀이 땅에 떨어져 죽지 않으면 한 알 그대로 있지만, 그것이 죽으면 많은 열매를 맺는다." 요한복음의 한 구절을 함께 읽으며 풀무 교육이 그 밑거름이 되면 좋겠다고 나누었습니다. 창업생들이 3년을 돌아보며 소감을 말했는데, 많은 말 가운데 "배움이 가득한, 사람, 자연, 단단하게, 있는 그대로의 나, 직면, 묵묵히"라는 말이 인상 깊었습니다. 단순하고 뻔한 말일 수도 있겠지만, 가까이에서 봐 왔던 그들의 치열함을 알기에 뭉클한 감동을 느꼈습니다.

교육을 통해 한 사람 한 사람이 좋은 방향으로 성장해 가는 것을 풀무 교사로 오랫동안 봐 왔습니다. 생명이 있는 모든 것은 스스로 자란다는 것도 농사일부터 삶의 전 영역까지 많은 질문과 함께 알게 됩니다. '생명 있는 존재'라는 것을 알면 그 다음은 믿음이 생기고, 기

11

다릴 수 있게 됩니다. 더 나아가 더불어 사는 일에 풀무질을 하며 연단된 정신으로 '나'와 '물질'에 갇히지 않은 삶으로 이어지기를.

풀무학교가 개교한 지 60여 년이 지났고, 그 세월 동안 1,352명이 창업을 했습니다. '풀무'라는 배움의 마당에서 서로 기대며 자라고, 고민하며 세상과 만났던 시간들이 응축된 지금의 생생한 목소리는 어떨까요? 대한민국 사회에서 고등학생 시절을 풀무학교에서 보내야겠다 결정하는 일은 여전히 커다란 모험이고 도전이 아닐까 싶습니다. 삶을 통해 배운다는 것이 짧은 시선으로는 대학을 잘 간다든지 이후의 안정된 삶을 보장하는 것도 아니고, 함께 살아가는 것은 여러 면에서 그에 앞서 자기를 직면해야 하는, 고통스럽지만 해 내야 하는 일이 선행됩니다. 더구나 예수의 삶을 따라가는 평민의 삶은 좁은 길임이 틀림없습니다. 거창하게 말했지만, 이 책에는 곳곳에서 구체적인 '더불어 사는 평민'으로 살아가는 이야기가 실려 있습니다. 모두의 이야기를 실을 수는 없기에, 그간 학교 소식지 「풀무」에 실린 수업생 글 위주로 실었다는 점을 참고하면 좋겠습니다.

이 책은 풀무 초창기 수업생들로부터 최근 수업생까지 50명 남짓한 이들의 풀무 이후의 삶의 이야기를 들려줍니다. 고등부 1회 학생이었던 사람의 이야기부터 59회 학생의 이야기까지 약 60여 년간 세월이 담긴 글에 사는 이야기, 먹는 이야기, 노는 이야기가 있습니다. 삶의 모습은 다양하면서도 최선을 다해 살아가는 소박하고 진실한 이야기들입니다. 글을 읽으며 '졸업'을 '창업'이라 하는 뜻도 생각해 봅니다. 어떤 글은 단정하고 차분하게 경험을 들려주고, 어떤 글은 솔직한 자기의 고민과 내면을 드러내어 공감을 불러일으키며, 어떤 글은 아직 정리되지 않은 생각과 감정이 소용돌이치게도 합니다. "고독한 시간, 재미, 내면의 힘, 매 순간 새로운 도전 앞에 서는 일, 스스로 가치 있다고 여기는 것을 지키려 애쓰고, 생활과 관계" 같은 말들이 저를 붙잡아 잠깐 서게 되기도 했고, 용기와 지혜를 얻기도, 든든함도 느꼈습니다.

앞으로도 계속될 이야기들이 기대됩니다. 이 책이 서로를 지지하고 응원하는 연결이 되면 좋겠습니다. 기꺼이 이야기를 나눠 주신 수업생 분들께 감사를 전합니다. 앞으로도 풀무가 길을 잃지 않도록 함께 걸어 주십시오.

박현미 **풀무농업고등기술학교 교장**

엮은이의 글

◇◇

밝고, 맑고, 고요합니다.

언제 들어도 반갑고 그리운 풀무 인사로 글을 시작합니다. 이 책은 풀무학교를 창업한 수업생(풀무학교에서는 졸업생을 '창업생'이라 부릅니다. 졸업은 끝이 아니라 새로운 시작이라는 의미를 담자는 설립자 선생님들의 정신을 존중하고 그 뜻을 새기기 위해서입니다. 창업 후에는 학교 밖에서도 풀무 정신으로 공부하며 살아가라는 뜻에서 '수업생'이라 부릅니다.) 들 이야기입니다.

"풀무학교 창업하면 뭐해?"

풀무에서 가장 많이 받는 질문입니다. 풀무학교에 관심이 생겨 방문하시는 분들 뿐만 아니라, 재학 중인 학생들도 앞서 풀무를 거쳐 간 언니(자신보다 나이 많은 형제를 이르거나 부르는 순우리말로, 풀무학교에서는 성별을 가리지 않고 선배 학년 구성원을 언니라고 부릅니다.)들이 어떻게 학교에서의 배움을 이어가고 있는지 많이들 궁금해합니다. 학교도 많은 것이 변화하는 시대 속 '풀무 교육은 여전히 유효한가', '우리가 가는 길이 맞는가' 하는 고민을 안고 있습니다.

이런 질문과 고민의 답을 수업생들의 삶에서 찾을 수 있지 않을까 해서 학교 기록들을 살펴보기 시작했습니다. 학교 역사만큼 쌓인 글을 읽다 보니 개인인 동시에 공동체로 세상을 사는 이야기는 놀랍도록 서로 닮아 있었습니다. 여기에서 실마리를 잡을 수 있었고, 이 이야기를 모두와 나누고 싶어 책으로 엮었습니다.

책 제목은 2006년 그물코출판사에서 재학생들의 글을 모아 출간했던 『풀무학교 아이들』과 학교에서 일상적으로 쓰는 '풀무인'이란 단어에서 영감을 얻어 '풀무학교 사람들'이라 정했습니다. 부제는 2011년 풀무제(한 해 동안 배우고 익힌 활동과 결실을 모으고 나누는 감사제 형식의 학교 가을 축제) 주제어였던 '대안 경제─ 놀 궁리, 먹을 궁리, 살 궁리'에서 착안해 '먹고살 궁리'로 정했습니다. 말 그대로 삶을 꾸려 가는 모든 것에 대한 이야기입니다. 부록처럼 담은 놀 궁리는 세상 곳곳을 누빈 여행기입니다.

글의 대부분은 풀무학교에서 계간으로 펴내는 교지인 「풀무」에서 발췌했고, 글마다 수업생의 이름과 기수, 「풀무」 호수와 연도를 적었습니다. 길게는 30년도 더 된 글도 있어 현재의 삶과는 다른 이야기도 있고, 은퇴하신 분도 계시지만 글을 썼던 그때의 생생함을 담고자 별다른 수정은 하지 않았습니다. 글을 모으고 정리하다 보니 좀 더 다채로운 색을 띠면 좋겠다는 바람이 더해져, 기존 「풀무」에 싣지 못했던 글을 받는 작업까지 하다 보니 꽤 많은 글이 모였습니다. 갑작스러운 연락과 부탁에도 흔쾌히 글을 주신 모든 수업생분들과 차곡 차곡 기록을 남겨 주신 선배 선생님들께도 감사드립니다.

　모든 수업생의 글을 담고 싶었지만, 시간과 역량의 부족으로 모두에게 연락드리지 못해 죄송합니다. 풀무학교 사람들의 이야기가 계속되는 한, 우리들의 이야기는 끝이 없을 것이니 너른 마음으로 양해 부탁드립니다.

　삶에서 풀무의 배움을 실천하는 수업생들의 모습은 우리에게 많은 용기와 도전이 되었습니다. 풀무를 거쳐간 수업생이라면 누구나 "풀무는 마음의 고향"이라고 말합니다. 태어난 곳은 다르지만, 풀무는 나의 가장 연약하고 불안했던 3년을 따뜻하게 품어 준 곳이기 때문일 것입니다. 비슷한 듯 다른 모양의 3년을 뒤로하고 살다 보면 자연스레 풀무가 흐릿해지겠지만, 마음 한 켠에 자리한 풀무는 여전히 나와 함께 자라며 오늘을 살아가는 힘이 되어 줍니다.

　언제나 그 자리에서 우리를 지지해 주는 풀무가 있기에 우리는 오늘도 힘차게 발을 내딛습니다. 각자의 자리에서 자신만의 방식으로 풀무의 배움을 녹여 내고 계신 모든 분들을 진심으로 응원합니다.

　사람은 누구나 어떻게 살아가야 할지를 고민합니다. 돌아보면 평생 '먹고사는 일'을 궁리하며 살아가는 것이 우리들 삶이라는 생각이 듭니다. 희망을 이야기하기 어려운 시대에 고민을 혼자 안고 있기보다는 우리 모두가 더불어 잘 먹고살기 위해 함께 궁리하는 세상이 되면 좋겠습니다.

강규병, 김기선, 조혜정

차례

먹을 궁리 ◇◇

살 궁리 ◇◇◇

놀 궁리 ◇◇

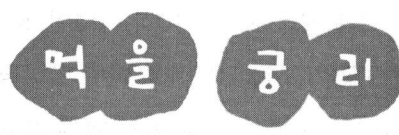

먹을 궁리

조각그림

이운학

　풀무를 창업한 지 30여 년이 지났다. 그동안 그려온 내 그림엔 풀무라는 빛깔이 짙게 깔려 있음을 느낀다. 어린 시절, 근처 공립학교에 비해 초라한 초가 교실은 말 그대로 '똥통학교'였고 어느 학교 다니냐는 질문에 주눅들어 하던 기억이 생생한데, 그 책상에 도시 명문학군에 다닐 수 있는 자식을 다시 앉혀 놓은 걸 생각하면 풀무와 나의 인연은 시간과 지역을 훨씬 넘는 것이다.

　인생은 '조각그림 맞추기'라고 들은 적이 있다. 그림 조각 하나로는 무슨 뜻인지 모르지만 하나하나 맞추어지면 윤곽이 드러나는 것이 조각그림의 묘미다. 우리는 누구나 새날이 되면 오늘 하루의 조각그림을 그려야 한다. 하루의 조각그림은 누구나 그릴 수 있다. 그러나 하루가 밀리면 내일 그릴 그림은 더 어려워진다.

이운학 중등부 2회, 고등부 2회. 「풀무」 134호(1995년)에 실렸던 글.

풀무는 일생의 그림을 그리는 원칙 몇 가지를 가르쳐 주었다. 보통 일이라도 너 자신만의 길을 꾸준히 정성껏 하라는 것도 그 하나다. 나는 풀무를 창업한 뒤 건강으로 자리에 누운 기간 말고 20여 년 동안 부엌용 냄비만을 그려 왔다. 냄비를 만들고, 사고, 팔고, 자전거로 자동차로 나르다가 이제는 외항선 컨테이너에 냄비를 싣는 그림도 그리고 있다. 일이 잘 안될 때는 유럽에 가서 유럽 사람이 그린 냄비를 들여다보기도 하고, 동남아시아에 판로를 트기 위해 타이베이의 골목시장에서 골동품 냄비를 수집해 보기도 했다.

그래도 나만의 그림이 잘 안 그려져 고민하며 답답해했다. '하나님은 그 창조의 고민에 함께 하신다.'는 풀무의 가르침에 격려받고 고민하면서 나의 달란트를 다 꺼내 나만의 그림을 그려 보려고 애쓴다. 지우고 다시 그리는 어려움도 많다. 우정, 신뢰, 신앙, 가족 문제 등 연습 없이 그릴 수 있는 기적을 바라기도 한다. 그러나 그런 기적 같은 일도 고민 속에서 오는 걸 배웠다. 감나무 밑에서 홍시 떨어지기를 기다리는 요행은 내용과 가치가 없는 거짓임을 어린 시절에 배웠기에.

내 그림은 직업에 관련된 것만 있지 않다. 인생 자체가 조각그림이다. 어느 날 도시 학교 교사와 나눈 이야기 한 토막이 있다. 수업 시간에 우수 학생의 진도 진행을 위해 부진 학생은 자게 하는 편이 낫다는 생각 때문에 자는 아이들이 많다는 이야기를 들으며 그런 입시 교육에 내 아이를 맡길 수 없다는 결심을 한 것도 내 인생의 조각그림 중 하나다. 그런 곳에서 무슨 생각 하는 사람, 창의성, 독립심 있는 사람, 노작의 의미를 골고루 아는 사람을 기대할 수 있을까?

내가 그려온 그림을 돌아보며 여러 생각이 든다. 냄비를 만들며 필요 이상의 치장을 하여 돈만 더 받으려는 생각은 없었는지, 사업 논리만으로 더 많이 만들고 더 많이 팔아서 돈을 벌려고 아까운 자원을 쓰며 쓰레기만 만들어 놓는 건 아닌지, 풀무는 혹시 입시의 문에 맞는 체격의 학생을 만들려고 학생, 부모, 선생님이 애쓰고 있는 건 아닌지….

풀무는 '똥통학교'가 아니다. 행운이 있는 사람들이 모인 곳이다. 적은 수가 함께 살며 창의성과 노작으로 아름다운 그림을 그릴 수 있는 도화지와 물감이 있는 곳이다. 풀무 3년은 인생의 밑그림을 그리는 시간이다. 못 그려도 좋으니 네 그림을 그려라. 남의 그림을 생각 없이 흉내 내지 마라. 서두르지 말아라. 오늘 준비한 그림이 내일 그릴 그림과 짝이 이어지는 것이다. 우리 민족의 좋은 점을 살려 볼 생각도 하면서 값진 땀의 의미를 알고 일생 배우며 일하는 평민을 그려 가기를 내 후배들에게 바라고 있다. 이찬갑 선생님께 배웠던 '생각만 하면 도깨비, 일만 하면 짐승'이라는 말씀은 살아가면서 많은 깨달음을 준다.

내 삶의 터전

이번영

    1980년대 중반, 전국교직원노동조합 결성을 준비하던 교육자들은 풀무학교 교육을 이상적인 교육이라고 생각했다. 지금은 충청남도 교육감인 김지철 당시 전교조 충남지부장이 주최한 교육 문제 세미나가 천안에서 열렸는데, 풀무학교 출신인 나를 토론자의 한 사람으로 참가시켰다. 사회자가 내게 물었다. "풀무학교 교육과 일반 학교 교육의 차이점이 무엇이라고 생각하는가?" 나는 이렇게 대답했다. "모릅니다. 저는 풀무학교 외 다른 학교에 다녀보지 못했기 때문에 그 차이를 알 수 없습니다." 나는 풀무학교 중등부와 고등부에서 6년 동안 공부했다. 우리나라 초등학교는 교육 문제가 상대적으로 가장 적은 교육기관이고(특히 옛날) 방송통신대는 일하면서 야간에 공부했기 때문에 일반 학교 캠퍼스를 경험하지 못한 것이다.

이번영 중등부 3회, 고등부 1회.

나는 풀무학교 고등부 1회로 창업하고 한참 뒤 모교 행정실장으로 5년간 일했다. 근무하는 동안 풀무학교 교사와 결혼해 아이 셋을 낳았고 모두 풀무학교를 나왔다. 아내는 풀무학교에서 30년 넘게 근무하다 정년퇴직했으며 집 없는 우리는 풀무학교 관사에서 여러 해 살았다. 나와 우리 가족에게 풀무학교는 육체적으로, 정신적으로 지식과 경험과 생각과 신앙 형성의 구성 요소며 터전이다. 나는 풀무학교를 떠나서 생각할 수 없는 사람이다.

풀무학교 재학 시절의 취미와 동아리 활동이 내게 가장 중요한 직업이 됐다. 80세가 되는 해부터는 풀무학교 시절 또 하나의 다른 취미 활동을 삶 속에 실천하기 위해 제2의 직업으로 삼고 남은 생애 동안 주력해 볼 생각이다.

1978년 8월 27일 홍성, 서울, 부산 등 전국의 풀무학교 수업생 17명이 서울역 인근 식당에 모였다. 개교 20주년을 맞는 해였는데, 주옥로 선생 회갑을 2년 앞둔 때였다. 주 선생 회갑 기념 문집을 발간해 증정하기로 합의했다. 책을 만들자면 수업생들이 쓴 주 선생에 대한 글과 출판비가 필요했다. 전국에 흩어져 있는 수업생들에게 취지를 알리고 원고와 돈을 모아야 했다. 소식지가 필요하다고 판단했다. 1978년 9월 15일, 「풀무」라는 이름으로 수업생 소식지를 처음 만들었다. 편집은 내가 맡았다. 재학 시절에 교지와 벽보 만드는 일에 많이 참여했기 때문이다. 그렇게 월간 「풀무」를 시작한 후 지금까지 48년째 각종 공동체 소식지를 만들고 있다.

1980년, 600페이지에 이르는 주옥로 선생 회갑 기념 문집『진리와 교육』을 발간했다. 소식지「풀무」는 목적을 달성했지만 재미있어서 계속했다. 풀무학교와 수업생 소식뿐만 아니라 홍동 지역 소식으로 확대해 9년 동안 월간 잡지로 만들었다. 풀무생협을 창립하면서 발행 주최를 생협과 시골문화사로 옮기면서『홍동소식』으로 전환했다. 1988년,「홍성신문」창간으로 발전해 전국 최초의 지역 신문이 됐다. 그 뒤로 여러 경로와 우여곡절을 거쳐 오늘의『풀꽃』발간으로 이어지고 있다.

나는 전국 지역 신문 기자 연수회 등에 초청돼 지역 신문 창간과 편집에 대한 강의를 여러 번 했다. 강의 끝에 나오는 질문 중 이런 질문을 많이 받았다. "신문방송학과를 졸업했나? 언론사 근무 경험이 있나?" 다른 사람들이 생각하지 못할 때 어떻게 신문 만들 생각을 처음 했는지 궁금했던 모양이다. 내 대답은 이랬다. "저는 대학을 졸업하지 못했습니다. 최종 학력은 농업고등기술학교. 거기서 국어 시간에 배운 실력이 전부입니다."

우리 때 국어는 풀무학교에서 편집, 발간한『교양국어』를 교과서로 배웠다. 홍순명 선생은 거기 나온 긴 글을 열 줄로 요약해 오라는 숙제를 여러 번 내주셨다. 신문 기사의 핵심은 발췌와 요약이다. 하루 종일 벌어지는 행사나 사건 사고를 취재해 기사를 작성하면서 어떤 관점을 갖고 어떻게 요약해 효과적으로 정리하는가가 핵심이다. 대학 신문방송학과 할아버지를 나와도 이걸 못하면 좋은 기자가 될 수 없다. 나는 풀무학교에서 이걸 배우고 실습하고 익혔다.

　나는 신문이나 잡지를 만들 생각으로 시작한 게 아니다. 일을 효과적으로 하기 위한 수단으로 미디어를 활용했다. 주옥로 선생 회갑 기념 문집을 만들기 위해, 풀무생협 조합원 서로 간의 소통을 위해, 홍동 면민의 소통과 여론을 모으기 위해 정기 간행물을 만들었다. 정치, 경제, 사회, 언론, 문화 등 모든 분야가 서울로 집중된 나라에서 깊은 바닷속에 가라앉은 지역민의 목소리를 내고 여론을 모아 지역사회 발전과 민주화를 위한 수단으로 「홍성신문」을 시작한 것이다.

　내가 풀무학교 재학 시절 가장 아름답게 간직하고 있는 또 하나의 추억은 연극이다. 1964년, 학교 뒷산에 가설 무대를 만들어 주민 1천여 명이 참석한 가운데 올린 사극 '성삼문'을 비롯해 열 번은 출연했던 것 같다. 1965년 가을, '흥부와 놀부' 연극에서는 놀부 역할을 했다. 그 놀부는 시골이 싫다고 서울 올라가 돈 벌고 돌아와 국회의원으로 출마해 낙선한다. 훗날 내가 지방의원에 출마해 낙선할 때 선거 연설을 하면서 어릴 때 연극에서 놀부가 돼 선거 연설하던 장면이 생각났다. 1979년, 학교 직원으로 근무하면서 개교 21주년을 맞아 각본을 만들어 학생들과 연극을 했다. 그날로부터 29년 후가 되는 2008년 개교 50주년 개교기념일 행사를 내용으로 하는 연극이었다. 연극 무대는 홍동신문 편집국장실이며 협동조합과 유기농업 등 우리가 꿈꾸는 미래를 상상하는 내용이었다. 미래의 꿈을 그린 그 연극 공연 후 9년이 지난 1988년, 나는 실제로 「홍성신문」 편집국장 자리에 앉왔다. 연극들이 현실이 된 셈이다.

홍순명 선생은 전래 설화『흥부전』을 현대에 맞게 재해석한『새흥부전』을 출간해 2003년 제47회 한국출판문화상을 받았다.『흥부전』은 우즈베키스탄에서 시작돼 몽골을 지나 평양을 거쳐 남원으로 들어와 판소리와 만났다고 한다. 500년간 전해오며 가는 곳마다 조금씩 고쳐졌는데 중앙아시아 초원에서는 흥부가 황새 다리를 고쳐 주지만, 한국 농경 지대로 오면서 제비가 박씨를 물어오는 것으로 바뀌었다고 한다. 홍순명 선생은 한국 유기농업의 발상지 홍동에서 유기농업의 상징인 청둥오리가 호박씨를 물어와 흥부표 호박엿으로 대박이 나는 마당극으로 재구성했다. 흥부 아들은 학교를 세우는데 설립 정신이나 교육 방법 등이 풀무학교 판박이다.

2025년, 나는 주민들을 모아 '흥부예술단'을 만들어 홍순명 선생이 쓴『흥부전』일부 마당극 '흥부와 오리' 공연을 시작했고, '흥부연극예술협동조합'을 설립했다. 앞으로 다양한 사상과 이야기를 담아 내용과 버전을 바꿔 가며 공연할 계획이다. 이렇게 풀무학교와 지역이 꿈꾸는 이상적인 흥부공동체마을을 그려 가고 싶다. 홍동은 풀무학교의 전인 교육, 풀무에서 시작된 협동조합, 유기농업, 지역 신문의 발상지로 소개되고 있다. 나아가 문화와 예술이 활발한 지역을 만드는 데 주력하고 싶다. 평생 조국의 독립을 위해 투쟁한 백범 김구 선생은 "내가 가장 바라는 나라는 경제적으로 부강한 나라가 아니라 문화의 힘이 센 민족"이라고 말했다.

기숙사에 들어와서

이재자

　나는 3회 수업생이다. 지난 11월 16일 새벽 5시 30분은, 4년 개업의 회사 생활을 청산하고 어두컴컴한 길을 헤쳐 찾는, 잊을 수 없는 날이었다.

　26년 전 우리가 생활하던 기숙사는 이미 뜯긴 지 13일이나 되었고, 지난 추억이 어려 있던 곳은 흔적을 찾을 길이 없다. 그러나 뒷산에 올라가 솔잎을 긁어다 불 때서 밥하던 일, 뺀질이 남학생들이 아줌마한테 혼나던 일, 쌀이 익지 않아 돌밥을 먹던 일 등 예전의 추억은 사라지지 않을 것이다.

　지금은 그 당시보다 많이 자유로워진 것을 느낀다. 밥해 주시는 분을 부르는 이름도 '아줌마'에서 '엄마'로 변했다. 엄마는 친자식처럼, 학생은 친엄마처럼 지내는 모습이 가장 인상적이다. 요즘은 숨은 친

이재자 고등부 3회. 「풀무」 124호(1992년)에 실렸던 글.

구를 뽑아 친구 몰래 서로 좋은 일을 해 준다. 숨은 친구를 뽑을 때는 나이 드신 홍순명 선생님부터 어린 정두 군까지 모두 한 친구 같다. 서로가 "너는 내 히든(숨은 친구). 나는 네 히든" 하니 누가 누군지 어리둥절하다. 재미있고 인상적인 것도 많지만, 나는 가끔 주옥로 선생님의 말씀을 생생히 떠올린다. "공부 이윈 부업으로 해야 허여."라고 머리를 끄덕이면서 하시던 말씀 말이다. 요즘 학생들은 간식 탓이겠지만 식사 양도 무척 줄었고, 때로는 시간 관리를 잘 못하곤 한다.

홍순명 선생님 사모님과 함께 일하면서 하루는 고등학교 동창 이야기가 나왔다. 여의사로 현실 감각이 상당히 예민한 분인데, 어떤 면에선 미련하다고 하면서 눈가에 주름을 드러낸 채 웃으신다. 나는 그 모습을 보고 웃음이 터져 나와 참을 수 없었다. 그리고 말했다. "바보는 사모님이 상바보이지 왜 그분이 바보란 말인가, 그분 보고 한번 물어 보시오." 우리는 일손을 멈추고 허리를 싸 안고 웃었다. 둘 다 바보끼리의 웃음이었다.

내가 할 일은 주방장 보조로서 잘 먹이고 건강을 지키도록 도와야 하는데, 몸의 건강과 함께 정신이 건강하고, 세대 차이라는 큰 도랑 없이 '한 친구 늘었다'고 생각하고 함께 사는 친구가 되기 바란다. 식사 당번과 청소 당번 등 맡은 일을 하는 것을 보면 대견하고 기특해 보이나, 자기 책임도 잘 못하고 지저분하게 해 놓는 것을 보면 어린 애들이 허리끈을 잘 못 매서 질질 내려와 한참 놀다 추켜 입고 또 놀다 추켜 입는 것만 같다. 후배들은 학생으로서의 책임을 충실히 해내서 나중에 사회가 필요로 하는 쓸모 있는 사람이 되길 늘 속으로 바란다. 나의 일을 얼마만큼 감당할지 몰라서 그저 조용히 있고 싶었는데, 기숙사에서 지내는 얘기를 들먹여서 쑥스럽다.

나무를 보는 우리의 눈

정문영

　재단법인 천리포수목원에서 생활한 지 벌써 14년이 되었다. 나의 일상은 자연 속에 파묻혀 하루 종일 나무와 함께 생활하며 하루하루 반복되는 일이지만, 평생을 그렇게 보내며 살고 싶은 것이 나의 꿈이기도 하다. 후배들에게 선배 한 사람의 일상을 직업과 관련하여 소개하는 것도 의미 있는 일이라고 생각하여, 수목원에서의 생활과 식물을 대하는 내 생각을 정리해 보기로 한다.

　천리포수목원은 전체 면적 20여 만 평 규모로 국내외에서 수집하여 관리하고 있는 수종이 현재 약 6천 5백여 종에 이른다. 희귀 식물과 멸종 위기 식물도 다수 보유하고 있는데, 이들은 유전자원 보전 차원에서 관리하고 있다.

정문영 중등부 14회, 고등부 12회. 「풀무」135호(1995년)에 실렸던 글을 수정해 실었다.

수목원의 전반적인 업무를 소개하면, 식물 씨앗 채종에서부터 파종, 묘목 생산, 정식 등 일반적인 식물 유지 관리와 이들을 자료화할 수 있는 기록 관리가 병행된다. 이러한 체계화된 업무의 실무 책임을 담당하는 것이 내가 하는 일상 업무이다. 또한 매년 전국의 여러 산을 답사하여 식물 씨앗을 채집하는데, 이들의 일부는 수목원 내부에서 자원으로 활용하고 일부는 목록을 만들어 세계 각국의 수목원이나 연구 기관들과 국제 식물 교류 차원에서 이용하기도 한다. 국내 대학의 관련 학과를 비롯한 전문 기관의 식물 현장 실습이나 학술 연구를 지원하는 것도 나의 업무에 포함되기도 한다.

　내가 천리포수목원과 인연을 맺을 수 있었던 것은 풀무에서 중등부와 고등부를 거치면서 이 분야에 대한 동경이었던 것 같다. 그때 나는 일반 교과보다 원예 과목에 더 관심을 가졌는데, 지금까지 완성되지 못한 학교 뒷동산의 식물원 계획과 학년 별로 분담했던 나무 심기와 가꾸기가 내게는 주 관심사였다. 여름방학 숙제였던 식물 표본 만들기를 위해 이름도 모르는 색다른 식물들을 열심히 수집했던 기억이 생생하다. 창업 논문도 관련 전문 서적을 요약하여 필사하는 수준이었지만 제목을 '정원'으로 했다.

　군 제대 후 직장을 찾기 위해 고민하던 중, 고등부 선배님의 소개로 천리포수목원에서 일할 수 있는 기회를 얻었다. 그런데 식물을 좋아하는 것과 실제 관련 지식을 갖추는 것 사이에는 너무나 큰 차이가 있음을 실감했다. 배움에 대한 갈증과 스스로 노력할 수밖에 없었던 환경으로 창업 후 입학했던 방송통신대학 농학과 공부와 직장 생활을 병행하며 졸업을 했고, 자격증 보유에 대한 개념이 없었지만 전문 지식을 공부한다는 차원에서 조경기사(2급) 자격증도 땄다.

현장 업무를 열심히 하면서 노력한 결과, 2년 5개월 동안 미국의 펜실베이니아에 있는 롱우드정원(Longwood Garden, 1년)과 펜실베이니아대학 부속인 모리스수목원(Morris Arboretum, 5개월) 그리고 영국 윈저에 있는 왕실 소유 식물원인 새빌정원(Savil Garden)으로 해외 연수도 다녀왔다. 풀무에서 생활하면서 원어민 선생님들께 배웠던 영어 회화가 외국 연수 때 많은 도움이 되었던 것도 부인할 수 없는 사실이다. 해외 연수 기간 동안 그들의 오랜 식물원 역사와 그 속에 녹아 있는 식물 관련 경험을 체험한 것은 엄청난 행운이었다고 생각한다. 이 과정을 통해 식물을 바라보는 관점이 달라졌고, 경험했던 내용들을 우리 수목원에 어떻게 접목할 것인가 고민도 하게 되었다.

식물도 우리 인간처럼 감정이 있다고 한다. 식물을 가꾸는 사람의 기분과 주변 환경에 따라 식물도 성장에 예민한 반응을 보인다는 사실이 증명되었고, 현재 원예 분야에서 생산품의 질과 양의 향상을 위한 환경 개선 기술이 많이 활용되고 있다고 한다. 이러한 풀과 꽃과 나무들을 소유물이 아닌, 우리와 같은 생명체로 인정하며 느낌을 나누면 어떨까!

수목원을 찾는 분들에게 가끔 황당한(?) 질문을 받을 때가 있다. 그 질문은 이런 것들이다. "수목원에서 가장 비싼 나무가 무엇인가요?",

"당신이 제일 좋아하는 나무는 어떤 나무인가요?" 나는 이러한 질문에 기대하는 답을 드리지 못한다. 부의 척도가 인간을 평가하는 기준이 될 수 없듯이, 식물도 각각 그들만이 가진 고유의 특성을 우리의 기준으로 재단할 수 없기 때문이다.

계절의 변화에 따라 자연 속에서 자신의 역할을 충실히 하고 있는 식물들은 우리의 마음을 평화롭고 즐겁게 한다. 산림욕이란 말이 오늘날에는 자연스러운 말이 되었다. 바빠진 우리의 일상생활 속에서 휴식을 제공하는 식물의 역할을 느낄 수 있을 것 같다. 우리는 집 주위에서 감나무나 대추나무 또는 몇 그루의 꽃나무가 심겨 있는 것을 본다. 좁은 공간이지만 생활 주변에 몇 그루라도 식물을 심는 일은 자연과 좀 더 가까이하려는 우리 본능의 표현이라고 생각한다. 외국에 가 보면 가정마다 대부분 큰 정원이 있는 경우가 많다. 집을 지으면서 정원을 함께 설계하기 때문이다. 정원 가꾸기는 그들의 일상생활에서 중요 부문이다. 항상 바쁘기만 한 우리의 생활과 비교할 때 여유로운 그들의 생활이 부럽기도 하다.

우리의 현실은 어떤가? 건물을 신축하는 경우, 건축법상으로 준공을 위해 일정 수량을 의무적으로 심는 일이 일반적이다(사실, 관계 법령의 의도는 주변 환경 미화일 것이다). 또한 단편적인 사례일 수도 있지만, 고급 주택가의 조경 식물 식재는 부를 상징할 수 있는 높은 가격이 선택의 기준이 되는 경우가 있다고 한다. 식물이 가지고 있는 고유의 특성은 조경 식재에서 의미가 없어진 것이다. 내가 수목원에 근무하다 보니 찾아 주시는 지인들이 특정 식물을 얻고 싶다고 부탁하는 경우가 가끔 있는데, 씨앗을 드릴 테니 파종해서 키워 보라고 하면 포기하는 경우가 대부분이었다. 시작과 과정을 중시하지 않고 결과만 필요로 하는 생각의 차이가 아닐까 생각해 본다.

식물 관리에서 특정한 수형을 유지하기 위해 전정 작업을 한다. 분재와 같이 강한 전정으로 인위적인 수형을 만드는 경우도 있고, 도로변 또는 경계면에서 볼 수 있는 나무 울타리같이 정형적인 수형으로 관리할 수도 있다. 전정은 식재된 식물에 따라 수형을 위해 강하거나 약하게 해야 하는데, 이곳 천리포수목원의 식물들을 둘러보면 대부분 자연 상태의 수형과 가깝게 유지되고 있음을 느낄 것이다. 이러한 관리 방법이 각기 다른 식물 수종의 고유한 수형을 이해하는 데 도움이 될 수도 있으니, 여러분도 식물 관리에서 이러한 방법도 시도해 보라고 권한다.

조경 식재에 활용하는 식물도 선정 조건이 필요하다. 주위 환경 적응성과 식재 후 관리의 용이성이 우선 고려의 대상이 될 것이다. 하지만 특정 수종의 선호도에 따라 유행처럼 식재 수종이 단순화되는 것 같다. 여기서 우리가 관심을 가져야 할 점은 자생 수종 활용이다. 일부 자생 수종들이 조경수로 활용되고 있기는 하지만, 도입된 외래 수종들에 대한 선호가 더 큰 것 같다. 자생 수종은 이미 우리의 자연 환경에 적응되어 있다는 것이 증명되었기 때문에 그들의 가치를 찾아내고 조경 소재로 개발할 필요성을 절실히 느낀다. 여러 산을 답사하면서 보았던 무한한 가치를 보여주는 다양한 자생 식물들을 앞으로는 우리 주변 가까이에서 함께 볼 수 있기를 기대해 본다.

내가 수목원 현장에서 얼마나 오랫동안 더 생활할 수 있을지는 모르지만, 정년까지가 아닌 그 이후의 시간도 똑같이 식물과 함께하는 생활이 지속되기를 바란다. 이러한 나의 바람대로 먼 훗날, 그때까지 식물들 속에 함께 생활하고 있는 내가, 여러분들과 우연한 만남이 이루어지기를 상상해 본다.

환경농업마을 구상과 실천

주형로

환경농업마을 구상

풀무에 온 걸 계기로 농업을 하게 되었습니다. 풀무에서 제 생각이
정리된 셈입니다. 처음에는 일반 농업을 했는데 홍순명 선생님이 오
리농법을 소개해 주셨습니다. 홍 선생님을 존경하고 믿었기 때문에
의심하지 않고 첫해에 10,000평을 시도했습니다. 사람들이 "저 사람
유기농법하더니 완전히 미쳤다"고들 했어요. 1년이 지나자 마을 사
람들이 따라 주어 농가의 3분의 2가 농약 안 쓰는 마을이 되었습니
다. 끝내는 하나님 보시기에 좋은 마을, 부자도 가난한 사람도 없이
모두 평등한 마을, 농약 없는 마을, 계약 재배로 경제가 안정된 마을
이 되는 것을 목표로 100년을 계획하며 준비하는 마을을 추구하고

주형로 고등부 13회. '환경농업마을 구상'은 「풀무」149호(1999년), '환경농업마을에
평생을 걸고'는 「풀무」158호(2001년)에 실렸던 글.

있습니다.

우리 마을은 3년 전부터 환경농업마을이 되기 위해 조금씩 돈을 모 았습니다. 1kg당 500원씩 쌀값을 적립하여 첫해에 40농가가 1,500 만 원씩 3년을 모아 4,500만 원을 만들었습니다. IMF 체제가 되면서 마을 사람들이 "그 돈을 나눠 쓰자", "쓰면 안 된다"는 의견으로 고민 이 많았습니다. 지금은 500원을 300원으로 내려서 죽는 날까지 300 원씩 환경을 위한 기금으로 모으고 있습니다.

예부터 우리나라는 '나눔 민족'이었다고 생각합니다. 마음을 나누 고, 기술을 나누고, 파운드를 나누는 그 정신을 찾으면 우리나라를 다시 되살릴 수 있습니다. 우리 마을에서는 나눔의 집을 지으려고 합 니다.

첫째, 교육관을 지으려고 해요. 지금도 마을회관이 있는데, 노인회 관 같아서 젊은이나 아주머니들은 가지 않아요. 마을회관은 활발하 게 움직여야 해요. 언제나 누구든 갈 수 있고, 회관 중심으로 각종 회 의도 이루어지고, 마을 중심의 결혼식도 할 수 있는 곳이어야 해요. 요즘은 결혼식이 난리 아니에요? 옛날 우리 식은 마을 사람들이 조 금씩 돈을 모아 새살림의 기반을 도와주었는데, 요즘의 부조, 뷔페 문화 예식은 고쳐야 합니다. 마을회관을 중심으로 그 지역의 음식을 대접하고, 외부인이 올 경우에는 자연스럽게 그 지역을 홍보하게 되 겠지요. 밤에는 식구들과 같이 공부도 하고 부담 없이 모이는 분위기 가 조성되었으면 합니다.

두 번째로 짓고 싶은 것은 전통농업박물관입니다. 자기 조상들의 모습을 가장 짓밟은 나라가 바로 우리나라입니다. 이것을 되살려야 합니다. 그 모습을 보면서 지혜도 얻고, 외부인을 위한 홍보 자료도 될 것입니다. 각자 자기 마을의 특성을 살리는 것이 좋습니다. 우리 마을은 대장간이 많았는데, 그것을 되살려 실용화하고 장식품이나 호미 같은 것들을 기념품으로 만들어 싼값에 팔려고 합니다. 또 선바위 옻샘이 있는데, 그 물을 이용해 저수지 관리와 함께 풀장까지 개발하려고 합니다.

이런 일을 하기 위해서는 자금과 사람이 필요한데, 3년 전부터 계획안을 작성하여 나라에 건의해 왔습니다. 그동안 아무 답변이 없었는데, 군수가 의지를 가지면 될 수도 있다고 해서 끝까지 노력하고 있습니다. 환경농업교육관을 위해 3억 원을 신청하고, 2억 원은 농민들이 내겠다고 했습니다. 지금은 땅을 샀고, 이번에 농림부에서 지원을 좀 받았습니다. 우리가 낸 의견서의 영향으로 장성과 괴산의 흙살림연구소도 지원을 받았습니다. 홍성까지 세 곳이 조금씩 성격이 다른데, 힘을 합쳐 농촌의 좋은 교육장을 만들려고 합니다.

저는 생각이 다른 여러 사람이 모여 좋은 쪽으로 방향을 잡아가는 것이 중요하다고 생각합니다. 안 그런 사람을 그런 사람으로 바꾸는 거죠. 그래서 마을 단위로 하는 게 좋다고 봅니다. 그 속엔 긍정적, 부정적 경향의 사람들이 다 있고, 일을 해나가다 보면 부정적인 사람들도 시간이 흐르면서 따라오게 되고 옳은 건 인정하게 되니까요. 저는 우리 마을 사람들에게 감사합니다. 오리농법 이후로 그렇게 된 것 같습니다. 두루뭉술하게 사는 오리의 모습이 사람까지 변화시켰습니다. 앞으로 풀무의 일을 남의 일이 아니라 우리 모두의 일로 생각하며 살았으면 합니다. 그리고 우리 모두 삶 속에서 서로 보고 배우고, 나누며 살기를 바랍니다.

환경농업마을에 평생을 걸고

환경농업을 하는 문당리는 풀무학교와 가까이 있기에 여러분이 잘 알 것입니다. 환경농업을 하게 된 동기는 풀무학교의 영향이 컸습니다. 제가 고등학교 2학년 때 우리나라에 정농회가 생겼는데요, 그때 일본 애농학교 선생님이 오셔서 "한국 농민들이여, 일본 농업을 뒤쫓지 말라"고 말하며 우셨습니다.

옛날에는 순환농업을 했는데 점점 화학농법을 쓰게 되어 결국엔 사람이 막을 수 없는 현상이 나타나고 있어요. 지금 비가 오지 않는다고 하지만 이 비가 그냥 오지 않는 게 아니에요. 다 우리 인간 활동에 대한 결과에요. 이제 다시 옛날로 돌아가지 않으면 안 돼요. 농협 창고 앞에 "아침밥을 먹읍시다"라고 쓰여 있었어요. 사람들이 빵을 먹고 밥을 먹지 않아서 문제가 된 거예요. 이제 다수확의 시대는 지났어요. 저는 지금까지 꾸준히 설득해 왔어요. 면장, 소장, 사람들 모두 다수확과 농약을 생각했습니다. 하지만 어렵게 설득하여 환경농업 단지를 조성했습니다. 그리고 지금은 40만 평이 되었어요.

그다음은 농민을 생각해야 했어요. 농민 스스로 자기 것을 찾아야 해요. 그래서 처음 3만 9천 평의 집단 농가로 열아홉 가정이 함께 무농약 쌀을 생산했어요. 이 쌀이 처음으로 정부의 품질 인증을 받았어요. 그 당시만 해도 정부는 증산만을 바랐어요. 하지만 무농약 쌀의 품질 인증은 정말 잘한 일이었어요. '무농약 재배 단체 인증'을 받고 난 뒤 함께한 열아홉 가정에 너무 고마웠어요.

그래서 저는 이들에게 줄 것이 무엇인가 생각했습니다. 농사는 짝사랑이라고 생각해요. 농부 자신은 나쁜 걸 먹고 도시 사람에게 대접하는데, 도시 사람은 어떻게 했나요. 저는 그때 '도농일심(都農一心)'을 생각했어요. 도시 사람과 농민이 함께 짓는 것이라고 생각했어요. 오리만큼은 도시 사람이 구입하는 것이죠. 이런 제안을 하자 도시 소비자 440명이 오리를 보내 준다고 했고, 실제로 330명이 보내 주었어요. 당시는 우르과이라운드협상 때라 어려웠는데, 돈으로 따지면 오리값이 1,950만 원이 되었어요. 얼마나 고마워요. 도움을 받았으니 그들에게 줄 것을 생각했어요. 그래서 오리탕을 만들어 드리고 좋은 쌀로 답례를 했어요. 그 뒤부터 6월 6일이면 오리 넣기 행사를 시작했어요. 먹자판이 아니라 도시 분들과 농민이 진심으로 서로 이해하는 게 목적이었어요. 도시에서 오신 분들도 이해를 하셨는지 "오리야, 이 땅을 살려다오."라고 하며 오리를 넣었어요. 자기 자세를 낮추었기에 오리농법이 성공했다고 생각해요. 돈이 아니라 마음도 함께

해야 해요.

그렇게 하니 농민들도 기분이 좋아 성공하게 되었어요. 수확할 즈음 풍경이 아름다워 도시 분들과 함께 나누자고 생각했어요. '가을걷이 메뚜기 잡기 대회'를 열었지요. 상품도 걸고 소 한 마리도 준다고 했어요. 찹쌀도 드리고요. 허수아비를 만들기도 하고, 사행시 짓기도 하여 행사가 잘 진행되었어요.

정부는 농약을 뿌린 쌀은 수매하고 안 뿌린 쌀은 수매하지 않아요. 그래서 간곡히 부탁하여 20억 원을 받았습니다. 이를 기초로 농협, 농민, 유통업자 삼자가 생산을 하기 시작했습니다. 쌀이 잘 팔려서 기분이 좋아진 농민들은 돈을 모아서 가을에 교육을 위해 쓰기도 했고 유통업자에게 반환하기도 했어요. 그리고 바른 농사를 위해 전국을 다니며 홍보 사업을 했고, 남은 돈은 유통업체에 주자 마음을 열기 시작했어요. 지금은 가족처럼 지내고 있어요.

그다음부터는 '계약 재배'를 하고 있어요. 농업을 널리 알리는 목적으로 계약식을 해요. 그 행사를 통해 농민의 마음을 녹여 주는 거예요. 그다음부터 생산량이 늘었어요. 이제 오히려 누구에게 주어야 할지 즐거운 동시에 괴로운 고민을 하기도 해요. 유통업자들도 요즘은 서로 도와요. 자발적으로 농민을 돕게 되었어요. 앞으로 쌀은 '어떤 사람이 어떤 방법으로'가 아니라, '어떤 생각과 어떤 마음'으로 지었는지가 중요한 시대가 될 거라고 생각해요. 농산물은 생명체여서 서로 간 마음이 통해요. 그래서 기쁜 마음을 가져다주는 것이 계약제도예요. 쌀의 질이 좋아지고 생산량이 증가하며 소비자가 느끼는 그런 시대가 오길 바라요. 전에는 우리 마을도 서로 다툼이 많았지만 이제는 마음이 변했어요. 오리는 서로 싸우지 않고 모이게 되는데, 사람들이 그것을 보고 배우는 거예요. 그렇게 해서 땅 3천 평을 사고 회관을 짓게 되었어요. 사람들이 "왜 주형로는 자기 마을만 챙기냐!" 하는데 저는 대한민국의 기초를 잡는다고 생각해요. 처음이 제대로 되어야 둘 셋이 되는 거니까요.

우리나라가 생태농업을 한 지 20년이 지났는데 학자들은 아직까지 이스라엘과 독일 이야기만 합니다. 우리나라에 맞는 대안적인 이야기를 해야 합니다. 마을 같은 마을이 없는 거예요. 문당리는 서울대학교, 녹색연합과 함께 생태마을을 만들게 되었어요. 친환경적으로 마을을 발전시켜야 해요. 생태마을 만들기 백 년 예측을 했는데 저는 조금밖에 하지 못해요. 우리 아들 하늬가 해야 해요. 저는 솔직히 여러분이 상급 학교에 가지 말고 마을을 위해 일하면 좋겠어요. 저는 어딜 가도 지지 않아요. 이 일에 미쳐 있으니까요. 진짜 우리가 제대로 설 수 있다면 대학에 가지 않고도 서는 게 정말 좋은 거예요. 그리고 아버지가 한 일을 자식이 할 수 있다면 최고로 좋은 거예요.

앞으로 2년 후면 농민의 눈에 피눈물이 흘러요. 이제 완전 개방을 했는데 4만 원짜리 쌀이 들어옵니다. 외국 쌀과 한국 쌀의 비교 전단을 돌리면 소비자는 외국 농산물로 눈을 돌려요. 해결 방안은 무농약 하는 것과 우리 국민성을 키우는 거예요. 국민성은 조상들의 모습과 자연의 신비를 느끼는 데서 시작해요. 단순하게 쌀을 먹는 게 아니라 나라를 살려야 한다는 생각을 가져야 한다는 거죠. 그렇게 하지 않는 한 우리 농사는 가망이 없습니다. 농사를 하다 보면 기막힌 일이 많아요. 전에 오리를 보내달라고 했을 때는 엄청 많이 왔죠. 그런데 환경농업교육관을 만들 때 돈을 보내달라고 신문에 냈는데, 딱 한 사람이 보내왔어요. 이건 심각한 거예요. 아무도 도와줄 마음이 생기지 않는 거예요. 사람들 마음이 마른 거죠. 문당리 사람들은 달라요. 1억 5천만 원이 모자랐을 때 마을 사람들을 통해 모두 채워졌어요. 자기 일에 미치면 성공해요. 자기가 가진 것을 남에게 주면 하나님께서 채워주셔요. 고맙습니다.

풀무에서 배운 것들

홍화숙

'좁은 길', '위대한 평민', '더불어 사는 삶' 그리고 페스탈로치의 교육 사상

교육의 궁극적 목적은 창조주께서 우리에게 부여한 많은 재능을 활용하여 자유롭고 독립적인 존재가 되도록 준비하는 것이며, 또한 인간다운 삶을 위하여 각각의 사람들이 자신에게 부여된 적절한 위치에서 자신의 존재를 가능하게 한 신의 도구로써 살아갈 수 있도록 지도하는 데 있다. _ 페스탈로치

"선생님, 어떤 사람이 학습 도움반에 들어가요? 어떻게 해야 해요? 예? 나 도움반에 들어갈래요."

홍화숙 중등부 19회, 고등부 17회. 「풀무」 131호(1994년)에 실렸던 글을 수정해 실었다.

"음… 도움반에 들어오고 싶어?"

"예, 나도 들어가고 싶어요. 어떻게 해야 해요?"

"그래? 학습 도움반에 들어올 수 있는 아이들은 말이지. 보석으로 꽉 찬 아이들이야. 반짝반짝 빛이 나. 그런데 그 보석은 내 눈에만 보이거든. 그래서 내가 결정해. 나는 그 보석이 반짝반짝 빛나도록 도와주는 선생님이거든. 너희들 안에도 온갖 보석이 가득해. 꽉 차 있지. 그런데 너희들 보석은 다른 선생님들 눈에도 아주 잘 보여."

홍동 마을의 꿈이자라는뜰 농장에서 학교로 돌아오는 버스 안. 눈치 빠른 우리 반 아이의 얼굴이 뽀얘졌다.

나는 어려서부터 교사가 꿈이었다. 막연했지만 흔들리진 않았다. 장애를 지닌 아이들이 골방을 완전히 벗어나지 못하던 시절이다. 딱히 의도하지 않았지만 내 앞에 특수교사의 길이 열렸고 초등학교 특수교사로 교직을 시작했다. 풀무에서 늘 들어왔던 '좁은 길', '위대한 평민', '더불어 사는 삶'과 페스탈로치의 교육 사상이 내 마음에 스며들어 있었다. 자연과 마을이 그리워서 서울을 뒤로하고 풀무골 고향으로 돌아왔다.

홍동의 공립학교와 홍동 마을공동체를 넘나들며 협력하는 모델을 만드는 데 앞서거니 뒤서거니 힘을 보태었다.

장애를 지닌 우리 아이들이 마을공동체 안에서 배우고, 연결되고, 자기에게 딱 맞는 자리에서 존재를 인정받으며 자기 몫의 일을 하고, 이웃과 더불어 살아가도록 돕는 교사가 되고 싶었다. 학교 밖 마을에

장애 학생들의 직업 자립을 위한 원예와 농사 프로그램을 교육에 접목했고, 일터도 꾸렸다. 장애와 아이들의 개별 특성을 잘 이해하여 든든한 울타리가 되도록 정기적인 공부 모임에도 함께했다. 홍동 마을의 초중고 선생님들과 마을이 함께하는 햇살배움터 교육 프로그램도 진행했다.

이런 학교와 마을공동체 활동은 모두 내 모교이자 삶의 터전인 풀무학교의 이상과 철학의 토양 위에 세워진 보기 드문 실천 사례가 되었다. 풀무의 품 안에 든 마을과 그 마을을 움직이는 풀무인들이 함께 이루어낸 결과였다.

나는 아이들과 존재로 만나고 사랑으로 연결되는 좋은 교사가 되려고 애를 썼다. 하지만 내 뜻대로 따르지 않는 아이들에게 짜증이 났고 이런 내게 절망했다. 내면은 초라했고 여러 일 속에서도 갈급함이 채워지지 않았다. 이상은 높았으나 내 현실은 미미했다. 여기저기 많이 기웃거렸다. 일찍이 비폭력 대화에 발을 들였다. 심리 상담, 모래놀이 치료, 무의식 알아차림 따위의 마음공부와 각종 연수를 쫓아다녔다.

정년이 가까워지며 내가 누구인지, 내 존재 이유는 무엇인지 알게 되었다. 속사람인 참 나를 찾았다. 관념적이었던 기독교 신앙에서 체험 신앙으로, 십자가에 나를 맡기고 온전히 말씀 안에 거하는 체험 신앙의 축복이 내게 허락되었다. 내 존재가 귀해졌다. 내가 맡은 아이들 역시 그러했다. 미워만 보이던 아이들의 크고 작은 '문제 행동'

이 달리 보이기 시작했다. 애쓰지 않고도 아이와 연결이 쉬워졌다. 적절한 경계를 세우고 일관되게 기다리며 버티는 지혜와 힘도 자랐다. 좋은 교사 콤플렉스와 자책의 늪을 헤쳐 나와 내 실수와 부족함을 받아들일 여유가 생겼다.

나는 아이들의 자잘한 갈등을 평화롭게 중재할 때, 아이들과 마음이 닿을 때, 아이들의 배움과 행동의 변화를 알아차릴 때, 학습 목표에 아이가 도달하며 배움의 기쁨을 표현할 때, 좋은 사람들과 우리 아이들을 이어줄 때 교사로서 아이들에게 이바지하고 연결되는 즐거움을 누린다. 나에게 온 아이들은 어느새 내게 존재로 인정받는 공동체의 소중한 사람이 되어 가슴 찡한 감동을 주었다. 우리는 함께 성장해 가는 서로에게 고맙고 사랑스러운 존재들이다.

자연 속에서 몸을 움직여 일하면서 오감으로 배우고 익히고 표현하며 성장하는 노작 교육, 색과 흙과 몸으로 표현하는 예술 교육, 존재로서 존중받고 관계 속에서 서로 연결되며 능력을 잘 발휘하는, 할 수 있는 만큼의 자기 역할을 하는, 더불어 함께 살아가는 그런 아이들로 자라나길 따뜻한 시선으로 지켜보며 응원한다.

농사꾼으로 한 해를 마무리하며

이선재

밝았습니다! 풀무 25회 수업생 이선재(이범재)입니다. 얼마 전 개명을 하였지요. 「풀무」에 실을 글 부탁을 받고 선뜻 해보겠노라 했는데, 막상 써 보려니까 쉽지 않고 이래저래 망설여집니다. 생각해 보니 「풀무」에 20년 만에 올리는 글이네요. 그러니까 올해로 창업한 지가 20년이 된 셈이지요. 벌써라는 말이 절로 나옵니다. 크게 생각할 것 없이 그냥 제가 농사짓는 이야기를 하려 합니다.

저는 문당리에서 농사일을 하며 살고 있습니다 나름대로 시행착오를 겪으면서 하고 있지만 아직도 초보에 지나지 않아요. 그런데도 농사일을 시작한 지는 벌써 8년이 흘렀네요. 올해는 봄부터 큰일을 벌여 놓아서 정말 바쁘게 한 해를 보냈습니다. 겁도 없이 혼자서 하우스를 지어 보겠노라고 도전장을 냈었죠. 600평을 3개월에 걸쳐 완

이선재 고등부 25회. 「풀무」 192호(2009년)에 실렸던 글.

성했는데, 그것 때문에 많은 부분에서 농사짓는 시기를 놓쳐 버려 위탁 영농을 하다시피 농사일을 했어요. 논갈이에서부터 못자리 및 모내기까지도 나름대로 농기계를 보유하고 있음에도 손수 하질 못했습니다. 그래도 밭농사만큼은 시기에 맞게 신경을 써서 잘 해냈습니다. 농사 규모는 크지 않은데, 품목이 다양하다 보니 일이 무척 많은 것 같아요. 봄 작기엔 논에서 양파, 마늘을 수확했고, 밭에선 감자, 옥수수, 참깨를 심었으며, 가을 작기엔 배추, 무우(단무지)를 키웠고, 하우스에는 풋고추와 오이고추 외 당근, 알타리를 수확했습니다. 지금은 대파가 자리를 잡고 한겨울을 이겨내고 있지요.

농사를 짓는 모든 필지에 유기 인증을 받아서 생협에 납품합니다. 일을 하다 보면 혼자서 할 수 없을 때 일꾼을 구해서 하게 되는데, 올해는 공공 근로 사업 때문에 인력 수급에 더 많은 어려움이 있었지요. 수확 시기에는 더더욱 어려움이 커져 다른 지역에까지 가서 일할 사람을 구하려고 경쟁이 붙지요. 그만큼 농사일을 하기가 힘들어졌습니다. 농업을 규모화시킨다 해도 막상 일할 사람이 없어요. 향후 몇 년 안에는 일손이 부족하여 포기하는 농가가 생기지 않을까 걱정입니다. 농자재나 인건비 등 여러 가지 물가는 상승하는데, 농산물 가격은 늘 하락하는 추세여서 맘 고통도 더 심해집니다. 또한 면적 대비 수확률이 떨어지는 것도 문제입니다. 적절한 시기에 적당량의 비가 오면 좋겠는데 그렇지 못하고 너무 메말라 갈라지거나, 갑작스런 폭우로 침수되거나 태풍에 쓸려가고 넘어지고 날아가고… 울분이

터질 때가 많았습니다. 비닐하우스 6동이 바람에 쓰러지고 날아갈 때는 정말이지 다 끝내고 싶었습니다. 이렇게 기상 이변이 너무 잦아지다 보니 더욱더 어려움이 크겠지요. 인력으로 자연의 섭리 앞에 맞설수 없기에, 무기력한 존재에 허탈감마저 들었지요. 이 모든 것을 시행착오라 여기면서 일으켜 세우고, 비닐도 씌우고, 다시 또 씨앗을 파종했습니다. 어쩔 수 없는 농부의 기질인가 봅니다.

여름에 보름 동안 농장으로 실습을 왔던 항겸, 광익, 진솔 군의 모습이 생각납니다. 옥수수를 베면서 "땀 흘려 일하는데, 너무 허무해요."라고 말했을 때는, 이 아이들이 농업의 모습을 잘못 이해하면 어쩌나 걱정했습니다. 직접 느끼고 경험했기에 농업의 소중함을 더 얻었으리라 생각합니다.

한 해를 마무리하면서 이 모든 것이 무엇을 탓하기 보다는 내 스스로가 만들어 낸 과욕 때문이 아닌가 반성해 봅니다. 어렵고 힘들었던 한 해를 마무리하며 다시 되돌아볼 수 있는 시간이 되었음을 감사합니다. 농업에는 희망이 없다고 보지 않습니다. 제 경우는 무모하리만큼 준비 없이 도전했기에 더욱 어렵고 힘들었지만, 적절한 규모를 유지하며 농장을 직장처럼 생각하고 시장과 유통의 변화에도 눈과 귀를 열어 크게 보고 들어야 할 것입니다. 더욱더 재배 노하우를 습득하여 남이 따라올 수 없는 독보적인 기술과 전문성을 갖기 위해 더 많은 배움의 길을 찾아야겠지요. 이런 희망을 꿈꾸며 다시 내년 한 해를 준비하려 합니다. 또 다른 희망을 꿈꾸며 시작하겠습니다. 희망을 품되 욕심을 버리고 무모함을 삼가야겠지요. 처음 시작했던 맘으로 처음처럼….

마지막으로 법정스님의 말씀을 인용해 봅니다.

아름다운 마무리는 낡은 생각, 낡은 습관을 미련없이 떨쳐 버리고 새로운 존재로 거듭나는 것이다. 그러므로 아름다운 마무리는 끝이 아니라 새로운 시작이다.

여성민우회에서 일하며

최영만

학교를 마친 뒤에도 농업에 대한 관심을 놓은 적이 없었다. 지난 몇 년 간 이천에서 양계 일을 배우며 공동생활도 경험했다. 후배들도 만나 대화하며 농업과 농촌에 대한 꿈을 그리곤 했다.

지금은 한국여성민우회에서 일하고 있다. 농업은 농작물을 바르게 키우는 것만이 전부가 아니라 가공, 판매, 유통까지 원만하게 해결해야 완결된다. 그래서 유통 분야를 배우고자 정농회의 아는 분 소개로 지난해 10월부터 한국여성민우회 생활협동사업부에서 일하게 되었다. 이곳은 사단법인으로 1989년 12월 200여 명 회원으로 조직되었다. 1995년 현재 회원이 2,300여 명으로 늘었다. 대체로 325세대가 모여 일주일에 한 번씩 생활 물자를 공동으로 주문, 구입, 판매하는 지역 공동체 운동을 한다. 이 운동은 환경 오염을 방지하고 농업을

최영만 고등부 26회. 「풀무」136호(1996년)에 실렸던 글.

근본적으로 보호한다는 그 자체로도 의미가 큰 활동이지만, 생활 환경이 비슷한 주부들의 관심사를 하나로 묶을 수 있는 매듭이 되고, 나아가 여성들의 삶의 질을 높이는 데도 몫을 하고 있다. 민우회는 여성시민운동의 활발한 활동 거점이 되고 있음을 실감한다.

여기서 도시 소비자에게 공급하는 농산물 품목은 곡류, 유정란, 두부, 콩나물, 과일, 채소, 고기류, 해산물, 우리밀 가공품, 소시지, 유자차, 고추장, 된장, 간장, 미숫가루, 포도 쥬스, 부각류, 젓갈류, 울외장아찌 등이고, 재생 노트와 재생 비누 등 공산품도 있다. 나는 생활협동사업부에서 회원으로부터 물품 주문이 오면 직접 공급해 주는 일을 맡고 있다. 주문받은 물건을 차에 싣고 시내 어디고 돌아다닌다.

여기서 하는 생활협동운동은 땅과 농촌을 살려서 우리 모두의 건강을 지키고 인간다운 삶을 실현하고자 하는 눈물겨운 노력이다. 자연이 파괴되면 우리도 파괴된다. 무한한 소유욕과 이기적이고 경제적인 가치관으로 인한 대량 생산과 대량 소비, 대량 폐기가 되풀이되는 체계는 우리 삶의 터전이며 보금자리이고 생명의 원천인 자연 생태계 파괴와 환경 오염을 불렀다. 그 결과 인류는 생존 자체를 위협받고 있다. 이에 따라 상품과 용역은 소비자가 정신을 못 차릴 만큼 날로 늘어나고, 국민의 소비 생활도 다양해져서 상품과 용역은 일상생활에서 하루도 빠질 수 없는 필수품이 되고 있다. 그런데 그 일용 상품과 용역이 유해하거나 불량한 경우에는 이를 사용하는 소비자의 건강을 해치거나 생명까지도 위협하게 된다. 이런 위기 상황을 극복해 나가려는 시민사회운동이 생명운동으로 포괄되는 자연생태계보호운동, 더불어 사는 공동체운동이다. 이것을 우리 생활에서 실천적으로 실현하는 시민의 대안운동이 생협 활동이다.

우리나라의 생활 협동 형태로 계, 향약, 두레 등이 있었으나 근대적인 협동조합으로는 발전하지 못했고, 1980년대 들어와 민간인들의 자발적인 활동으로 소비자협동조합운동이 자리 잡기 시작했다. 소비자협동조합은 소비자의 생활과 관련되어 사업 활동이 광범위하고 다양한데, 생활 물자 공급 사업은 조합원의 일상생활과 생업에 필요한 물자의 공동 구매, 구매 물자의 가공 및 생산, 저장 등 사업 활동을 하고 있다. 이 활동에 꼭 필요한 부분은 조합원(소비자) 교육이다. 나만 건강한 식품을 먹겠다는 이기적인 발상에 머무는 경우가 많고, 그런 이유로 민우회원 전체가 다 소비자는 아니기 때문이다. 또 이 일을 하면서 항상 갈등이 이는 것은 운동성과 상업성의 조화 문제다. 경제적인 문제도 해결되면서 조합 원래의 긍정적인 기능을 넓혀 가는 운동으로 자리 잡기는 어려운 일인가?

요즈음은 단위 생협 중앙회에서 연수 형식으로 운영하는 생협 경영인 양성을 위한 교육 프로그램에 참가하고 있다. 유통에 관한 실무뿐만 아니라 유통 일반의 이론과 조합 경영에 대해 실력을 갖추면 좋겠다. 장기적으로는 농사에 뜻을 같이하는 사람들과 가공, 판매 문제를 아울러 해결하며 살아 숨 쉬는 농촌과 농업을 열어 가고 싶다.

풀무학교와의 만남

오도

'밝았습니다. 맑았습니다. 고요합니다.' 저는 풀무학교에서 하는 인사가 참 좋습니다. 학교를 졸업한 지 25년이 지난 지금에도 누군가에게 편지를 쓸 때나 기도를 할 때, 또는 풀무인이 아닌 사람에게 인사를 할 때도 툭 튀어나오는 인사이기도 합니다. 하루를 밝은 얼굴과 맑은 마음으로 살다가 고요하게 마무리할 수 있으면 얼마나 좋을까라는 생각을 가끔 합니다. 제가 풀무에서 배운 여러 가지 공부 중에 어쩌면 지금까지 제일 많이 써먹은 것이 이 인사인 것 같습니다.

저는 풀무학교를 28회로 창업하고, 일본에 있는 자매학교였던 '게이센여학원 단기대학 원예생활학과'에서 유학을 했습니다. 그러고 나서 제주도에 있는 여미지식물원과 천리포수목원을 거쳐 지금은 풀무학교 전공부에서 원예와 농사일을 담당하고 있습니다. 그 사이 두

오도 고등부 28회. 「풀무」 228호(2018년)에 실렸던 글.

아이가 태어났고, 큰아이가 2학년에 재학중입니다.

큰딸 산이는 천리포수목원에서 태어났습니다. 산이를 임신하면서부터 만들기 시작한 1,000평 남짓의 정원은 산이가 태어나면서 마무리 지었습니다. 시간이 지날수록 점점 불러오는 배를 두 손으로 받치고 이리저리 뛰어다니며 일을 했습니다. "그래서 그런지 산이는 지구력이 강한 편인 것 같아"라며 웃곤 합니다. 그랬던 아이가 이제 커서 의젓한 어른이 되어 가고 있습니다.

산이는 초등학교 5학년 2학기 때부터 홈스쿨을 시작해서 풀무에 오기 전까지 내내 집과 마을에서 일도 하고 공부도 하면서 지냈습니다. 워낙 얌전한 편에다 자기 할 일을 알아서 잘하는 아이였습니다. 그러던 어느 날 갑자기 학교에 가기 싫다고 해서 얼마나 놀랐는지 모릅니다. 5학년이 되면서 과목 수가 늘어난 데다, 단원이 끝날 때마다 전 과목 진단 평가를 보기 시작하면서 하루가 멀다 하고 배가 아프다며 힘들어했습니다. 우리 부부는 그런 아이를 계속 학교에 보낼 수는 없겠다 생각했고 그때부터 홈스쿨이 시작됐습니다. 지금 생각해 보면, 이제까지 살면서 저희 부부가 결정한 일 중에 제일 잘한 일이라는 생각이 듭니다. 마을에서 지내는 3년 동안 산이는 몸과 마음이 정말 많이 자랐습니다. 풀무학교생협에서 빵을 만들기도 하고, 목공실에서 나무를 다루기도 하고, 논과 밭에서 농사일을 하면서 땀을 흘리며 육체노동과 정신노동의 중요성을 온몸으로 느끼는 계기가 된 것 같다는 생각이 들기도 했습니다.

그러다가 중3 나이가 되면서 진로에 대한 고민이 시작됐고, 어느 날 "혼자 하는 공부 말고, 선생님한테 배우는 공부를 해보고 싶다"라고 말했습니다. 그래서 선택한 곳이 풀무학교입니다. 내심 풀무학교를 선택해 주길 바랐지만 강요할 수 없었던 저는, 산이가 끝까지 스스로 선택해 주길 기다렸습니다.

제게 풀무는 인생의 안내자 같은 곳입니다. 학교 다닐 때는 잘 몰랐는데 살면서 뒤돌아보면 저는 풀무에서 배운 '위대한 평민'의 삶에 대한 고민을 어렴풋이 해 왔고, 지금도 여전히 고민하며 살아가고 있다고 생각합니다. 아직도 정확한 의미는 잘 모르겠지만, 막연한 생각들을 모아 가며 걷고 있는 듯한 느낌이 듭니다.

풀무에서 2년을 보낸 산이는 같이 사는 법을 배우며 제법 단단해진 느낌입니다. 동아리 '일하는 도깨비'에서 농사일을 배우고, 도난 회의를 통해 다른 사람들과 생각을 공유하며, 맡은 일에 책임감 있게 대하려는 자세를 볼 때마다 뿌듯합니다. 밖으로 드러나지 않아도 자기 자리에서 최선을 다하며 살아가는 또 한 명의 풀무인으로 성장하길 바라는 마음입니다.

특별한 사람의 특별한 덕목

백마강

"알았습니다." 전화기 너머 낯선 이의 목소리가 들립니다. 열 살도 더 차이 나고 얼굴도 모르는 후배의 전화. 하지만 모든 낯섦은 순식간에 우주 밖으로 날아가 버리죠. '풀무'에서 걸려 온 전화입니다.

영화 쪽 일을 하고 싶다는 후배들의 전화를 가끔 받는데, 제가 해줄 수 있는 이야기가 무엇이어야 하는지 아무리 생각해도 답을 모르겠습니다. 제가 하는 일에 대해 많이들 궁금해한다던데, 사실인가요? 그렇다면 어떤 게 제일 궁금하세요? 어떻게 일을 시작했는지? '현장' 이라는 곳은 어떤 일이 벌어지는 곳인지? 아니면, 좋아하는 영화배우에 대해 궁금한가요? 언젠가 모든 궁금증이 풀릴 날이 오겠지요. 하지만 아쉽게도 오늘은 한 가지밖에 말할 시간이 없을 것 같네요. 수많은 주제 중에 결국 제가 제일 먼저 여러분에게 하고 싶은 이야

백마강 고등부 29회. 「풀무」 191호(2009년)에 실렸던 글.

기. 거창하게 말해 보자면, '직업' 란에 '영화 제작 스탭'이라는 글을 적기 위해 필요한 덕목은 무엇인가 정도가 되겠습니다.

보통의 영화 제작 현장에는 적게는 50명, 많게는 100명 정도의 사람들이 항상 함께 움직입니다. 최소 3~4개월 정도는 이 사람들하고만 지내야 해요(연출 파트인 경우에는 준비 기간, 촬영 기간, 후반 기간이 포함되기 때문에 대략 1년 정도의 시간이 걸립니다). 지방 촬영인 경우에는 숙소에서 잠도 같이 자야 하고, 하루 세끼 같이 밥 먹는 건 두말할 필요가 없겠죠. 수다도 이 사람들하고만 떨어야 하고, 싸우더라도 이 사람들하고만 싸울 수밖에 없습니다.

여기서 첫 번째 덕목이 나옵니다. '영화를 하려면 사람을 좋아해야 한다.' 인간은 사회적 동물이라고 하지만, 24시간, 연중무휴, 사람들에 둘러싸여 지낸다는 건 무척 어려운 일입니다. 그것도 그냥 각자 알아서 지내는 것이 아니라, 다 같이 뭔가를 해 나가면서 말이죠. 개인주의, 이기주의가 주류를 이루는 시대에 영화인들은 함께 지내는 방법을 터득하느라 날이 새는 줄도 모릅니다. 같은 말을 해도 상대방의 기분이 나쁘지 않게 할 줄 알아야 하고, 내 일만 딱 해 버리면 끝나는 것이 아니기 때문에, 다른 팀의 일이더라도 소매 걷어붙이고 나설 줄도 알아야 합니다. '고맙습니다', '죄송합니다'는 현장에서 제일 많이 사용되는 말이고요. 몇 개월이라는 시간 동안 희로애락이 수만 번 교차되면서 인간이 얼마나 이타적일 수 있는지, 또 반대로 얼마나 이기적일 수 있는지를 경험하게 됩니다. 나의 모든 것이 공유되고,

상대방의 모든 것이 오픈될 수밖에 없는 시간을 즐길 줄 아는 것. 그것이 영화를 하고 싶은 사람에게 필요한 덕목 중 하나겠습니다.

　다음은, 아이러니하게도 '영화를 하려면 고독과 싸워 반드시 이겨야 한다.' 입니다. 이게 무슨 앞뒤가 안 맞는 이야기냐고요? 아니에요. 영화를 하는 건 너무나 외롭고 고독한 일입니다. 영화 일은 다른 여러 직장처럼 한 회사에 직원으로 채용되어 근무하는 것이 아니라, 영화 제작 계획이 있을 때만 고용되어 일하는 프리랜서직입니다. 말이 좋아 프리랜서지 영화를 하고 싶은 수만의 사람들 중에 내가 한 영화의 스탭으로 발탁되는 기회는 생각처럼 쉽게 오지 않습니다. 한국에서 제작되는 영화는 한 해에 약 50여 편. 평균 제작 기간은 1년 정도입니다. 1년에 영화 한 편 하기도 힘든 상황이죠. 그래서 결론은 언제나 하나, 기다리는 시간이 많다는 것. 언제 다음 일을 하게 될지 아무도 모르는 시간을 혼자 버텨내야 합니다. 영화인들 말로, 쉬는 기간, 더 쉬운 말로는 백수 생활 되겠습니다. 제가 지금까지 가장 짧게 '쉬었던 기간'은 한 달이었고요, 가장 길었던 기간은 1년 반입니다. 고정 수입이 없기 때문에 생활비 문제도 생기는데, 그게 진짜 그러지 않아도 고독한 시간을 더 우울하게 만듭니다. 친한 친구에게 전화를 걸어도 그 친구 역시 같은 고민을 하고 있기 때문에 별 도움이 안 됩니다. 돈 빌려 달라는 부탁만 듣기 십상이에요. 예술가들이 즐겨 쓰는 말이 있잖아요. '철저히 혼자가 된다.' 전 예술가도 아닌데 그 말이 그렇게 가슴에 와닿을 수가 없습니다.

그렇다고 만날 방 안에서 고독과 씨름만 하고 앉아 있느냐. 무슨 자격증 시험이 있는 것도 아닌데, 영화인들은 끊임없이 공부를 합니다. 분야 불문, 장르 불문입니다. 뭐든지 도움이 될 만한 것이나, 혹여 도움이 전혀 안 될 것 같은 것도 일단 받아들이고 봅니다. 영화인으로 살아가기 위한 세 번째 덕목, '영화를 하려면 부지런해야 한다.' 일을 하지 않고 쉴 때 영화인들은 더 바쁩니다. 좁아터진 단칸방에서 라면으로 연명하다가도, 그렇게 모은 돈으로 몇 달짜리 여행을 훌쩍 떠납니다. 동네 도서관마다 영화인들이 터줏대감이죠. 도서관에 아직 비치되지 않은 책은 신청을 해서라도 봅니다. 요즘 홍대로 많은 영화인이 몰리고 있는데, 각종 공연과 전시회가 쉬지 않고 열리기 때문입니다. 영상 제작에 관한 주제로 진행되는 강좌는 빨리 신청하지 않으면 인원 초과로 탈락되고요. 전 세계에서 올라오는 정보를 스크랩하기 위한 인터넷 서핑도 빼먹지 않고 해야 합니다. '부지런하지 않으면 볼 수 있는 세상이 점점 작아진다.', '세상을 보는 시각을 더 넓히지 않으면 좋은 영화를 만들 수 없다.'고 영화를 하는 사람들은 생각합니다. 평생을 따라다니는 강박 관념, 시간이 너무 '모자랍니다!'

어휴… 이렇게 써 놓고 보니 엄청 거창하네요. 영화 일 하는 게 별거 아니라고 하더니, 결국 특별한 사람들만 할 수 있는 일인가 보네요. 아니요, 그렇지 않습니다. 저는 영화를 전공하지도 않았고, 특별히 잘난 게 없는데도 불구하고 벌써 경력 8년 차 영화인으로 살고 있는 걸요. 물론 어느 분야든 엘리트 코스라는 게 존재합니다. 드높은 지향점과 고귀한 정신, 기본을 이루는 탄탄한 이론들도 무수합니다. 그런데 저는 그 모든 범우주적 질서에 융합되지 않는 변종의 문을 통해 입장했음을 고백합니다.

知之者 不如好之者, 好之者 不如樂之者
아는 자는 좋아하는 자만 같지 못하고,
좋아하는 자는 즐기는 자만 같지 못한다.

저는 영화 일이 재미있습니다. 지금까지 구구절절 나열한 덕목이라는 것도, 결국엔 제가 더 재미있게 영화를 하기 위해 생각해 낸 것들입니다. 제가 특별한 직업을 가졌기 때문에 여러분에게 특별해 보이는 것이 아니라, 다른 사람들보다 내 일을 더 재미있어하기 때문에 특별해 보이는 게 아닐까 생각해 봤습니다.

진로를 고민하고 있는 후배님들께선 어떤 방식으로 가야 할지, 어떤 경로를 거치는 게 더 좋을지를 결정하기 전에, 내가 어떤 일을 하는 게 더 재미있을지를 먼저 결정하면 좋겠습니다. 그러고 나면 나머지는 모두 부수적인 것들이었음을 깨닫게 되실 겁니다. 물론 내가 하고 싶은 일이 무엇인지를 찾는 게 쉽다는 말은 결코 아닙니다!

사라지는 것들을 추억하며

이윤신

　기후 위기로 인해 계절의 감각이 사라지고 절기가 무색해지는 시절, 다시 학교를 찾았습니다. '수업생 한마당'을 준비하며 학교 선생님들과 학교 여기저기를 살피다가 뒤운동장으로 가는 길에 "황매화가 언제쯤 피지요?"라고 물었습니다. "황매화는 5월에 만날 수 있지요. 4월엔 맞은편에 개나리가 피어 있을 거예요." 아… 잊고 있는 동안 그 계절이면 만나던 꽃들과 가지각색 봄의 열매들을 떠올렸습니다. 봄에 만났던 보랏빛 '봄까치꽃(개불알풀꽃)'이며 산으로 들로 버찌와 오디를 따먹느라 수업 시간에 몰래 나갔던 일들마저 소중한 시간이었습니다. 자연에 기대어 사는 삶이란 부러 떠올리지 않아도 바람과 풀 내음, 그 색색깔의 변화만으로도 계절을 느끼며 살아가는 것이란 생각을 해 봅니다. 그런 계절의 감각이 사라지는 요즘이지만 풀

이윤신 고등부 31회. 「풀무」 247호(2024년)에 실렸던 글.

무의 사람들은 여전히 그런 살아 있는 감각을 몸에 지닌 채 살아가고 있지 않을까요. 향기로, 색으로, 온몸으로 그것을 느끼고 만나며 살아온 삶은 쉽게 사라지지 않는 것 같습니다.

풀무의 3년은 책에서 배우는 것이 아닌, 온몸으로 체험하고 체감하며 배운 '몸의 공부'였지요. 우리의 계절을 '온몸의 계절'이라고 불러 봅니다. '낫 놓고 낫도 모르는…'이라는 수식어가 붙었던 '서울 촌년'인 제가 풀무에 살면서 봄부터 겨울까지 산과 들에 넘쳐나는 먹거리들에 감사할 줄 알게 되고 씨앗을 뿌리고 거두기까지 태양과 비, 바람과 공존하며 살아가는 농부의 삶을 몸으로 배워 가며 계절을 살고 싶은 사람으로 성장할 수 있었지요.

봄이면 쑥을 뜯으러 신이 나서 교실 밖을 나서던 저는 현재 노래를 짓고 부르는 사람 '솔가'로 살고 있는 31회 수업생 이윤신입니다. 저는 지난해(2023년) 풀무학교 문화 시간에 잠시 인사를 드렸는데, 노래를 짓고 부르는 삶을 살면서 문화 기획, 문화 예술 교육 등 다양한 예술 문화 분야에서 일하며 살아가고 있습니다. 세상의 여러 이야기를 담을 공간으로 '노래'를 선택하고, 나누고 싶은 이야기들을 음악이 있는 무대로 풀어가며 살고 있습니다.

코로나19가 찾아든 2023년, '솔가, 노래의 24계절'이라는 타이틀로 계절을 살아내는 농부의 마음으로 음악을 풀어내고파 노력을 해 봤습니다. 밭을 일구던 호미 대신 기타를 들고 계절을 살아내는 감각을 회복하겠다는 이야기를 담아 노래를 엮어가는 프로젝트였습니다.

절기가 참 빨리도 돌아오더군요. 농부들이 1년 내내 어떤 삶을 살아가야 하는지 다시 한번 감사한 마음이 깃드는 시간이었습니다. 그러나 도시에서 이런 감각을 유지하고 살아간다는 것이 얼마나 어려운 일인가에 대해 골머리를 앓고 절망하는 시간도 함께 감내해야 했습니다.

올해는 'Song of hope: experimental moving festival'이라는 제목으로 홍콩과 태국 등 해외의 예술가들과 '기후 위기 시대에 예술가는 무엇을 할 수 있는가?'라는 주제로 토론과 예술 작업 등을 해 나갈 계획입니다. 예술의 사회적 역할에 대한 질문과 실천을 지속하는 아시아의 예술가들과 만나 가는 과정입니다.

저는 '노래하는 솔가'로 불리지만, 학교 다니던 시절의 저는 연극반을 만들고 매일 노래를 부르고 아침부터 저녁까지 뛰어다니며 힘차게 살아왔던 말썽꾸러기 학생 '이윤신'이었습니다. 호기심이 생기면 그 무엇이든 해볼 수 있는 풀무에서 어쩌면 제가 예술가가 될 수 있는 기초 체력을 만들었는지도 모르겠습니다. 상상한 것을 현실로 만들어 내는 문화 기획자로도 활동하고 있는데 풀무에서 만들었던 연극 무대, 축제, 친구들과 작당 모의로 만들어 냈던 그 모든 시간이 어쩌면 '기획자'로서의 삶을 살아가는, '상상을 현실로' 만들어 내는 보이지 않는 훈련이었던 것도 같습니다.

그런 훈련의 시간 덕분에 올해는 선후배들이 함께 모여 음식과 이야기를 나누는 수업생 한마당에서 공연 기획으로 참여하게 되었습니다. 어떤 무대를 만들까 고민하다가 가장 풀무다운 것이 무엇일지 생각해 봅니다. 자연을 거스르지 않는 무대와 풀무의 일상과 가까운 것들이 함께 공존하는 무대. 농업 시간이 되면 가장 먼저 손 들고 경운기 시동을 걸던 시절을 떠올리며 우리의 작은 무대는 이제 곧 사라져 버릴 '경운기'를 이용해 꾸며 보기로 했습니다. 경운기 뒤에 낫이며 호미를 들고 밭으로, 논으로 나가던 기억을 떠올리며 어느 순간엔 풀무의 오래된 박물관으로 사라져 버릴 시간을 기억하는 공연이어도 좋겠다는 생각을 해봤습니다. 형체는 사라지지만 절대 사라지지 않는 것들이 있죠. 그 기억의 시간 안에 살고 있는 사람들이 바로 그 주인공들, 풀무의 긴 '서사'의 주인공입니다. 이번에 준비하는 수업생 한마당은 18, 19회 수업생 선배님들이 주축이 되어 준비하는 행사로 수업생 총회뿐만이 아니라 풀무학교 출신의 멋진 예술가들이 모여서 서로의 음악과 삶을 응원하는 자리로 준비했습니다.

풀무는 이제 하나의 학교가 아니라 삶의 공동체가 되어 있는 듯합니다. 그렇게 서로의 앞뒤에서 '환대'의 악수를 나누는 시간이 되기를 바라면서 '봄, 맑았습니다' 풀무식 봄 인사를 나누어 보면 좋을 것 같습니다.

더불어 사는 마음 배우는 모교, 아들도 간다

신준수

"준수야, 넌 고등핵교 오디루 갈 거냐?"

"웅. 난 풀무핵교 갈 거여…."

"야, 임마! 공부도 잘 허는 늠이 왜 풀무핵교를 가?"

"잉? 풀무가 좋디야. 내가 「주간홍성」에서 봤는디 그 뭐시냐 전인 교육인가 뭔가 한디야. 그게 좋은 거랴."

1991년 홍동국민학교 6학년 교실, 점심시간에 도시락을 먹던 어느 남자아이들 모둠에서 흘러나온 말이다. 이때 처음으로 풀무에 갈 생각을 했다. 그때는 지역에서 풀무에 대한 이미지가 그리 좋지 않았다. 부모님도 나를 풀무에 보내고 싶은 마음이 그리 크지 않으셨다. 내가 어릴 때부터 우리 집은 젖소를 키웠고, 집 앞마당이 전부 젖소 축사와 어린 나의 놀이터였다. 놀이 상대는 당연히 젖소들과 송아지

신준수 고등부 33회. 「풀무」 234호(2020년)에 실렸던 글.

들이었다. 우유와 사료를 주고 여물도 주며 놀던 것이, 몸이 자라면서부터는 '일'이 되었다. 그렇게 젖소를 기르는 일이 삶으로 익숙해진 것이다. 그게 바로 풀무학교에 끌렸던 더 큰 이유인 듯하다.

풀무학교 면접시험 날, 홍순명 선생님께서 존경하는 인물과 그 이유를 얘기해 보라고 하셨는데, 그저 합격하고 싶은 마음에 성경을 한 번도 접해 보지 못했던 나는 주저 없이 예수님이라고 대답했다(당시에는 타인을 위해 희생하신 분이라고만 짐작했다). 그때를 생각하면 웃음이 난다. 정원 25명에 27명이 등록하여 두 명이 탈락할 것이라는 이야기를 들어 불안감이 컸다. 다행히도 전원 합격되었고, 그때 이후로 풀무는 경쟁률 높은 학교가 되었다. 몇 년 늦게 태어났으면 탈락할 수도 있었다.

풀무에 입학하고 나는 '전인 교육'이라는 말처럼 모든 분야를 열심히 공부해 보고 싶었으나, 의욕만 컸지 그렇게 부지런하지 못했다. 다만 농사일이나 기계 다루는 일, 축사 일에 익숙했던 나는 자연스럽게 논밭, 비닐하우스, 축사 쪽으로 열심히 돌아다녔다. 경운기와 트랙터를 주로 몰고 다녔고, 비닐하우스에서 국화반 활동을 하고, 염소, 토끼 등 동물들과 주로 놀았다. 닭과 오리는 진절머리가 날 정도였다. 오리농법이 전국에 퍼질 무렵, 학교에서는 논에 들어갈 새끼오리를 키워 분양하는 사업을 했는데, 그 규모가 수만 수 단위였으니 뒷산 위의 축사는 그야말로 오리 천지였다. 축산 근로 장학생을 하면서는 예배와 묵학 시간은 물론이고 때로는 수업 시간마저도 빼먹었지만, 공부도 잘하고 싶은 욕심으로 축사에 다녀올 때도 가방에는 EBS 수능 특강 교재가 가득했다(교재는 대부분 새 책 상태로 버려졌다).

지금 생각해 보면 풀무 시절 가장 아쉬웠던 것은 수능을 포기하지 못하고 돈과 시간을 허비한 것과 소처럼 일만 하고 다른 것들을 게 을리한 것이다. 교실 밖에서 일한 시간이 많았기 때문인지 풀무에 대 한 나의 기억은 다른 수업생들에 비해 건조한 편이다. 문화 시간, 예 배 시간, 성서 공부 그리고 여러 특강 시간들은 지금의 나를 만드는 데 큰 영향을 주었다. 항상 졸면서 듣긴 했지만 몇 가지 마음속 깊게 새겨진 것들이 있다. '더불어 사는 평민', '농부가 되기 전에 사람이 되어라', '지속 가능한 농업' 등이다. 주로 농업과 환경 그리고 이웃 과 연관된 것들이다. 이런 생각들을 했기에 전공을 농업대학 축산과 로 정하지 못했다. 풀무에서 배운 대로라면 식량 작물을 공부해야만 했다.

그렇게 나의 인생 과제로서 농업전문대학에서 벼농사 위주의 공부 를 했다. 집에 돌아와 다시 소 키우는 일을 했지만, 풀무에서 배운 것 을 잊지 않고 살아가기 위해 노력했고, 곧 독립학원 출신의 아내를 만났다. 아내는 풀무 출신보다도 더 풀무스러웠고 생활에서 실천력 도 강했다.

젖소를 키우면서 가공 사업도 시작했는데, 초창기에는 친환경이 아닌 일반 제품이었기 때문에 우리 아이들에게는 먹이지 못했다. 내 가 만들어 파는 것을 내 아이에게 먹이지 못한다는 사실이 많이 괴로워 견딜 수 없었다. 몇 년간의 고심 끝에 소에게 유기농 사료만 먹이고, 항생제와 약품을 끊어 유기 축산 인증을 받게 되었는데 그제야 내가 하는 일에 대해 조금은 마음을 놓았다. 풀무에서 마음속에 새겼던 말들이 내가 하는 일의 바탕이 되고, 아내가 아이들을 돌보며 살아가는 모습을 믿었다. 만약 그것들을 받아들이지 못했더라면 지금과 같은 목장은 결코 있을 수 없었다.

대형 트랙터를 몰고 왕왕거리며 홍동 들녘을 누비는 나를 그저 대형 축산 농장의 2세로 보는 사람들도 많다. 그러나 내 머릿속은 환경, 농업, 축산업 등의 단어들이 뒤엉켜 항상 복잡하고 지끈거린다. 풀무에 처음 들어설 때보다 창업한 뒤의 시간이 점점 길어짐에 따라 그때 새겨졌던 말들이 조금씩 흐려져 아픈 머리가 마비되곤 한다. 이웃보다는 나를 한 번 더 생각하게 되고, 어떻게 하면 쉽게 돈을 벌까 고민하게 되고, 고통을 버리고 쾌락을 찾는 횟수가 더 많아졌다.

어느새 첫째 아이가 자라서 저도 풀무에 간다고 한다. 아빠가 하는 농사를 하겠다는 말을 들으니 진심인지는 모르겠지만 일단 기분은 좋다. 아들이 나를 보고 '아버지가 나쁘게만 살지는 않았구나'라고 생각하는 것 같아 안도감도 든다. 그리고 풀무에서 배웠던 것들을 다시 토해 내어 되새김질할 때가 되었음을 느낀다. 나도 아직 어린 것 같은데 아들이 풀무에 간다고 하니 세월의 속도가 새삼 더 놀랍게 느껴진다. 걱정도 된다. 과연 아들이 풀무를 보고 실망하지 않을까? 아들을 보고 풀무가 실망하지는 않을까? 내가 다시 입학하는 심정으로

다 받아들여야겠다.

아들에게 한 가지 바라는 점은 '열심히 즐겨라'이다. 너무 조용하고 수동적인 아들의 성향이 걱정이다. 농사를 지어도 소처럼 일만 하다가 지치지는 않았으면 한다. 일하는 방법이나 기술과 관련된 경험들은 언제 어디에서든 배울 수 있지만, 농사를 짓는 마음, 이웃과 더불어 살라는 믿음은 꼭 배웠으면 좋겠다. 그것은 풀무 같은 곳이 아니면 여간해서 가르쳐 주지 않으니 말이다. 그걸 배워 두면 꼭 농사가 아니라 나중에 다른 일이 하고 싶어졌을 때 어느 곳에 가서 어떤 일을 해도, 세상에 필요한 사람이 될 수 있다. 그리고 강조하고 싶은 것은 재미있는 동아리 활동도 두루두루 하길 바란다. 활력소가 될 것들을 많이 익혀 두어 재미나게 살았으면 한다.

아들이 집을 떠나 있는 동안, 나는 '돌아오고 싶은 농장'으로 만드는 데 힘쓰려 한다.

어느 작물학자의 평범한 아침

한의선

해가 뜨기 전에 일어났다. 이곳 캔버라는 겨울로 접어들었다. 오늘 새벽 온도는 영하로 떨어졌다. 내복을 챙겨 입고 그 위에 며칠째 작업하면서 입었던, 호주의 적색 흙이 잔뜩 묻어 있는 겉옷을 겹쳐 입었다. 그래도 단열이 전혀 되지 않는 이 망할 집에서는 한기가 밀려온다. 부엌에 가서 히터를 틀었다.

아내와 아이들은 자고 있다. 아직 새벽 5시. 아이들과 아내의 점심 도시락을 준비하고 나갈 수 있을 것 같다. 최근에 유튜브에서 배운 가지밥을 해보기로 했다. 가지를 자르고 삼겹살도 잘랐다. 파를 송송 썰어 기름에 달달 볶는다. 파 향이 히터 바람에 날려 집안 곳곳으로 퍼진다. 삼겹살과 가지를 넣고 볶는다. 쌀 두 컵을 씻어서 볶은 것들을 넣고 밥을 안친다. 도시락 완료. 간식은 아내가 일어나서 준비할

한의선 고등부 35회. 「풀무」 240호(2022년)에 실렸던 글.

것이다.

실험포장에 갈 때는 간단한 음식이 최고다. 빵과 과일을 가방에 넣었다. 따뜻한 커피도 보온병에 넣었다. 준비가 되었다. 문밖을 나서니 자동차 유리에 허옇게 살얼음이 꼈다. 시동을 걸고 엔진이 덥혀지길 기다린다. 오늘 포장에서 무슨 일을 해야 하나 아직 졸린 눈을 감고 잠시 생각해 본다.

- 드론으로 다중 스펙트럼(Multispectral) 촬영
- 광합성유효방사(PAR) 측정
- 식물 높이 측정

불과 며칠 전에 실험이 개시되었다. 생각보다 밀의 생장이 빠르다. 내내 춥다가 잠깐 더웠던 것이 이유였는지 겨울에는 생장이 둔화되어야 하는데 계속 자라고 있다. 이대로라면 계획했던 방목(Grazing) 처리를 했을 때 동물들이 밀의 생장점을 먹어 버릴 위험이 있다. 급히 결정해서 칼을 이용해 밀을 자르는 것(인위적인 방법)으로 방목 처리를 대신했다.

호주에서는 밀과 유채를 겨울 초(6-7월)에 방목시킬 수 있다. 양의 생장에 도움이 될 수 있기 때문이다. 특히 극심한 기근에 매번 노출되는 이곳에서는 방목을 통해 식물의 잎과 줄기를 잠시 제거해 토양 수분을 보존할 수 있다. 이때 저장된 수분은 여름 즈음(10-11월) 작물이 익을 때 유용한 자원이 된다. 또 기근이 극심한 해에 이곳 농민들은 밀과 유채를 아예 양에게 방목만 시키고 그 수익만 취한다. 기

근에는 물이 너무 적어서 한 해 농사에 투자를 해도 작물에서 수익을 기대할 수 없기 때문이다. 때문에 이곳에서의 방목은 일종의 '보험' 혹은 '안정망'이 되는 셈이다. 나는 이에 관한 연구를 하려고 지난 2021년에 덴마크 코펜하겐대학에서 이곳 호주 캔버라 CSIRO로 연구 방문을 왔다.

차 안이 이제 따뜻하다. 유리에 덮인 살얼음도 모두 사라졌다. 출발한다. 1년간 호주의 험난한 도로에 익숙해졌는지, 실험포장까지 가는데 걸리는 두 시간 반이 이젠 길지 않게 느껴진다. 캔버라 도시를 빠져나가는 데는 15분 정도 걸린다. 그 이후에는 산과 들, 유칼립투스와 풀만 보이고 도로는 매우 좁아진다. 어두울 때는 캥거루가 튀어나올 수도 있어서 조심해야 한다. 호주에서는 동물들이 차에 치여 죽는 "로드킬"이 아주 흔하다. 고속도로를 탄다. 어둠이 걷히니 안개가 자욱하다. 드론 날리기 좋은 맑은 날이 될 징조이다. 해가 떠오를수록 안개가 사라진다. 이곳 호주 겨울의 시골은 어디에서도 보지 못한 풍경을 보여준다. 양들은 조용히 들에서 풀을 뜯고 있고, 나무가 듬성듬성한 조그마한 산들은 둥글게 서 있다. 거미들은 하얀 솜이불 같은 거미집을 사방에 세웠다. 영원히 그곳에 있었을 것 같은 바위와 거대한 나무들이 초록색 대지에 색감을 더한다.

아무리 그래도 170킬로미터는 먼 거리이다. 지루해지면 음악을 튼다. 내 전화기에 있는 노래들은 모두 옛 노래들이다. 풀무 시절 듣던 노래들도 있다. 아주 오래된 기억인데 자꾸 생각이 나는 꿈같은 날들이다. 그 시절 노래를 들으면서 친구들 생각을 한다. 외국에서 지내도 연락을 자주 하곤 했었는데, 가정이 생긴 이후로 다들 뜸해진다. 선생님들 생각도 해본다. 찾아뵌 지 너무 오래되었다.

그리고 25년 전 산골 마을 풀무를 떠올려 본다. 입학식을 마치고 저녁에 부모님과 작별한 뒤, 처음 보는 3학년, 2학년 선배와 한방에서 자게 되었다. 아침 청소와 체조를 위해 억지로 일어나야 했던 풀무에서의 첫 아침은 마치 오늘 캔버라 겨울의 아침처럼 어둡고 추웠다. 좋았던 추억이 잔뜩 있지만, 슬프고 힘들던 일들도 그에 못지않다. 그래도 3년을 살아냈다. 그 뒤 20년이 넘는 시간 풀무에 대한 감정도 점점 옅어져 가고 있다. 한국에 살지 않아서일지도, 아니면 풀무에서 배운 것들을 잃어가는 것인지도 모른다.

지난 10년간 식물을 측정하고 땅을 파헤쳐 뿌리와 토양의 상태를 기록해서 논문을 쓰는 일을 업으로 삼아왔다. 그렇게 나는 작물학자(Agronomist)가 되었다. 학위를 했던 독일에서도, 지금 일하고 있는 덴마크에서도, 잠시 와 있는 이곳 호주에서도 죽어가고 있는 분야다. 나 역시 농학에 뜻이 있었던 것은 아니다. 풀무 졸업 후 문학자가 되거나 저널리스트가 되려고 했다. 한국에서 잠시 지내던 20대 초반 어느 날, 모내기를 막 끝낸 논이 잔뜩 펼쳐진 산길을 버스 안에서 바라보고 있었다. 아주 맑고 파란 하늘이 있었다. 벼는 푸르렀다. 그때 풀무가 번뜩 생각났다. 그날 농학을 하기로 결심했다. 그렇게 20년을 왔다. 하지만 지금도 끊임없이 고민한다. 이것이 정말 내 길인지를.

쓸데없는 생각이 끝나기도 전에 실험포장에 도착했다. 방목 처리를 한 지 일주일도 되지 않았는데 벌써 줄기가 10센티미터나 자라 있다. 드론을 날려 보면 2만 평 정도 되는 실험포장 전체의 상태를 알 수 있을 것이다. 방목한 다음 식물의 복원력이 후의 생산성 및 수분 이용 효율(Water Use Efficiency)을 결정한다. 이를 추적해서 학계에 보고하는 것은 기후 변화와 관련해서 의미가 있을 것이다.

차에서 내린다. 오늘 하늘도 맑고 파랗다. 밀도 푸르르다. 이제 풀무에 대한 기억은 옅다. 그래도 실험포장으로 걷는 이 길이 기쁘다. 그래서 풀무에 감사하다.

나는 '위대한 평민' 한옥 목수입니다

정충만

안녕하세요. 풀무학교 다닐 때는 3년 내내 글쓰기 반으로 활동하고 시 동아리인 '시골'도 만드는, 나름대로 자칭 문학 소년이었지만 먹고살기에 바쁘다 보니 '글'이란 것을 써 본 지가 언제 적인지 기억나지 않는 아저씨가 되어 버렸네요.

학교로부터 글을 써 달라는 전화를 받고 잠시 망설였습니다. 부담도 되었지만 생각해 보니 이런 기회가 아니면 언제 또 글이라는 걸 써 볼까 싶었습니다. 그래서 그 시절 문학 소년의 감성을 다시 꺼내어 서툴지만, 진심을 담은 글을 써 보려 합니다.

저는 한옥 목수로 살고 있습니다. 어느덧 20년 넘게 이 일을 하고 있습니다. 한옥을 짓는 데에는 참 많은 공정이 들어갑니다. 기와를 올리는 '와공', 벽체를 만드는 '미장공', 창호를 만드는 '창호 목수' 그

정충만 고등부 36회.

리고 집의 뼈대를 만드는 한옥 목수 '대목수', 이를 총괄하는 사람을 가리켜 '도편수'라고 했습니다. 그 역할을 한옥 목수의 우두머리가 하는 경우가 많았기 때문에 지금은 한옥 목수의 우두머리를 '도편수'라고 합니다. 대목장이라고도 하죠. 저는 도편수로 살고 있습니다.

한옥 목수라는 직업이 흔치 않다 보니 사람들은 종종 신기하게 여기지만, 의외로 이 일에 종사하는 사람이 많습니다. 한옥 목수는 주택만 짓는 게 아니고, 문화유산으로 지정된 건축물을 고치고 복원하거나 불교의 사찰을 짓는 일도 하기 때문입니다. AI가 세상을 바꾸는 시대에 어찌 보면 굉장히 원시적인 직업이라는 생각도 간혹 듭니다.

왜냐하면 현대에 한옥을 짓는 방식이 천 년 이전의 방식과 똑같기 때문입니다. 원목을 가져와 원하는 치수대로 켜고, 선을 그려 따내고 다듬어 기둥을 세우고, 들보를 끼워 집을 완성합니다. 천 년 전과 다른 점이라면, 전동 공구를 쓰고 크레인으로 집을 조립하는 정도입니다만 예나 지금이나 절대적으로 사람의 손이 많이 가는 일입니다.

한옥 건축에 많이 쓰이는 소나무는 사실 건축 목재로 아주 좋은 나무는 아닙니다. 뒤틀림, 갈라짐, 수축, 팽창도 심하고 옹이가 많아서 사용하려면 여러 가지를 고려해야 합니다. 뒤틀리는 방향을 생각해서 못을 박고, 휨을 고려해서 수평부재를 놓습니다. 현실에 타협해 적당히 넘어가는 부분도 있습니다만, 좋은 집을 짓기 위해서는 고민해야 할 부분이 너무도 많습니다.

그 많은 고민이 쌓여 경험이 되고, 경험이 기술이 됩니다. 저는 기술을 선배들에게 배우고, 지금은 후배들에게 전하고 있습니다. 이것 이야말로 세월이 흘러도 절대 변하지 않는 지혜로운 기술입니다.

우리가 문화유산을 지키고 이어가야 하는 이유도 바로 여기에 있습니다. 건축 문화유산을 유지하는 데 돈이 많이 든다는 이유로 비판적으로 바라보는 사람들도 있습니다만, 오래되고 아름다운 건축물은 그 자체로 우리의 재산이 됩니다. 학생들이 역사를 공부하면서 역사적인 사실이 깃든 장소와 건축물을 체험합니다. 북촌 한옥마을과 경복궁에 수많은 외국인 관광객이 우리의 문화유산을 보러 옵니다. 국가 정상들이 만난 자리에서도 우리의 문화유산이 자랑이 됩니다.

글을 쓰기 전, 제가 학교 다니던 시절에 무슨 일이 있었나 궁금해 연혁을 살펴보니 기쁘게도 저의 흔적이 보이더군요. 저는 풀무학교 재학 시절 선생님들 속을 많이 썩이던 소위 문제 학생이었습니다. 여러 번의 귀가 조치와 공동체 위탁 등 학교에 있던 시간이 다른 학생에 비해 적었지만, 살다 보면 생각나는 풀무학교의 교훈 '위대한 평민' 이 뜻을 뒤늦게라도 배우지 않았나 싶습니다.

제가 한옥 목수를 왜 시작했는지는 모르지만, 20년 넘게 한옥 짓는 일을 하고 있는 이유는 분명히 알고 있습니다. 저는 다음 세대에게 좋은 건축물을 남겨 주고 싶습니다. 제가 비록 유명하고 큰 건축물을 많이 하는 대목장이 아니고 그저 평범한 한옥 목수이지만, 자기 맡은 자리에서 최선을 다해 살아가는 '위대한 평민'으로 살게 해 준 풀무학교의 교육과 그 시절 저의 선생님들께 감사합니다.

함께 배우며 자라는 삶

정영환

　고요합니다. 저는 현재 풀무학교에서 멀지 않은 장곡면 도산리에서 청년들과 함께 농사를 짓는 협동조합젊은협업농장에서 일하고 있습니다. 서울에서 철학과 미학을 공부하다 결혼하고 첫째를 낳으면서(현재는 셋입니다) 자연스럽게 고향인 홍성으로 내려왔습니다. 생각을 정리할 겸 잠시 집에서 농사를 지어보려 했고, 그때 정민철 선생님의 권유로 '석 달만 해보자'며 시작한 농사가 어느덧 13년이 되었습니다. 재학 시절에도 농사를 배우긴 했지만, 그것이 내 진로가 되리라 생각하지는 못했습니다. '언젠가 나이 들면 아는 사람들과 함께 농사짓고 살면 좋겠다'는 막연한 바람 정도였죠. 그런데 그 생각이 이렇게 현실이 될 줄은 몰랐습니다. 지금도 동창들은 "네가 농사를 지을 줄은 몰랐다."고 말할 정도입니다.

정영환 고등부 37회.

협동조합젊은협업농장은 농촌에서 살아가고자 하는 청년들이 모여 농업을 기반으로 함께 일하고 배우는 곳입니다. 농업이 소외되고 농촌에 사람이 없다고들 하지만, 매년 새로운 청년들이 이곳을 찾아옵니다. 우리는 시설하우스에서 사계절 쌈 채소를 재배하고, 논에서는 벼와 콩을 키웁니다. 농사뿐 아니라 마을과도 긴밀히 연결되어 있습니다. 마을 공동 작업, 길 제초, 저수지 청소, 상여를 메는 일까지 마을에서 벌어지는 다양한 활동을 함께하며 살아갑니다. 제가 맡은 일은 청년들과 함께 농장을 운영하고, 일상을 꾸려가는 것입니다. 작년부터 농장의 이사장을 맡았지만, 그렇다고 일이 달라지진 않았습니다. 그저 여전히 흙을 만지고, 함께 일하는 하루하루가 이어질 뿐입니다.

학교에서 하던 농사 실습과 실제 생계를 위한 농사는 전혀 다릅니다. 현실의 농사는 책에서 배운 것보다 훨씬 더 복잡하고, 때로는 예측할 수 없습니다. 땅의 성질을 알고, 작물의 생리를 몸으로 익혀야 합니다. 민달팽이가 작물을 갉아 먹으면 새벽에 나와 손으로 일일이 잡고, 토양을 개선하기 위해 200평 하우스를 모종삽으로 직접 갈아엎은 적도 있습니다. 4월에 노지에 심은 콜라비가 눈에 덮여 모두 얼어 죽은 적도 있죠. 농장 초창기에는 하루하루가 사건이었습니다. 첫해에는 주말도 없이 일했고, 결산 결과는 마이너스였습니다. 그때 알았습니다. 노력만으로 되는 일이 아니라는 것 그리고 농업에는 공부와 계획이 함께 필요하다는 것을요. 시간이 지나 수입이 조금씩 늘고 농사 기술도 안정되었지만, 여전히 배움의 연속입니다. 해마다 새로운 문제가 생기고, 늘 다른 방식의 고민이 필요합니다. 요즘은 총채벌레 때문에 마음이 편치 않습니다. 작은 벌레 하나가 그동안의 노력을 한순간에 무너뜨리기도 하니까요.

함께 일하는 사람들과의 관계도 큰 배움입니다. 젊은 친구들과 일할 때도, 나이 드신 분들과 함께할 때도 있습니다. 각자의 생각과 방식이 다르니 때로 부딪히기도 하지만, 그 과정을 통해 결국 내 자신을 돌아보게 됩니다. "내게 부족한 것은 무엇일까?", "내가 이 일을 대하는 태도는 어떤가?" 이런 질문들이 마음속에 남고, 그 속에서 조금씩 성장합니다. 농사는 단순히 작물을 키우는 일이 아니라, 사람을 배우고 자기 자신을 키워가는 일임을 점점 더 느낍니다.

사실 일한 지 3년쯤 되었을 때 그만둘까 고민한 적이 있습니다. 일은 많고 수입은 적으니, 지치고 힘들었죠. '이 길이 정말 맞는 걸까?' '내가 원하는 일인가?' 수없이 고민했지만, 결국 내린 결론은 '좀 더 해보자'는 것이었습니다. 조금 더 버티니, 시간이 지나며 달라진 것들이 보이기 시작했습니다. 지역 안에서 할 수 있는 일들이 늘어나고, 함께 의지할 동료가 생기고, 서로 기대어 살아가는 어른들이 보이기 시작했습니다. 우리가 학교에서 자주 들었던 말, '더불어 산다는 것'의 의미를 이제 조금은 알게 되었고, 그만큼 어렵다는 것도 깨달았습니다. 협동조합젊은협업농장은 단순한 밥벌이의 터전이 아니라, 사람과 사람이 함께 배우고 자라나는 공동체가 되었습니다. 졸업했다고 배움이 끝나는 것이 아닙니다. 오히려 지역 속에서 할 수 있는 일, 해야 할 일, 배워야 할 일이 더 분명해집니다.

얼마 전, 추석 인사로 홍순명 선생님 댁을 다녀오면서 여러 생각이 들었습니다. 학교 다닐 때 교장 선생님이었던 분을 찾아뵐 수 있고, 격려받으며, 함께 지역에 대해 이야기할 수 있다는 것. 그런 관계가 계속 이어진다는 것은 지역 속에 함께 있다는 공감을 하게 해 주었습니다. 풀무학교를 졸업한 후배들도 종종 농장에 찾아옵니다. 어린 후배들과 함께 일할 수 있다는 것이 우리 농장의 가장 큰 즐거움입니다. 특히 모교 출신들이 오면 학교 소식도 듣고, 요즘 학생들의 생각과 관심사도 엿볼 수 있습니다. 세대는 다르지만, 함께 배우며 자라간다는 마음은 변함이 없다는 것을 느낍니다.

돌아보면, 창업 이후의 시간은 끝이 아니라 또 다른 시작이었습니다. 흙을 만지고 계절을 따라 살다 보니, 배움은 교실이 아닌 삶 속에서도 이어진다는 것을 알게 되었습니다. 창업생으로서의 제 삶은 여전히 '배우는 중'입니다. 오늘도 저는 흙 위에서 배우고, 사람 속에서 자라가고 있습니다. 풀무학교에서 배웠던 '더불어 사는 삶'이 지금 제 일상에서도 이어지고 있습니다.

진로 선택을 앞둔 후배들에게

주하늬

고요합니다. 추수를 앞둔 가을날이라 정신없이 일하고 돌아와 밤이 돼서야 컴퓨터 앞에 앉았습니다. 며칠 전 학교에서 「풀무」에 실을 거라면서 진로를 고민하는 후배들에게 전하는 글을 부탁하셨어요. 아…, 글재주도 없는 제가 뭐라고 후배들에게 진로에 대해 얘기할 수 있을까 잠시 망설였지만, 어찌 우리 선생님 부탁을 거절할 수 있겠어요. 용기를 내 봤습니다.

제 소개부터 드려야겠네요. 저는 여러분과 아주 가까운 곳에서 유기농 벼농사를 짓고 살아가는 젊은 농부입니다. 소도 키우고 채소 농사도 조금 지어요. 이제 겨우(?) 8년차 농부고요. 아내와 아들(산들), 딸(봄들)과 함께 농장을 가꿔 가며 하루하루 열심히 살아가고 있습니다. 어떻게 농사를 짓게 되었냐는 얘기부터 시작해야 할 것 같네요.

주하늬 고등부 37회. 「풀무」 223호(2017년)에 실렸던 글.

진로를 고민하는 많은 후배님들한테는 미안한 말이지만, 저는 한 번도 제 진로에 대해 고민해 본 적이 없어요. 어렸을 때부터 농부란 꿈이 바뀐 적이 없었거든요. 저는 아버지가 지어 주신 '작은 농부'란 별명이 좋았고, 산으로 들로 뛰어다니기를 좋아했고, 논밭에서 일하는 걸 좋아했어요. 초등학교 때, 선생님이 수업 시간에 장난치는 친구들을 나무라면서 "너희 그렇게 공부 안 해서 요 옆에 똥통학교(풀무학교)나 가고 농사나 짓고 살래?"라고 하신 기억이 있어요. '우리 엄마 아빠 그 똥통학교에서 만나 결혼하셨고 지금 열심히 농사지으시는데….' 어린 마음에 상처도 됐지만 오히려 오기가 생겼던 것 같아요. 꼭 풀무에 가서 멋진 농부가 될 거라고….

요즘에야 농업의 가치를 찾아 귀농하는 사람도 많아졌지만, 그 시절엔 농부에 대한 인식이 좋지 않았어요. 무조건 농촌을 떠나 도시로 가서 성공하라고 떠밀던 때였으니까요. 농부가 되겠다고 하는데 누가 응원을 해줬을까요. 그랬던 저는 풀무에 다니면서 많은 힘을 얻었어요. 친구들과 함께 일하는 것도 너무 좋았고, 무엇보다 농부의 가치를 인정해 주는 분위기 속에서 제 꿈을 향해 걸어가면 됐으니까요. 친구들과 함께 경운기 타고 두엄 나르고, 학교 식당에서 나온 음식물 찌꺼기로 지렁이를 키우고, 염소 키워서 돈 벌어 보자고 학교 뒷산에 염소우리 만들던 때가 기억나네요. 그 시절 우린 함께 공동체로 운영하는 농장을 만들어 살면 좋겠다는 꿈까지 꿨지요. 아쉽게도 그중에서 농사를 짓고 있는 친구는 저밖에 없지만, 풀무에서 농업의 가치와 다양한 농업 기술들을 배웠고, 함께 일하는 즐거움을 느꼈어요. 그 모든 경험이 지금 농사를 짓는 데 큰 밑거름이 되고 있어요.

도깨비보다 소에 가까웠던 저는 공부는 지지리도 안 했지만, 운 좋게 국립대 농업대학에 진학했어요. 그런데 대학은 농부를 꿈꾸는 저에게는 그리 좋은 배움터가 아니었던 것 같아요. 농업 현실과 동떨어진 채 학문을 위한 학문을 하고, 무엇보다 농부를 꿈꾸는 동지들이 없어서 아쉬움이 컸어요. 대부분 점수 맞춰 가기 만만한 농대를 선택했고 복수 전공과 취업 준비로 농업에는 관심이 없었으니까요. 그런 점 빼고는 동아리 생활, 다양한 인간관계, 도시 생활 경험 등은 대학 생활에서 좋은 의미로 남아 있어요. 무엇보다도 그곳에서 제 인생에 가장 소중한 인연인 아내를 만났다는 게 가장 큰 성과(?)겠죠. 농대 풍물 동아리에서 만나 8년을 연애하면서 함께 농사짓자고 꼬드긴(?) 결과, 농부의 삶을 함께 일구는 든든한 동반자가 되었습니다.

만약 농사를 짓고 싶은데 농대를 갈까 고민하는 친구가 있다면 지금은 말리고 싶어요. 대학 문화도 많이 바뀌어서 문화라기보단 취업을 위해 스펙을 쌓는 분위기에 제가 다닐 때보다도 더 갑갑함을 느끼니까요.

제가 그 시절로 돌아간다면 다양한 농장에서 일해 보면서 농사 경험을 쌓고, 우프(WWOOF) 같은 프로그램을 통해 여행도 하며 해외 유기농업도 경험하고 싶어요. 그리고 틈틈이 농사에 접목할 수 있는 다양한 기술들을 배우고 싶어요. 예를 들면 목공, 디자인, 건축, 인터넷 활용 등…. 제 경험상 농촌에서 살면 뭐든지 접목할 수 있을 것 같아요. 저는 디자인에 관심이 있어서 포토샵을 좀 배웠는데, 전문가 수준은 아니더라도 저희 쌀을 직거래하면서 필요한 포장 디자인이나 홈페이지 디자인 등을 직접 할 수 있어 좋아요. 농산물도 디자인이 중요한 시대인데, 농사를 모르는 디자이너들이 만들어 주는 획일화된, 어울리지 않는 디자인 때문에 돈만 낭비하는 경우를 많이 보거든요. 이처럼 자신의 재능이나 취미 등을 농업에 풀어보는 것도 도움이 되니, 여러분 나이에 농사지을 확신이 들었다면 급하게 농사를 지으려 하기보다는 오히려 여러 분야에서 경험을 통해 다양한 걸 배워 보고 차근차근 준비해 나가는 게 좋을 것 같아요. 그러고는 20대 후반쯤에도 그 확신에 변화가 없다면 빠르게 훌륭한 농부로 성장할 수 있을 거예요.

저는 직업으로서의 농부가 아닌, 농부의 삶을 선택했다고 생각해요. 단순히 돈벌이 수단에 그치지 않고, 가족들과 함께 농부로 살아가는 모습을 돌아보면 그 속에서 무한한 행복을 느낄 수 있거든요. 저는 시골이 좋고 농사일도 잘 맞아요. 아내도 시골살이에 만족하고 아이들도 아주 건강하고 씩씩하게 촌아이로 자라고 있어요. 아이들과 자전거 타는 걸 좋아해서 자주 나가는데, 시원한 들판을 달릴 때마다 이런 아름다운 농촌 마을이 이 모습 이대로 영원했으면 좋겠다는 생각을 해요.

저는 아이들에게 제가 받았던 것처럼, 농부의 꿈과 아름다운 농촌을 물려주고 싶고, 귀농을 꿈꾸는 누구에게나 농촌으로 오라고 자신 있게 말하고 싶지만, 농촌 현실은 점점 더 힘들어지는 게 사실이에요. 요즘에는 식문화의 변화로 밥보다 면이나 빵, 간편식과 외식이 늘어나 농산물 소비가 점점 줄어서 걱정이 많아요. 그럼에도 항상 희망을 말할 수 있는 건, 농업이라는 가치는 미래에도 변하지 않을 거라 믿기 때문입니다.

누군가는 농업의 희망을 말하면서 미국의 투자 귀재라는 짐 로저스의 말을 인용하곤 해요. "농업에 투자하라, 미래에는 농업이 유망한 산업이 될 것"이라면서요. 또 억대 수익을 내는 농부들을 앞세워 6차 산업으로 농업에 희망이 있다 하고, 누군가는 "농부도 페라리를 탈 수 있다"라고 와 닿지도 않는 언어로 미래 농업의 가능성을 말합니다. 듣고 있으면 쓴웃음만 나와요. 과연 그들이 말하는 농업의 희망이 농부들의 희망일까요. 농촌의 희망일까요. 아니죠, 그저 경제 논리만 앞세운 산업화된 농업을 말하는 것이라고 봐요. 농부가 없는 농촌이 있을 수 있나요. 자동화된 기계들만이 들판에 돌아다니는 그곳을 농촌이라 할 수 있을까요. 자연을 소중히 하며 건강하게 노동하며 농지를 일궈 나가는 젊은 농부들이 많아지고, 이들이 서로 농사일을 돕고 함께 마을 일도 해 나가는 모습이, 희망적인 농촌의 모습이고 미래의 농업이어야 한다고 생각해요.

그러기 위해선 농촌에 더 많은 젊은 농부들이 필요한데, 나이가 드셔서 몇 년 후면 농사를 그만두실 수밖에 없는 주위 어르신들을 뵈면 마음이 더 급해져요. 저야 복 받아서 아버지의 대를 이어 농사를 짓고 있지만, 아무 기반 없이 농사를 시작하기는 쉽지 않아요. 많은 청년이 농업을 이어나가고 마을을 지켜나갈 수 있게 나라의 정책을 통해서든 마을 자체에서든 더 많이 이끌어주고 꾸준히 도와줘야 해요. 마을의 농가와 귀농 청년이 멘토링으로 연결되거나 청년협업농장 같이 함께 고민하고 정착해 가는 모습이 대안이 될 수 있을 것이라 생각합니다.

지난 주에 농업 진로에 관심 있는 풀무학교 후배들이 저희 농장으로 실습을 왔어요. 함께 일하면서 이런저런 학교 얘기도 듣고 옛날 학교 얘기도 해 주며 잠시나마 풀무 시절 추억에 젖었네요. 어찌나 일을 잘하는지 '역시 풀무 후배들은 다르다!'란 생각이 절로 들더군요. 게다가 농사에 관심이 있어서 자발적으로 이런 수업을 받는다니 한 명 한 명이 너무 예뻐 보이더라고요.

진심으로 농업의 가치를 느끼는 사람들과 함께 농촌을 지켜나가고 싶어요. 많은 청년이 농부를 꿈꿀 수 있도록 농사 선배로서 열심히 지역의 농업을 만들어 나갈게요. 저희 농장은 가까이에 있어요. 농사에 관심 있는 후배님들이 찾아온다면 언제든 환영입니다.

풀무학교와 홍동면에서 배운 '마을'

황바람

저는 충남 부여군에 살다가 1999년 풀무학교에 입학했습니다. 홍성과 비슷한 분위기를 지닌 지방 소도시이지만, 농사를 짓지 않는 부모님과 지냈던 부여 읍내와 홍동면은 많이 달랐습니다. 어렵지 않게 봐왔던 너른 논밭과 완만한 능선 풍경에 조금 가까이 다가가자 소똥 냄새와 파리들이 당연한 듯 마을을 감싸고 있었습니다. 택시는 아예 없었고, 정류장에 붙어 있는 시간표가 무색하게 들쑥날쑥 오가는 시내버스가 띄엄띄엄 다녔습니다. 가끔 과자를 사 먹으러 송풍다리를 건너 나갔던 면소재지에는 지금처럼 ㅋㅋ만화방, 밝맑도서관, 카페(동네마실빵 뜰, 갓골 풀무학교생협) 같은 곳이 없었죠. 학생인 제가 주로 갔던 곳은 작은 슈퍼(만화방 근처), 미용실(주유소 옆), 분식집(행복나누기 식당 맞은편) 정도였습니다. 그밖에 문당리와 구정리 등에 살

황바람 고등부 37회. 「풀무」 231호(2019년)에 실렸던 글.

던 친구들 집에 놀러 가 보았던 동네들이 생각납니다. 2차선 도로와 연결된 초입에 큰 나무와 정자 또는 평상이 놓여 있고, 농경지를 가르는 안길로 들어서 만나는 집들과 게양대 달린 평지붕 마을회관 모습이 너무 비슷해 분간이 어려웠습니다. 하지만 홍동면에서 3년을 지내며 차츰 마을 곳곳을 익히고 지역에서 벌어지는 활동을 접했습니다. 많은 시간을 학교 안에서 보냈기에 충분하진 않지만, 풀무는 저에게 농촌 '마을'을 알려준 소중한 계기이자 값진 경험이었습니다.

진로를 고민할 무렵, 학교를 통해 배운 '자연과 조화를 이루는 농업 방식, 지속 가능한 체계와 공간을 설계하는 방법'인 퍼머컬처(permaculture)가 제 관심을 사로잡았습니다. 1학년 문화 시간에 퍼머컬처 창시자인 빌 몰리슨 선생님 강연을 들을 수 있었고, 3학년 여름방학 때 임경수 선생님(당시 전공부 교사) 소개로 강원도 화천에서 교육(퍼머컬처 디자인 코스)에 참여할 기회를 얻었습니다. 주업으로 농사를 지을 자신은 없었지만, 농촌 마을을 대상으로 친환경 농업과 커뮤니티 활성화를 공부해야겠단 마음을 세웠습니다. 대학에서 산림 전공을 선택해 생태학을 배우며 국내외 유기농장(WWOOF)과 마을 공동체를 여행했고, 대학원에서 환경 계획과 관련한 기후 변화, 지역 개발, 조경 등을 배우며 전북 완주군과 충남 광역(중간지원조직)의 마을만들기 실무를 경험했습니다.

저는 2002년 2월 창업 후 타지에 갔다가 2015년 7월 홍성읍으로 이사를 왔고, 2018년 8월부터 홍동면 금당리에 살고 있습니다. 그 사이 세 아이의 아빠가 되어 홍동초등학교와 갓골어린이집 학부모가 되었고, 최근엔 홍동면을 대상으로 학위 논문을 쓰기도 했습니다. 돌이켜 보면 풀무학교와 홍동면에서 얻은 배움과 인연이 튼튼한 뿌리가 되어 지금껏 제 삶을 견인해 주고 있습니다. 참 기쁘고 감사한 일입니다. 앞으로 농촌 마을을 둘러싼 사회와 공간을 주제로 연구 활동을 하고자 합니다. 가능한 홍동면에 살면서 생활과 일을 이어가고 싶습니다.

최근 홍동면에는 마을교육공동체(햇살배움터교육네트워크), 공동체 돌봄(우리마을의료생협), 농업·농촌 학습 및 연구(마을학회 일소공도), 지역 단체 소통 및 조력(마을활력소) 등과 같은 활동이 활발하게 벌어지고 있습니다. 또한 이를 발판 삼아 중심지 주민 생활 거점 공간(홍동다움센터), 생태 체험 학습 공간(문당리 환경농업교육관 일대), 갓골 공동체 활동 공간(느티나무헌책방 건물 개축) 등을 조성하기 위한 계획과 논의가 진행되고 있습니다. 여느 농촌에서 보기 드문 이러한 흐름은 60여 년 전 풀무학교가 마을 공동체를 강조하며 시작한 주민 주체 양성 및 협동 실천('이상촌理想村 운동')이 축적된 결과입니다. 저는 홍동면에 살면서 자주 선후주민(토박이 주민과 귀농귀촌인), 민관(주민과 공공), 다양한 세대(어린이부터 청년, 노년까지)가 어우러진 마을을 만들기 위해 곳곳에서 펼쳐지는 여러 노력을 발견하고, 행복과 희망을 느낍니다. 살기 좋은 농촌 마을이 많아질 수 있도록 이웃들과 열심히 함께 하겠습니다.

두드림의 미학: 장구 쳐 먹고사는 잽이의 삶

정태영

밝았습니다.

타악 그룹 '판타지' 대표이자 대전 무형유산 웃다리농악 이수자 정태영입니다. 이 글을 쓰고 있는 지금, 제 삶의 뿌리가 된 풀무학교 생활이 많이 생각나고 그립기도 합니다. 재학 시절, 신나게 활동했던 풍물패 '한마당' 생활은 제 인생의 큰 방향을 바꾸어 놓았습니다. 학교를 울리던 북의 울림, 장구의 탄력 있는 매무새, 징과 꽹과리의 두드림에서 느껴지던 짜릿함은 단순한 취미를 넘어 내 안에 잠든 예술혼을 깨우기에 충분했습니다. 누군가에게는 동아리 활동의 한 부분이었을지 모르지만, 저에게 사물놀이와 풍물놀이는 세상의 또 다른 얼굴을 보여주는 창이었습니다.

정태영 고등부 38회.

풀무학교를 창업한 지 어느덧 20여 년, 돌이켜 보면 그 시간은 '예술가로 산다'는 말의 의미를 온전히 배워 온 시간이었습니다. 처음 국악 타악기 연주자의 길을 다짐했을 때, 이 길이 얼마나 험하고도 아름다울지 상상조차 하지 못했습니다. 그저 장구와 장단이 좋았고, 마음이 움직이는 대로 두드리면 살아 있음을 느꼈습니다. 그러나 시간이 지날수록 전문 연주자라는 것, 예술가라는 이름의 무게는 점점 깊어졌습니다. 음악대학 한국음악과에 진학하고, 군 복무 역시 군악대를 선택했습니다. 후에 국악 관련 대학원까지, 10여 년을 오롯이 배움에만 정진했습니다.

전통 타악기를 다루는 일은 단순히 소리 내 연주하는 것만이 아닙니다. 몸과 호흡, 마음과 정신을 하나로 모아 한 장단에 실어 보내는 일입니다. 전통 타악의 세계는 특히나 엄격하고도 섬세했습니다. 작은 박 하나, 미세한 템포의 흔들림 하나가 전체 흐름을 바꾸어 버릴 수 있었고, 그래서 연습실의 시간은 늘 길고 고독했습니다. 하지만 그 속에서 저는 나 자신과 마주하는 법을 배우고, 그것들을 신명으로 풀어나가는 방법을 배운 것 같습니다. 북을 치는 내 손끝에서, 장구 가죽 위를 스치는 채 끝에서, 저의 고민과 열정 그리고 하루의 무게가 모두 쏟아져 나왔습니다. 또한 함께 연습하고 연주하는 팀원들과의 희로애락, 전통 음악의 올바른 계승과 발전을 전수해 주시는 스승님들의 많은 가르침이 현재의 저를 만들고 있습니다.

현재 저는 대전에서 타악기 그룹 '판타지'라는 팀을 대표로 운영하고 있습니다. 20여 년 동안 무대에 오른 횟수는 헤아리기 어렵습니다. 작은 지역 축제에서부터 수백, 수천 명의 관객이 모인 국내외 크고 작은 공연장까지 수천 회에 이릅니다. 무대의 크기나 조명의 화려함은 중요하지 않았습니다. 관객 앞에서 연주를 시작하면 언제나 가슴 깊은 곳에서 뜨거운 떨림이 솟구쳤고, 신명과 흥이 일어납니다. 그 순간만큼은 내가 왜 이 길을 선택했는지, 또 왜 계속 이 길을 걷는지 분명히 알 수 있습니다. 장구의 울림이 공간을 채우고, 관객의 숨결이 합쳐지는 그 신명의 찰나에는 말로 설명할 수 없는 교감이 있습니다. 그것이 저를 다시 무대로 이끌고 연주를 끊임없이 할 수 있는 가장 큰 원동력입니다.

예술가로 산다는 것은 매 순간 새로운 도전 앞에 서는 일입니다. 전통이라는 토대 위에서 지금의 시대를 살아가는 타악기 연주자에게는, 전통을 고스란히 지켜내는 일과 새로운 흐름을 만들어 내는 일이 동시에 요구됩니다. 저는 그 두 가지 사이에서 늘 고민했고, 그 고민은 때로 저를 흔들어 놓기도 했습니다. 하지만 시간이 지날수록 전통이란 결코 고정된 형태가 아니라는 사실을 깨달았습니다. 스승들이 전해 주신 장단에는 그 시대의 숨결이 스며 있었고, 오늘 내가 치는 장단에는 지금의 내가 살아온 시간이 담겨 있습니다. 전통은 그렇게 이어지고 또 변화하기에 또다시 전통이 되어 살아 있는 것입니다.

돌아보면, 지난 20여 년은 내 안의 예술가가 조금씩 자라난 시간이었습니다. 처음에는 사물놀이의 화려함에 끌려 시작했지만, 지금의 저는 소리의 깊이와 장단 속의 삶을 느끼는 연주자가 되었습니다. 연습실 바닥에 흘린 땀, 무대 뒤에서 삼키던 긴장, 공연이 끝난 뒤 찾아오던 성취감과 아쉬움까지 그 모든 순간이 저만의 예술 세계를 만들었습니다.

가끔은 이런 생각도 합니다. 만약 고등학교 시절, 우연히 사물놀이를 만나지 않았다면 지금의 나는 어떤 삶을 살고 있을까. 다른 길을 선택했더라도 나름의 행복을 찾았겠지만, 지금처럼 가슴이 뜨겁고 하루가 충만한 삶을 살 수 있었을까? 어느새 저는 전통 음악과 함께하는 삶이 너무나 자연스럽고 또 고맙습니다. 전통 타악기 연주자의 길은 멀고도 고단하지만, 그 길이 내 삶의 의미를 더해 주었다는 사실만큼은 분명합니다.

그리고 지금 또다시 새로운 20년을 향해 걷고 있습니다. 앞으로 어떤 무대를 만나게 될지, 어떤 이들과 호흡하게 될지 알 수 없지만 한 가지는 확실합니다. 연주를 통해 누군가의 마음을 두드리고, 전통의 숨결을 이어가는 이 길을 계속 걸어갈 것이라는 점입니다. 장구의 울림이 내 삶을 바꾼 것처럼, 나의 장단이 누군가의 마음에 신명의 기억으로 남을 수 있다면 그것만으로도 충분합니다.

전통 타악기 연주자로 살아온 20여 년은 제게 단순한 시간의 흐름이 아니라, 나 자신을 만들어 온 기록이었고, 앞으로도 저는 그 기록을 계속 이어갈 것입니다. 더욱 신명 나는 마음으로, 더 깊어진 울림으로, 또 다른 무대를 향해.

교사로 산다는 것

강예슬

가끔 기분이 처지는 날이면 '밝았습니다, 맑았습니다, 고요합니다' 인사를 되뇔 때가 있습니다. 풀무를 창업한 지 20여 년이 다 되어가는데도 이 인사말이 여전히 제 마음에 살아 있는 걸 보면, 새삼 풀무가 제 안 깊숙이 자리 잡고 있다는 사실을 깨닫게 됩니다.

저는 강원도 홍천의 해밀학교에서 국어를 가르치고 있습니다. '비 온 뒤 맑게 갠 하늘'이라는 뜻을 가진 '해밀'학교는 다문화 특성화 대안학교입니다. 다양한 이주, 문화 배경을 가진 학생들이 모여 즐겁게 살려고 노력합니다.

제가 왜 교사가 되었는지 생각해 보았습니다. 첫째, 인생에서 만난 좋은 선생님들 덕분입니다. 제가 만난 좋은 어른, 닮고 싶은 어른들이 공교롭게도 모두 교사라는 직업을 갖고 계셨거든요. 둘째, 애쓰지

강예슬 고등부 39회. 「풀무」 233호(2020년)에 실렸던 글.

않아도 잘할 수 있는 일이었다는 것입니다. 저는 이것을 적성이라고 말하고 싶은데, 직업을 선택할 때 좋아하는 일을 찾는 것도 중요하지만 자신이 무엇을 잘할 수 있는지 고민해 볼 필요가 있습니다. 저는 좋아하는 일을 내가 꼭 잘할 수 있는 건 아니라는 걸 여러 일을 하며 알게 되었기 때문입니다. 마지막으로 가장 중요한 것인데 아마도 풀무의 영향이 아니었는지 생각합니다. 학교 다닐 때는 크게 의미를 두지 않고 생활했던 것들도 돌아보면 나를 형성하는 데 큰 영향을 주었다는 것을 느꼈습니다. 특히 다시 보게 된 '풀무 직업 십계'는 저 자신도 이유를 잘 모르겠지만, 제가 해 온 선택들이 결국 풀무에서의 배움이 내 안에 살아 있었기 때문이라는 걸 깨닫게 해 놀라웠습니다.

학생들을 만나는 일을 하면서 알게 된 것은 '사람은 지금 당장 바뀌지 않'기 때문에 교육은 눈에 보이는 성과가 바로 나올 수 없는 일이라는 점입니다. 그러나 분명한 것은 지금 내가 만나는 이 아이는 조금씩 성장하고 있다는 사실이고, 교사인 나는 이 아이가 분명히 더 나아질 것을 믿어야 한다는 점입니다. 그리고 나 한 사람이 이 아이의 인생을 극적으로 바꿔줄 수는 없다는 것을 인정하는 자세가 필요합니다.

교사라는 일을 하며 행복한 순간은 어떤 큰 사건들이 아닌 소소한 시간이 쌓이는 것을 느낄 때입니다. 아주 작고 사소한 아이들의 변화와 그들의 눈빛, 행동 하나가 주는 그 찰나의 감동이 다시 하루, 한 달, 일 년을 살 수 있는 힘이 됩니다.

물론 이 일이 매일 즐겁고 행복한 건 아닙니다. 학생들과 감정적으로 부딪힐 때나 업무가 많을 땐 정말 힘들지만, 그래도 의미 있는 일이라고 생각하며 지내고 있습니다. 제가 하는 일들이 누군가에게 그리고 세상에 분명 작은 도움이나마 줄 수 있다고 생각하거든요.

제가 제 일을 좋아하는 또 다른 이유는 부끄러움을 알게 해 주는 직업이기 때문입니다. 학생들을 만나면서 내가 하는 말이 과연 내 삶의 모습과 닮아 있는가를 돌아보는데, 부끄럽게도 말만 번지르르하고는 그렇게 살지 못하는 때가 태반입니다. 이런 부끄러움이 쌓여 좋은 선생 이전에 좋은 사람이 되고 싶다는 생각이 들 때 이 일을 하기 잘했다고 생각합니다. 완벽한 사람은 아니지만 학생들과 같이 배우고 성장하는 사람이 되고 싶습니다. 그러나 교육이라는 일이 꼭 학교 현장에서만 일어나는 것은 아닙니다. 누구든, 언제든, 어디서든 서로 배우고 가르치는 사람이 될 수 있습니다.

'진로'라는 것을 직업으로만 생각하지 말고 자신이 어떤 가치를 가지고 어떤 삶을 살고 싶은지 방향을 정한 후 선택하면 좋겠습니다. 직업과 직장은 살면서 계속 바뀌게 되니까요. 중요한 것은 우리 앞에 계속해서 나타날 선택의 순간에 어떤 삶의 기준으로 선택하느냐는 것입니다. 꼭 위대한 정신을 찾지 않아도 됩니다. 다만 우리가 배운 것을 바탕으로 삶의 중요한 가치를 세우기 바랍니다. 적당히 타협하지 않고, 자신에 대해 정확하게 평가하여 방향을 찾아간다면 삶을 의미 있게 살 수 있으리라 생각합니다.

나의 삶, 나의 직업, 나의 하루

최덕렬

화요일 새벽 6시. 두 살배기 아들 녀석이 평소보다 일찍 깬 엄마를 찾는다. 오늘따라 일어나기 힘들어하는 엄마 대신 놀아 주고, 기저귀를 갈고, 누룽지를 끓이고, 어린이집 가방을 챙기다 보면 어느새 8시. 엄마가 밥 먹이는 사이에 대충 씻고, 옷 갈아입고, 전쟁 같은 아기 환복까지 마치면 어린이집 갈 시간이다. 출근 행렬 틈바구니에 끼어 꾸역꾸역 운전해 인왕산 자락의 어린이집에 등원시키고 나면 첫 번째 일정 종료. 대학 진학 이후로 이른 아침에 일어나는 규칙적인 삶을 살아오지 않았기에 아빠 노릇 하기 쉽지 않았지만, 2년 정도 버텨 내다 보니 몸이 저절로 움직인다.

집에 돌아와서는 강의 준비를 한다. 12시에는 나가야 하기에 2시간 정도 여유가 있다. 강사법 개정 덕에 운 좋게 기회를 얻어 모교인

최덕렬 고등부 39회.

한국예술종합학교에 3년간 출강했지만, 그 개정된 강사법 덕에 내년에는 다음 타자에게 자리를 내줘야 한다. 몇 년간 해오다 보니 마음의 부담이 많이 옅어졌음에도 여러 사람 앞에서 내 유능함을 증명하고 무언가를 가르치는 일은 아직도 긴장되는 일이다. 첫 학기에는 강의할 내용을 토씨 하나까지 글로 다 적은 다음 몇 번을 되새김질하고 나서야 겨우 1시간 남짓을 식은땀 흘려 가며 강의할 수 있었는데, 이제는 대충 중요한 내용만 메모해서 가면 입이 자동으로 떼진다.

횡설수설과 중요한 내용 사이를 오락가락하며 정신없이 떠들다 보니 4시, 강의를 마칠 시간이다. 평소대로면 집으로 향해야 하지만 오늘은 국립국악원으로 출발한다. 8명의 연주자로 구성된 창작 국악 그룹 '불세출'이 11월 27일에 보성, 29일에 진도에서 각기 다른 공연을 올리기에 오늘은 꼭 연습해야 하기 때문이다. 대부분 10년 넘게 연주해 온 곡이지만 무대 위에서 부끄러운 일을 겪고 싶지 않기에 연습 없이 가자는 말은 아무도 꺼내지 않는다. 대학에서는 작곡을 전공했지만, 이 친구들을 만나며 기타와 타악기 연주자로서 무대에 오르기 시작한 지 어느새 20여 년. 아무도 시키지 않았지만, 누구보다 먼저 음악실로 출근해 연습하던 삼도설장구 가락과 묵학 시간 이후 잠들기 전까지 쥐고 있던 기타가 내가 먹고살기 위해 하는 일이 될 줄 누가 알았을까.

연습을 마치고 집에 돌아오니 아기는 이미 잠들었다. 아기 빨래와 식기세척기를 돌린다. 점점 사람이 되어가고 있지만 밥 먹고 난 후의 아기 의자 주변에는 흘린 밥풀과 반찬 천지이기에 간단히 청소도 한다. 이제 보성과 진도에 4박 5일간 다녀올 짐을 싼다. 의상, 악기 등 공연에 필수적인 짐을 먼저 챙기고 나서 평상복, 잠옷, 세면도구 등을 챙긴다. 총각 시절엔 외박할 때 옷도 많이 들고 다녔는데, 결혼하고 나니 그럴 일이 없어 한결 간편하다. 진도에서 묵을 숙소가 펜션이라고 하니 코골이들 사이에서 살아남으려면 귀마개가 필수. 잠결에 귀에서 빠진 걸 못 찾을 수도 있으니 반드시 두 벌 준비한다. 미리 차에 악기와 짐보따리를 실어 놓고, 내일의 장거리 운전과 아들 녀석의 새벽 공격을 대비해 일찍 잠자리에 든다.

7시 반까지 자 준 효자 덕분에 한결 가뿐히 시작하는 다음 날 아침, 몸이 이끄는 대로 따라가다 보니 어느새 어린이집 등원을 마쳤다. 곧장 보성 문화예술회관으로 향한다. 경부고속도로와 서해안고속도로를 타고 무념무상인 채 내비게이션 안내를 따라 극장에 도착하니 오후 3시. 악기와 장비들을 내 자리에 설치한 뒤 대기실에서 친구들이 도착하기를 기다리며 노트북으로 글을 슬슬 끄적여 본다. 풀무학교에서의 삶은 나에게, 내 일에 어떤 영향을 주었을까. 그 시절 완전히 푹 빠져 있던 일을 지금도 하고 있긴 한데, 풀무에 가지 않았더라면 내 삶과 직업이 지금과는 어떻게 달라졌을까.

몇 자를 적어 놓고 깜빡거리는 커서를 멍하니 바라보노라니 어느새 리허설을 시작할 시간이다. 공연은 내일이지만 팀 이름을 걸고 올리는 단독 공연이기에 조명, 음향, 영상과의 합을 위해 전날 리허설은 필수다. 부족한 부분, 맞지 않는 부분을 하나씩 해결해 나가다 보면 리허설 끝. 이제 로컬푸드와 함께하는 즐거운 앞 풀이가 우리를 기다리고 있다. 오늘의 메뉴는 보성녹돈과 굴찜. 남도답게 밑반찬 하나하나 다 맛있고, 메인 메뉴는 더 맛있다. 수입이 일정치 않으며 공연 비수기에는 한 달 내내 한 푼도 못 버는 경우도 있지만, 일하러 와서 만끽하는 오랜 친구들과의 맛깔나는 식사와 수다는 이 불안한 생활을 견뎌낼 수 있는 비결 중 하나다.

이제는 경력도 짧지 않고 남부럽지 않은 이력도 제법 갖췄지만, 고정 수입이 없다는 사실은 나를 종종 초조하게 만든다. 시간과 비용을 투자해서 고급 간판을 더 달아야 하나? 다른 우물을 좀 파서 적더라도 고정 수입을 만들어야 하나? 교수님들께 뭐라도 사 들고 인사드리면서 시간 강사의 시간을 연장하려고 노력해야 하나? 답 없는 의문들이 꼬리를 물고 계속되지만 내년은 좀 더 괜찮아지겠지, 선배들보단 운이 없었지만 요즘 애들보단 기회가 있었잖아, 죽는 소리 그만하고 좀 더 힘내 보자 따위의 빛바랜 희망만 머릿속에서 메아리친다. 인간의 삶에 반드시 필요하지는 않은 일을 직업으로 선택했으니 이 불안함은 당연한 결과일지도 모른다.

그런데도 나는 내 삶에 비교적 만족한다. 수도권에 살며 남들과 같은 시간에 출근할 필요가 없는 자유, 주말 말고도 아이와 놀아 줄 시간이 많기에 사람 많은 곳을 피할 수 있는 자유, 생계를 위해 부당한 업무 지시를 꾹꾹 참지 않아도 되는 자유, 휴가철이 아니어도 주중 언제든 몇 박 여행 정도 떠날 수 있는 자유, 불편한 정장을 억지로 입지 않아도 되는 자유. 음악을 업으로 삼은 뒤 익숙하게 누려 온 이런 자유를 이따금 뺏길 때마다 생각한다. 하고 싶지 않은 일을 하지 않아도 되는 대가로 겪어야 하는 불안함이 지금 정도라면, 충분히 만족스럽다.

내 삶은 여태껏 불안했고 앞으로도 불안할 것이지만 더 나은 사람, 더 나은 예술가가 되기 위해 노력할 것이다. 새벽까지 곡 작업하고 겨우 눈 붙였어도 아기 아침밥은 먹일 것이고, 잠을 못 자 횡설수설할지언정 학교 강의는 빼먹지 않을 것이며, 공연을 앞두면 연습을 꼭 할 것이고, 다음날이 공연이지만 전날 미리 도착해 리허설을 할 것이다. 어느 하나 처음엔 쉬운 일이 아니었지만 억지로라도 해 나가다 보면 더 지속해 나갈 힘이 생긴다는 것을 이제는 안다.

풀무에서의 3년은 천성이 게으른 나에게 무언가를 묵묵히 해 나갈 원동력의 씨앗을 심어 주었다. 더불어 내가 하고 싶은 일을 구체적으로 발견하게 되었으니, 운이 무척 좋았다고 생각한다. 아이가 커 가며 다른 일을 해야만 하는 상황에 처할 수도 있겠지만, 그 또한 버티다 보면 묵묵히 해 나갈 수 있지 않을까 생각해 본다.

오늘의 365일

임달래

    오늘도 신에게 기도 아닌 기도를 하게 된다. '오늘도 이만큼만 아픔을 주셔서 나름대로 이겨낼 수 있었습니다. 감사합니다.' 나의 오늘은 이겨낼 수 있는 강인함을 수행하는 하루다. 과거와 미래가 존재되어지는 이 오늘에 내가 살아가고자 하는 방향, 생각에 집중과 선택을 한다. 오늘도 적당히 괴로웠고 조금은 즐거웠다. 그래서 오늘도 잘 살아갈 수 있게 해 줌에 감사하다는 이야기를 내 스스로에게 토닥토닥 해 준다. 내 자신에게 토닥토닥하며 사람은 누구나 나약한 존재라 선택한 것에 후회의 감정은 드나 원망은 하지 말자. 누구에게나 의도하지 않은 상황들에서 생겨난 수많은 감정과 싸울 때가 많다. 이 과정을 성장통이라 부르며, 세월이 흘러도 변함없이 이 성장통은 다 가온다. 나는 이것이 매우 인간적이고 성장 가능성이 있는 나를 느낄

임달래 고등부 39회. 「풀무」 220호(2016년)에 실렸던 글.

수 있기에 그 시간이 다가올 때 자각하며 살아가려고 노력한다. 나이 먹은 대로 좋은 사람보다 배울 수 있는 사람, 가르치는 사람보다는 함께하는 사람이 되고 싶은 삶이 내가 꿈꾸는 나 자신이다.

작년에 농촌에서 살겠다고 선택하고, 농촌에서 농사짓는 사람이 되고자 흙과 가까이 한 해를 보냈다. 싱글 여성으로 농촌에 와서 머물다 가는 것이 아닌, 정착하는 것을 나만의 과제로 여기며 올해는 몸 쓰는 것을 훈련 목표로 두었다.

화천 시골집은 농사짓고 몸 쓰는 훈련하기에 적절한 장소이며, 나의 어머니이자 아버지의 삶이기도 하다. 내가 5살부터 자라온 곳이며, 익숙한 공간만큼 나의 상처가 그득하게 묻혀 있는 곳이기도 하다. 몇십 년간 이곳에 수많은 사람이 다녀갔다. 그들은 이곳을 마치 자기 자신의 것처럼, 자기가 준 혜택처럼 이야기한다. 그 시선과 말은 그다지 좋지 않은 기억으로 남아 있다. 그러기에 이곳으로 돌아온다는 결정은 자괴감과 자격지심을 이겨내야 하는 심리적 싸움이 있었기에 어려운 선택이었다. 부모의 삶을 보고 자란 나는 부모의 삶에 부응해야 했고, 그 부응에 맞지도 않는 옷을 맞는 것처럼 입고, 그렇게 나를 바라보는 타인의 시선들이 있었지만 이런 것들을 잘 털어내고 극복하며 성장했고, 그래서 지금 내가 되었다. 그렇기에 오늘의 365일은 쉽게 지나온 하루는 아니다. 오늘의 365일은 매번 단순하지만은 않았고 앞으로도 그럴 것이라고 본다.

본격적인 농사는 씨앗으로부터 시작되었고, 씨앗으로 마무리되었다. 작은 씨앗이 뿌리가 되어 작은 줄기가 되고 그 줄기에 잎이 나고 꽃이 핀다. 꽃이 피고 질 때쯤 객체에서 또 다른 객체로 변화될 때의 신기함과 한 개의 씨앗이 몇 개 아니 몇십 개의 생산물이 되는 과정에 나는 신의 위대함을 자각하며 감사한 마음이 절로 났다. 땅을 일구는 일은 나의 몸을 가꾸는 것과 같다고 생각한다. 최고의 환경을 주어야 최고의 내가 되는 것만 같았다. 그래서인지 농사의 외골수라 불리는 선생님들이 왜 그렇게 고집을 부리는지 아주 조금은 알 것 같다. 그것이 자부심이 되고 똥고집이 되는 과정, 나쁘지만은 않고 전혀 진부하지 않다. 그런 고집이 있었기에 지금의 농이 살아 있는 것은 누구나 인정한다. 그 맛을 아는 사람은 '뭐가 이렇다 저렇다' 쉽게 농적인 방법에 비판적인 이야기를 할 수 없다. 본인의 삶이기에 본인 그 자체이므로 비판하는 사람은 모르는 것일 뿐이다. '모르는 게 죄는 아니다'라고 하지만 다만 자기의 알 권리에 대해 스스로 관심을 가졌으면 한다.

농사, 정말 힘들었다. 퇴비와 친구가 추천해 준 미생물 외에는 아무것도 투여하지 않았고, 씨앗과 모종을 파종하기 전 로터리치는 것 외에는 노지에서 비닐을 덮지 않고 총 8명 시골집 식구들과 농사를 지어 먹었다. 8명 식구가 밭에서 부엌에서 각자 자기 일을 해 나간다. 초보인 나는 농사짓는 것보다 시골집에 10년 이상 머물고 계시는 농사 베테랑 석준 아저씨, 현수 아저씨와 주로 함께해야 하므로 이 두 사람과 호흡 맞추는 데 급급했다.

석준 아저씨는 시골집의 집사로 모든 밖의 일을 아버지 안 계실 때 척척 해결해 준다. 새벽 5시면 어김없이 눈을 뜨고, 눈이 오면 제일 먼저 눈을 쓸고, 비가 오면 비 피해 입지 않게 물꼬를 터 준다. 지정된 시간에 지정된 일은 꼭 해야 마음의 안정을 찾는 강박증이 있으나, 농사만큼은 자부심이 크며 그만큼 텃새도 강하다. 초반에 아저씨와 일할 때 텃새로 작년과 같게 하지 않으면 일을 거부하고 삐져 다른 일을 했다. 협업이 필요할 때 정말 미칠 노릇이었다. 하지만 융통성이 없는 것이 아니라, 익숙하지 않은 일을 불안정하게 느끼는 아저씨의 심리라는 걸 알게 되었다. 그것을 알게 된 나는 먼저 아저씨 방법대로 하고, 더디거나 안 될 때는 내 방법대로 한다. 어느 순간 아저씨가 일하기 전에 "너는 어떻게 하면 좋겠어?"라고 물어봤을 때 그 기쁨은 말로 할 수 없었다. 다그치는 것보다 기다리는 것을 배우게 되었다.

힘이 좋은 현수 아저씨는 밭을 개간할 때면 보기와 달리 이쁘게 밭을 정돈하셨는데 그게 참으로 신기해 보였다. 몸을 급히 사용하는 습관이 있어 체력이 금방 고갈되고 그래서인지 일을 너무 하기 싫어하셨다. 일터에 나가기 전에 매번 한바탕씩 하는데, 그 한바탕에는 이유가 있다는 것을 알게 되었다. 스스로를 못났다고 말하는 아저씨에게는 타인과 마주보고 하는 대화, 사람과의 만남이 힘겨움 그 자체였다는 것을 알게 되었다. 노동을 할 때 아저씨와 대화를 많이 했지만, 끊임없이 이야기하며 함께 일하기 위해 사투를 벌여야만 했다.

강원도의 농사는 5월부터 시작된다. 강원도는 추운 지역이므로 부엌으로 갈 다양한 채소를 하우스에서 파종한다. 첫 번째 농사 기억은 곰취쌈이다. 첫 수확이 곰취였고, 곰취에 된장을 얹어 밥과 싸먹는 순간 밥과 된장 사이로 전달되는 취할 듯한 곰취 향은 내가 기억하는 곰취가 아니었다. 나이가 들면 입맛이 바뀐다고 한다는데 이 곰취 향이 엄청나게 침샘을 자극했으며, 밥과 된장 맛을 더 돋워 준 최고의 쌈이었다. 이것이 정말 땅과 가까이한 선물 중 하나가 아닐까 싶었다.

두 번째 기억은 깻잎과 고추다. 작물의 열매에 영양 공급을 집중해 주려면 순을 따 주는 작업이 필수다. 어린 깻잎과 고추 순을 따 두고는 김매야 한다는 이유로 부엌에 자루 그대로 내동댕이쳐 두었는데, 그 어린 순을 살짝 데쳐 고추나물 무침과 볶은 깻잎나물로 변신한 반찬을 보며 제철 식재료의 맛을 체감했다. 입으로 조잘거렸던 제철 식재료를 생협에서 사 먹던 내가 직접 재배하여 먹는 묘한 기분을 느끼며 내 자신이 부끄러웠다. 그 뒤로 식재료를 수확해 부엌에 갖다 놓을 때 할머니가 계시면 "할머니, 고마워. 늘 맛있는 음식해 주어서"라고 뒤에서 안아 주며 이야기한다. 무뚝뚝한 친데렐라 마리아 할머니는 "응, 어여 가" 그러신다.

7월이 되니 김매기와 더불어 모기와의 싸움이 시작되었다. 통틀어 나의 농사 기억은 김매다. 정말 풀은 기다려 주지 않았다. 위에서 아래까지 내려오는데 종종거리며 밀리지 않게 바쁜 농번기를 지냈다. 위에서 아래로 내려오면 숨 돌리기도 전에 위로 다시 올라가 김을 매야 하는 현실에 풀이란 풀은 선택형 농약으로 조져 버리고 싶었다. 모기와의 싸움은 또 어떤가. 내리쬐는 햇볕에 땀범벅이 된 몸은 모기가 뜯기 아주 좋은 상태다. 이보다 더한 싸움은 새벽잠이다. 낮에는 도저히 뜨거워 밭에 갈 수 없기에 새벽 5시에 시작되는 하루를 지키기란 나에겐 벅찬 일 중 하나였다. 하지만 김매기를 하면서 현수 아저씨와 석준 아저씨와의 호흡을 좁혀 갔으며, 석준 아저씨의 텃새가 사라지고 우리 셋 사이에 신뢰가 생겨났다. 자기와의 싸움이지만 공동의 목표를 위해 서로 위로하고 있었던 것으로 본다. 노동의 고됨으로 서로 짜증을 부리고 화도 냈지만, 서로 응원하며 일을 했다. 김매기는 무상무념을 느끼게 하는 마법의 노동이다. 햇볕에 의해서인지 벌거벗어진 나와 호미 소리 외에는 아무것도 안 느껴진다. 내가 가야 할 곳은 메마른 땅이지만 지나온 뒤쪽은 한 번 호미로 엎어서인가 생기 있어 보이고 통로에 축 늘어져 뽑힌 풀 뭉치를 보면 뿌듯하나 앞을 절대로 봐서는 안 된다. 보는 순간 가도 가도 끝이 없는 삼만 리가 되는 밭을 보며 이중적인 감정을 느끼게 된다.

　나에게 큰 과제를 준 것은 풀무 학생들과 보내는 2주간의 시간이다. 현장 실습을 하러 오는 풀무 학생들을 맞이하기 전, 학생들 기억에 노동만 남지 않기를 바라며 많은 고민을 했다. 노동 일과만이 아닌 노동을 통해 사람을 만나고, 다양한 농촌살이를 보여주고 싶었기에 마을 관내 몇 분께 요청하여 일정을 짰다. 일정에 맞추느라 벅차

하는 아이들 모습에 좀 무리가 아닌지 고민하며 자신 없기도 했고, 그 일정을 아이들과 함께 보내는 동안 나의 한계로 소리가 높아지는 나 자신을 보면서 내 욕심이 과했다는 결론을 내렸다. 친구들과 대화를 나누면서 요즘 아이들은 정말 똑똑하구나 싶었다. 나는 친구들의 각 상황을 보려고 노력했다. 2주간의 실습은 노동만 하는 것이 아니다. 같은 또래가 24시간, 2주간 붙어 있는 것이다. 몸과 마음의 체력 싸움이 관계에 상당히 영향을 미친다. 이 시간은 또래 친구들의 각자 다른 이유가 있는 입장을 이해하는 힘을 기를 수 있는 기회이기도 하다. 이 비슷한 상황으로 성장통을 느낀 선배로서 다 같을 수는 없지만 친구들과 대화를 하려고 노력을 많이 했다. 내가 이 친구들에게 나눠 주고 싶었던 것은 '농촌에서 재미있게 사는 사람들이 있다', '농사, 생각보다 할 만하다', '노동은 그 자체 이상으로 주는 선물이 많다. 그리고 그곳에 너희들도 함께하면 좋겠다'는 메시지였다. 한편 내게는 소통이라는 큰 과제가 남았다.

이곳에서 보낸 한 해, 좋은 기억만 있지는 않다. 기싸움, 의도치 않은 부딪힘, 이겨낼 수밖에 없는 상황들…. 행복했던 기억보다는 버겁지만 이겨내야만 하는 소박한 엄마의 모습이 늘 아련한 곳이었다. 나또한 수많은 사람들 중 한 사람처럼 머물러 간 곳이고, 나의 부모가 있었기에 이곳이 존재하고 있으며, 내 부모 또한 훗날 머물다 간 한 사람이 될 것이다.

내년에는 시골집 옆 동네로 분가해 독립을 하려고 한다. 퇴비 무투입 미생물 농사를 짓고 차분히 생각한 것을 실행하며 살아갈 것이다. 마음 모은 친구들과 공동 텃밭에서 농사짓고 공동 밥상을 해보면 좋겠다는 구상과 모여서 악기 치자 외에는 아무것도 이야기 나눈 것이 없다. 그냥 우리의 모토는 '노동만 하지 말고 즐겁게 살자'다. 우리가 먹는 술 우리가 빚고, 우리가 먹는 음식 우리가 농사지어 재미나게 살아보는 것이 우리의 계획이다. 각자의 그림을 그리다 보면 집합되는 것이 있을 것이고, 그것이 에너지의 근원이므로 함께할 것은 함께 하면 되지 않나 생각한다.

각자의 오늘이, 각자의 365일이, 각자의 삶이 모여 흥 나는 우리들의 세상이 만들어진다. 나는 오늘 그 세상을 위해 오늘의 365일을 뚜벅뚜벅 걸어간다.

음식으로 세상과 소통하며
더불어 사는 평민을 꿈꾸다

최지현

밝았습니다. 푸드스타일리스트로 일하고 있는 39회 수업생 최지현입니다. 풀무에서 배우고, 느끼고, 누렸던 때가 아직도 생생한데 어느덧 창업한 지 10년이 훌쩍 넘었네요. 하지만 저는 여전히 풀무 공동체를 통해 맺게 된 귀한 인연들과 함께 배우는 자세로 삶을 살아가고 있어 아직도 풀무골에서 살아가는 듯합니다. 조금 더 큰, 세상이라는 풀무골 말이지요. 저는 푸드스타일리스트로서 각종 월간지, 사보, 패키지, 지면 광고, 영상 촬영, 음식 방송 등 다양한 매체와 언론을 통해 요리를 맛깔나게 혹은 돋보이게 하는 작업을 주로 하고 있습니다.

서울 촌놈으로 태어나 자본주의가 무엇인지도 모르는 채 학교에서

최지현 고등부 39회. 「풀무」 217호(2016년)에 실렸던 글.

주어지는 입시 교육을 따라가며 주어진 환경에 수동적으로 살아가던 제가 부모님의 권유로 풀무에 진학하면서 삶의 큰 터닝 포인트를 맞았습니다. 풀무에서 저는 자연 안에 살아 계신 하나님을 인격적으로 만나며, 이제껏 만나지 못했던 더불어 사는 사람들을 만났고, 경제적 위기에 닥친 우리 가정의 형편 덕인지 도시 빈민에 대한 생각과 차상위 계층에 대한 관심이 생겼습니다. 이와 관련해『차상위 계층에 대한 사회적 고찰과 이에 따른 대안』을 주제로 창업 논문을 썼고, 진로 역시 사회상담가를 꿈꾸며 사회복지학과에 지원했습니다. 하지만 저의 뜻과는 다르게 원서를 낸 학교마다 하나둘 낙방했고, 멀지만 돌아가는 길을 모색했습니다.

어린 시절부터 미술을 접하며 요리에 흥미를 느꼈던 저의 꿈은 자연스레 푸드스타일리스트로 이어졌습니다. 20대 초반, '푸드스타일링'이라는 분야를 선택하여 음식과 상차림에 대해 집중적으로 공부하는 시간을 가졌고, 졸업과 동시에 '스타일링회사(Noda+Cooking Studio)'에 입사해 '푸드&리빙 스타일리스트'로 3년간 일했습니다. 3년 차가 되던 해, 쉴 틈 없이 달려온 피로감이 일에 대한 회의감으로 이어지는 힘든 시간을 맞닥뜨렸습니다. 일의 방향성과 나아가 인생의 목표를 장기적인 안목으로 되돌아볼 시간이 필요하겠다고 생각해 과감히 하던 일을 접었습니다. 그 후 저는 그간 해보고 싶었던 일들을 하기 시작했습니다.

풀무를 통해 알게 된 '청소년과 놀이문화연구소'에서 지도자로 활동하며 많은 청소년과 가정을 만났습니다. 만남 가운데 다문화 가정에 대한 관심이 생겼고, 나아가 우리 사회에 필요한 다양한 일꾼과 더불어 살아가고자 하는 확신으로 사회복지학을 공부했습니다. 공부하던 중에 제가 배운 음식 문화를 통해 지구촌의 다양한 사람을 만나고 싶어 KOICA 해외 봉사단에 지원했고, 1년간 요리 단원으로 아프리카 르완다에 다녀오게 되었습니다.

2012년 초, KOICA 해외 봉사단 소속으로 가게 된 르완다에서는 직업전문고등학교에서 요리 선생으로 근무하며 현지 학생들에게 요리를 가르치는 일을 했습니다. 열악한 환경 가운데에서도 열심히 배우는 학생들을 보며 많은 자극을 받았고, 동시에 풀무의 많은 선생님들이 생각났습니다. '선생님들도 이러한 마음으로 우리를 가르치셨구나.' 그 사랑에 보답하는 마음으로 저 또한 르완다에서 만나는 많은 학생과 사람들에게 배운 그대로를 실천하고 나누고자 노력하는 시간을 보냈습니다. 그리고 요리라는 매개체를 통해 다양한 사람을 만나며 음식을 만드는 일에 이전에는 느끼지 못한 매력을 느꼈고, 식(食) 공간이 필요한 다양한 사업을 함께 구상하며 가슴이 뛰는 경험을 하게 되었습니다. 그러던 중 주 르완다 대한민국 대사관에서 관저 요리사 제의가 들어와 1년간 근무하며 주 르완다 외교단과 많은 사람에게 한식을 소개하고 선보이는 일을 했습니다. 또한 모금을 위한 'International FOOD FAIR', '한식 홍보전' 등 다양한 행사를 맡아 주도하기도 했습니다.

이런 경험이 기회가 되어 사회적 기업인 '㈜오요리아시아'를 통해 파견받아 네팔에 있는 Cafe MITIN의 현지 직원들에게 케이터링 메뉴 개발 및 서비스 관련 교육을 하게 되었습니다. 뿐만 아니라 센터가 지향하는 방향에 맞춰 현지 직원들과 협업하여 워크숍을 열기도 하고, 필요에 따라 케이터링 서비스를 지원하며 다양한 조리법과 현지 입맛과 재료에 맞춘 음식, 현지에 맞춘 식(食) 공간 연출을 제공하도록 교육했습니다.

개발도상국에서 경험한 다양한 활동은 창의적이고 감각적인 부분을 많이 채우고 보강해야겠다는 동기 부여가 되었습니다. 그래서 본래 하던 일을 좀 더 넓은 시각으로, 더욱 전문성을 갖고자 기존의 직장으로 돌아가 다시 일을 시작했습니다. 지난 한 해는 '한식대첩 3', '비법', '중화대반점', '아바타셰프', '수요미식회' 등 주요 요리 방송의 푸드팀이 되어 영상에 노출되는 요리와 스타일링을 진행했고, 기업 홍보 마케팅에 활용되는 소셜네트워크 및 지면 광고 관련 스타일링을 함께 했습니다. 이와 동시에 틈틈이 이주 여성들과 요리 수업도 진행했습니다.

풀무학교를 다닐 때, 선배들이 늘 해 주던 말이 있었습니다. '풀무는 보물찾기다.' 찾는 만큼 알아가고, 알아간 만큼 내게 보물이 된다는 말이었지요. 삶을 대할 때마다 그 말이 늘 생각납니다. 그리고 저 또한 만나는 사람마다 그리 얘기합니다. '우리 삶은 보물찾기다'라고 말입니다. 이러한 생각과 경험은 주어진 일에만 열정을 쏟기보다는 필요한 일을 찾아내 추진하는 것을 즐기는 자신을 발견하는 시간이 되었습니다. 특히 모든 활동의 중심인 사람에 더욱 초점을 두며 어느 곳에서나 필요한 음식, 그 음식으로 소통할 수 있는 다양한 활동을 끊임없이 모색하고 있습니다.

창업하고 10년이 지난 삶을 되돌아보니 사회상담가를 꿈꾸었던 제가 요리로 사람들을 만나며 조금은 비슷한 모습으로 살아가고 있어 참 기분 좋았습니다. 많이 돌아오긴 했지만, 앞으로도 저는 제가 가진 재능을 함께 사는 이웃들과 나누며 일하고 싶습니다. 취약 계층을 향한 관심에서 대안을 찾아 자립으로, 자립을 위한 기술이 나에게는 요리와 외식 사업으로서 어찌 보면 새로운 시작이지만 사실은 지금까지 한 일의 연속이라고 생각합니다. 그리고 제가 해 왔던 많은 활동이 더 다양하게 활용될 수 있을 거라 확신합니다.

지칠 때마다 '일만 하면 소, 공부만 하면 도깨비'라고 하셨던 가르침이 떠오릅니다. 조화로운 사람이 되어 일하는 사람들과 함께 배우고, 경험하고, 느끼며 건강한 일터를 만들어 가고 싶은 것이 제 작은 꿈입니다. 더 나아가 지역 사회에 크게 기여할 다문화 가정과 취약 계층 사람들이 함께하는 건강한 일터를 꿈꾸어 봅니다. 머리로만 이웃을 이해하는 것이 아니라, 사랑으로 손 내밀고 잡으며 같은 마음으로 함께하는 이웃 사람, '더불어 사는 평민'으로 일하며 풀무에서 배운 가치를 실현하고자 노력하며 살아가고 싶습니다.

나는 왜 농부가 되었을까?

권성현

내 생의 가장 행복하고 즐거웠던 시간이 언제냐고 묻는다면 여지없이 풀무 때의 기억이 떠오른다. 풀무의 교육과 생활에서 나는 내 속에 있는 재료들을 처음 발견하고 이렇게 저렇게 써 보는 재미에 꽤나 흥미롭고 신나는 시간을 보냈던 것 같다. 내가 세상을 바라보는 관점과 생각도 대부분 풀무의 배움과 다양한 활동 속에서 형성되지 않았나 싶다. 꿈같은 시간이었고 지금 내 삶을 살게 해 준 고마운 시간이었다.

나는 어릴 때부터 유기농업을 해 오신 부모님의 삶을 존경했고, 풀무를 통해 유기농업과 공동체에 대해 좀 더 관심을 기울이게 되었다. 그러면서 너무나도 자연스럽게 유기농업을 하는 농부가 되겠다는 꿈을 갖게 되었다. 이후 대학을 마치고 '한살림'이라는 생활협동조합에

권성현 고등부 40회. 「풀무」 246호(2023년)에 실렸던 글.

서 일을 했는데, 이곳에서 먹거리, 농업, 생태, 환경과 관련한 시민사
회운동과 도농 활동을 경험하면서 내 꿈에 더 다가설 수 있었다.

어느새 30대 후반이 된 나는 아내, 두 아이와 함께 전북 장수로 귀
농해 살고 있다. 올해로 유기농업을 해 온 지 7년이 되었다. '좋아서
하는 농사'라는 농장 이름을 걸고 육체적으로도 정신적으로도 쉽지
않은 이 일을 어떻게 하면 즐겁게 풀어나갈 수 있을까? 고민하고 시
도하면서 살아가는 중이다. 많은 시행착오 속에 아직 지치지 않고 나
름 만족하는 날들을 살아가고 있다.

좋아서 하는 농사

많은 사람이 "고된 농사를 지으면서 어떻게 늘 즐거울 수 있겠냐?"
라고 묻는다. 그럼 나는 "맞아요, 힘들죠. 그런데 중간중간 즐거운 일
들이 있으면 좀 낫겠죠."라고 말한다. 내가 어릴 때부터 부모님 가까
이에서 봐 왔던 유기농업은 마지못해 하는 농사가 아니라, 정성과 마
음을 다해 하는 일이었다. 힘이 들기는 하지만 농부의 삶을 한탄하지
않고, 자연이 주는 휴식과 귀한 먹거리에 감사해하고 행복을 느낄 줄
아는 멋있는 일이었다.

그럼에도 내가 경험한 농사는 어렵고 힘이 들었다. 절망적일 때도
있었고, 이게 진짜 나에게 맞는 일인지 회의감을 느낄 때도 있었다.
발등에 떨어진 일만 바라보고 스스로 의지를 다지며 하는 농사는 사

실 즐거움을 느끼기 어려웠다. 그런데 조금만 시선을 돌려보면 직간 접적으로 농사를 즐겁게 할 수 있는 방법들이 있었다. 나와 비슷한 농사를 짓는 이들과 모임을 만들고 일을 벌인다거나, 내 가족이 살아가는 지역에서 문화, 교육, 사회적으로 더 살기 좋은 곳으로 가꿔 나가는 활동에 참여하는 것, 도시에 비해 물질적으로 풍요롭지는 않지만 인간다운 삶을 살아갈 만한 농촌의 일상을 도시 청년들에게 소개하는 프로그램을 진행하는 등의 활동이 그런 것이다. 그 속에서 힘도 얻고 영감도 받는다. 그래서 '좋아서 하는 농사'는 현재의 모습이라기보다는 그렇게 살고자 하는 의지의 표현이자 목표가 되었다.

풀무가 나에게 주는 의미

인식이 많이 바뀌었는데도 아직 유기농업을 바보 농사라고 하는 사람들이 있다. 왜 돈 되는 농사 두고 어려운 길을 가냐는 것이다. 보통은 한 귀로 듣고 한 귀로 흘리지만, 간혹 사람들은 죄다 한 방향으로 걷고 있는데 나만 반대 방향으로 걷는 느낌을 받으면서 내가 이 일을 하는 이유에 대해 되짚어 보곤 한다. 경제적 결핍이 자존감에 영향을 주고 삶에 의미를 크게 부여하는 사회에서 나는 그다지 동기 부여를 받지 못했다. 하루하루 충실하게 살아가는 사람들에게도 더 열심히 잘해야 한다며, 지금까지 뭐 했냐며 불안을 부추기고 비교하는 사회에서 나는 좀 다른 삶을 살면 좋겠다는 생각을 해 왔다. 세상에는 더불어 협동하고 서로를 돌보는 삶도 있고, 자연과 생명을 존중하며 지구를 가꿔가는 데에서 행복을 느끼는 삶도 있지 않는가? 풀무의 교육을 통해 처음 그런 세상을 만날 수 있었고 동경할 수 있었던 것 같아 스스로 다행이라 생각하면서 살아가고 있다.

세상의 일에 더 많은 관심이 생기고, 아이를 키우는 부모가 되어 보니 풀무의 교육이 우리 사회가 상실해 가는 인간성을 회복하는 교육을 하고 있다고 생각한다. 여러모로 위기의 시대에 풀무의 교육이 나의 정신과 중심을 지켜주듯 우리 사회에도 계속 의미 있는 메시지가 될 거라고 생각한다. 많이 변화했을 학교의 모습도 궁금하고, 기분 좋은 풀무의 인사 소리도 그립다. 가족과 함께 풀무골을 방문할 날을 기대하며 이야기를 마친다.

돌아보면 보이는 것들

강다솜

얼마 전, 창업을 앞둔 재학생 친구에게 전화가 한 통 걸려 왔습니다. 창업 논문이 수업생들의 삶에 얼마나 영향을 미치고 있는지를 주제로 논문을 쓰고 있었다고 기억합니다. 얼굴도 모르는 수업생들에게 전화를 하면서 얼마나 떨리고 궁금했을까요? "창업 논문 주제가 지금의 삶에 영향을 미치고 있나요?"라는 질문에 잠시 멍해졌습니다. 논문 주제가 무엇이었는지 선명해지기 전에 풀무 생활이 아득하게 느껴졌기 때문입니다. 어떤 대화가 오갔는지 정확히 기억나지는 않지만, 저는 재학생 친구가 기대할 만한 답변은 해 주지 못했던 것 같습니다.

저는 어느덧 마케팅 업무 8년 차 직장인이 되었습니다. 첫 직장에서는 강연 콘텐츠와 페스티벌을 사람들에게 알리는 일을 했고, 지금

강다솜 고등부 41회. 「풀무」 232호(2019년)에 실렸던 글.

의 직장에서는 브래들리 타임피스라는 시계를 마케팅하고 홍보하는 일을 하고 있습니다. 브래들리 타임피스는 시각장애인, 비시각장애인 구분 없이 모두가 사용할 수 있는 유니버설 디자인 제품입니다. 분(minute)과 시(hour)를 가리키는 두 개의 구슬이 시간을 따라 굴러가는데, 구슬의 위치를 눈으로 보거나 손으로 만져서 시간을 확인할 수 있습니다. 일을 하면서 자신 있게 말할 수 있는 건 제가 하는 일이 부끄럽지 않다는 것, 그럴싸한 문구를 만들어 제품을 판매하지 않아도 된다는 것입니다. 장애를 가진 사람들에 대해 생각해 보기 시작한 것도, 직접 만나서 이야기를 나누게 된 것도, 장애 여부와 상관없이 누구나 세련되고 아름다운 제품과 서비스를 누릴 수 있어야 한다는 것도 모두 지금의 직장에서 배웠습니다.

제품을 홍보하면서 장애에 대해 공부하는 지금의 일을 제가 상상이나 했을까요? 제 삶의 기준은 지난날을 회고하며 다듬어지고 있습니다. '아, 나는 사람들의 삶에 도움을 주는 일을 할 때 성취감을 느끼는 사람이구나', '나는 자연 속에 있을 때 행복함을 느끼는 사람이구나' 이렇게 하나씩 깨닫는 것은 제가 걸어온 길을 돌아보며 얻어진 것들입니다. 지금은 아득하게 느껴지는 풀무에서의 생활은 삶의 기준을 세우는 시작점이 되었고, 저를 단단하게 만들어 주었습니다.

글을 쓰며 풀무 생활을 떠올려 봅니다. 그때는 별것도 아닌 것이 늘 별것이던 시절이었습니다. 조금 더 따뜻하고 부드러운 마음으로 지냈으면 좋았을 걸 아쉬움이 남습니다. 새삼 미안한 얼굴들이 떠오르기도 하고요. 운동하기 최적의 공간과 시간이 있었는데 건강한 몸을 가꾸지 못한 아쉬움도 큽니다. 하지만 이 모든 것들은 돌아보니 깨닫는 것이겠지요. 뾰족한 마음을 둥글게 만들고 매일 운동을 거르지 않는 생활은 창업 후 10년이 훨씬 지나서야 정착했으니 그때의 삶 또한 제가 할 수 있는 최선의 선택이었을 것입니다. 그래서 풀무에 있는 재학생들에게 짧게나마 더 살아 보니 이런 것들을 했으면 좋겠다고 말하고 싶지 않습니다. 각자 선택한 방식으로 길을 걸어갈 것이고 각자가 쌓은 경험이 또 다른 기회를 만들게 될 테니까요. 다만 그 길이 평범하지만 위대한 사람이 되는 여정이길, 그래서 우리가 각자 다른 길을 걷게 되더라도 결국에는 같은 지점에서 만나게 되기를 기도해 봅니다.

그래서 저의 논문 주제는 무엇이었냐고요? 정확한 제목은 기억 나지 않지만, 주제는 '매스미디어에 비친 왜곡된 여성들의 모습'이었습니다. 저는 '매스미디어'와 어느 정도 연관이 있는 언론학과에 진학했고, 논문 주제에 맞는 일을 하고 있지는 않지만 성차별을 느낄 때 화를 내지 않고 정확한 의사 표현을 할 수 있는 사람이 되었습니다.

풀무에서 배운 삶, 역사 연구로 이어지다

김강산

2004년 봄, 중학교 3학년 때였다. 부모님과 함께 홍성에 있는 풀무학교를 방문했다. 학교에 도착해서 처음 본 모습은 경운기를 타고 신나게 돌아다니는 선배들이었다. 솔직히 좀 당황스러웠다. 경운기라니. 그런데 인사를 건네는 선배들의 표정이 참 밝았다. 뭔가 여유롭고 편안해 보였다. 친구들과 지역의 인문계 고등학교로 함께 가자고 약속했는데, 결국 나는 이곳을 선택했다. 그 선배들의 모습에 묘한 끌림을 느꼈던 것 같다.

풀무 생활은 쉽지만은 않았다. 새내기 시절의 몇 가지 에피소드가 기억난다. 생활관 공중전화로 엄마와 통화하며 울컥했던 일. 15살에 처음 부모와 떨어져 지내는 건 생각보다 어려웠다. 양말이 자꾸 없어져서 난감했던 일도 있었다. 공동 세탁실에서 빨래가 섞이는 일이 잦

김강산 고등부 42회.

았는데, 그때는 그런 사소한 일에도 스트레스를 받았다. 친구 신발을 잘못 신고 나가서 한바탕 티격태격했던 적도 있다. 지금은 웃으며 얘기할 수 있는 추억이 되었지만. 밝고 맑았던 선배들의 뒷모습을 알게 된 몇 차례의 사건들도 있었다.

지금도 그렇지만, 그 시절 나는 단단함과는 거리가 먼 사람이었는데, 겉으로는 그러한 모습을 보이지 않기 위해 무척이나 노력했다. 한 아이의 아빠가 된 지금은 부모와 떨어져 낯선 공간에서 자기를 지키려 했던 나의 모습이 안쓰럽게 느껴지기도 하고, 그것을 받아주었던 친구와 선후배, 선생님들에게 감사한 마음이 들기도 한다. 어쨌든 남과 더불어 산다는 것은 참 어려운 일이었다. 그밖에 풀무에 다녔을 때 내가 어떤 생각을 하면서 살았는지는 기억이 잘 나지 않는다. 다만 돌이켜 보면 대체로 행복하게 여겼던 것 같다. 언젠가 풀무에 돌아와서 선생님을 하고 싶다고 생각했던 걸 보면 그렇다. 그래서 대학 진학 당시 학과를 선택할 때도 교직 과목이 있는지를 따졌고, 그렇게 선택한 과가 국사학과였다.

대학에서 역사를 공부하며 한국 근현대사, 특히 관동대지진 조선인 학살 문제에 관심을 갖게 되었다. 1923년 9월 일본에서 벌어진 이 사건은 100년이 지난 지금도 여전히 많은 연구가 필요한 주제다. 석사와 박사 모두 이 주제로 논문을 썼다. 『간토대학살에 대한 식민 권력과 조선인의 반응』이라는 박사 논문을 2024년 2월에 마쳤다. 12년의 대학원 생활이었으니 꽤 오래 걸렸다. 그동안 민족문제연구소,

1923간토한일재일시민연대 같은 곳에서 활동하며 연구와 현장을 연결하려 노력했다. 과거를 연구하는 일이 오늘날 어떤 의미가 있을까. 관동대학살 같은 제노사이드의 역사를 연구하는 것은 단순히 과거를 기록하는 일이 아니다. 우리 사회에 만연한 차별과 혐오가 어떻게 폭력으로 이어지는지를 이해하는 일이기도 하다.

이러한 삶의 태도는 풀무에서의 3년이 내게 남긴 것이지 않을까 생각해 본다. 첫째는 '다른 삶'의 가능성이다. 성적과 경쟁만이 전부는 아니라는 것, 많은 사람과 함께하는 삶의 의미를 배웠다. 이런 경험은 나중에 역사를 연구할 때도 사람들의 삶을 다양한 시선으로 들여다보는 힘을 길러 주었다. 둘째는 공동체 경험이다. 함께 부대끼며 사는 법을 배웠다. 이는 나중에 시민단체 활동이나 공동 연구를 할 때 큰 자산이 되었다. 연구도 결국 혼자 하는 게 아니라 함께하는 것이기 때문이다. 셋째는 현장감이다. 풀무에서 배운 건 책 속 지식이 아니라 손으로 만지고 몸으로 부딪치는 경험이었다. 그래서인지 역사를 연구할 때도 항상 '사람'을 먼저 생각하게 된다.

2025년, 나는 다시 홍성으로 왔다. 풀무학교가 있는 이곳에서 30대 후반을 보내기로 결심했다. 왜 다시 홍성인가? 여러 이유가 있겠지만, 아마도 시작점으로 돌아와 보고 싶었던 것 같다. 20년 전 이곳에서 시작된 내 공부가 어디까지 왔는지, 앞으로 어디로 가야 할지를 생각해 보고도 싶었다. 처음 풀무학교에 가서 만났던 경운기 타는 선배들, 그들의 밝은 웃음이 아직도 기억난다. 그때는 몰랐는데, 지금 생각해 보니 그것은 삶을 즐기는 표정이었던 것 같다. 30대 후반이 된 지금의 나는 어떤 표정으로 살고 있을까? 홍성으로 돌아온 것은 어쩌면 그 질문에 대한 답을 찾기 위한 과정일지도 모른다.

풀무는 여전히 그 자리에 있다. 경운기 소리도, 학생들의 웃음소리도 여전하다. 달라진 건 나다. 15살 소년에서 37살 역사 연구자가 되었다. 하지만 근본적인 물음은 비슷하다. 어떻게 살 것인가, 무엇을할 것인가. 역사를 연구하는 것도, 시민 활동을 하는 것도, 다시 이곳에 온 것도 모두 그 물음과 연결되어 있다. 정답은 없겠지만, 계속 찾아가는 중이다.

마을활력소에서 지낸 지 10개월

남지현

마을활력소는 마을 일을 돕고 거드는 역할을 한다. 작은 단체의 자립을 도우며 마을에 활력을 불어넣기 위해 힘쓴다. 그래서 작은 단체들이 하기 어려운 회계 일을 지원하거나, 행사를 진행할 때 일손 보조 및 홍보를 맡아 돕기도 한다. 마을의 크고 작은 일을 기록해 두거나 개인이 사기 부담스럽지만 필요한 물품과 기기들을 마을 공동사용으로 구비해 두기도 한다.

2012년 초, 내가 마을활력소에서 일하며 공부해 보기로 결정한 까닭은 단 한 가지의 궁금증 때문이었다. 홍동 지역에는 어떤 단체들이 있고, 이 지역이 굴러가는 원동력은 어디에 있으며, 어떤 사람들이 무슨 일을 하고 있는지가 궁금했다. 지역 전반적인 것에 대해 보고 듣고 배우고 싶었다. 작은 단체나 지역에서 일하고 싶어 하는 개인의

남지현 고등부 44회. 「풀무」 204호(2012년)에 실렸던 글.

자립을 돕는 일이 마을활력소 역할 중의 하나이기 때문에, 마을활력소에서 일하는 사람들은 분명한 목적을 가지고 이런저런 일을 스스로 꾸려 나간다.

하지만 나는 다른 사람들과 다르게 분명한 목적이 없었고, 다만 마을을 알고 싶다고 왔으니 딱히 무슨 일을 해야 할지 몰랐다. 활력소 식구들도 내게 무슨 일을 시켜야 하는지 잘 모르셨다. 그렇게 붕 뜬 상태로 한 달을 보냈다.

마을활력소에서 내가 가장 먼저 하게 된 일은 「마실통신」 작성이었다. 「마실통신」은 마을에 있는 단체 소식과 행사 소식을 모아 간추려 정기적으로 보내는 이메일 뉴스레터다. 매월 1일과 15일 한 달에 두 번씩 소식을 모아 보냈다. 그다음 한 일은 마을 행사 보조하기. 제안이 들어온 것들을 활력소 식구들 혹은 마을 사람들과 함께 구상하고 진행하는 일이었다. 제주 강정마을 돕기, 영화 '두 개의 문' 대관상영, 거리축제 등 많은 사람의 도움을 받아 가며 일을 진행했다. 세 번째는 홍동이 궁금해 방문하는 사람들을 안내하는 창구 역할이었다. 방문을 희망하는 사람들의 관심사와 목적을 중심으로 견학 일정을 짜고, 강사를 섭외하고, 가이드를 섭외했다.

세 가지 모두 의미 있고 많은 공부가 되는 일이었지만, 일을 진행하면서 풀리지 않는 어려운 점이 있었다. 처음에는 '처음 하는 일이라 어려운 거겠지'하고 대수롭지 않게 넘겼지만, 시간이 지나 일이 익숙해져도 어려움은 계속되었다. 어느 날 더 이상 그냥 지나가면 안 되겠다 싶어 가만히 들여다보니, 내 어려움의 근원은 지역에 대한 한정적 이해에서 온 것이었다. 일 위주로 지역에 다가가다 보니 주로 일과 관련된 단체들과 만나게 되고, 지역 전반을 아울러 만나고 이해하기엔 부족한 부분이 많았다. 그렇게 지역을 제대로 이해하지 못한 상태로 방문자를 안내하고,「마실통신」을 만들고 있었으니 일이 익숙해져도 어려움이 지속됐던 것이다. 나는 딜레마에 빠졌다. 지역을 모르면 일을 진행하기 어렵고, 지역을 알기엔 일로 다가가는 게 가장 좋은 방법이다. 그러나 일로만 다가가면 지역 전반을 이해하기는 쉽지 않다. 그렇다면 어떻게 해야 지역을 제대로 이해할 수 있을까? 지역을 아는 것은 생각보다 녹록지 않은 일이었다.

지난 10개월간 지역 바로 알기를 비롯한 여러 가지 고민과 딜레마에 빠져 허우적대며 지냈다. 학교에서 봤던 지역과는 또 다른 지역의 모습에 감탄을 내뱉기도 하고, 익숙한 곳에서 처음 만나는 낯섦에 놀라기도 했다. 일하고 배우며 가끔은 칭찬에 신이 나기도 하고, 서툰 일 처리와 이기심에 쓴소리를 듣고 자신감을 잃기도 했다. 익숙하지만 낯선 홍동마을에서 마음껏 실패하고 실수하고 고뇌하는 시간이었다. 물론 지금도 많이 고민하고 헤매고 있지만, 분명한 것은 이 지역을 제대로 알아보고 싶다는 것이다.

지역을 제대로 알고 싶은 데서 시작된 고민이니 답도 지역에 있을 거라 생각한다. 그 답을 찾기 위해 나는 내년에도 지역에 남아 버둥거려 볼 계획이다. 하고 싶은 일이 있다면 적극적으로 도움을 주는 사람들이 있는 이곳에서 내년에는 조금 더 성장할 수 있길, 조금 더 성숙해진 나와 만나길 살짝 기대해 본다.

더 깊이 뿌리내려 더 멀리 날아가는 삶

배이슬

풀무를 창업한 지 16년 정도 지났습니다. 풀무에 다니며 그렸던 삶을 실현하며 지나온 시간입니다. 벌써 그만큼이나 흘렀나 싶으면서도 풀무에서의 시간이 가깝게 느껴집니다. '공부만 하면 도깨비, 일만 하면 소' 라거나 '위대한 평민'. 하나의 '상'이었던 말들이 삶에서 재차 곱씹어지기 때문입니다.

"풀무를 창업한 뒤 어떻게 살고 있나요?" 질문에 답하자면 "농촌에서 이것저것 쬐깨씩 농사짓고 있습니다."입니다. 하나씩 뜯어 보면 농사를 짓고 커뮤니티를 만들고 회의 진행 전문가로 활동하고 학교에서 농사 교육을 하는 등 수십 가지의 일을 하고 있지만, 결국 지속가능하게 함께 사는 삶을 실현하기 위한 다양한 일을 근근이 지속하고 있습니다. 보다 자세히 설명하자면 크게 3가지 일을 하며 살고 있

배이슬 고등부 44회.

습니다. 첫 번째 삶을 짓는 일, 두 번째 지혜를 나누는 일, 세 번째 서로를 잇는 일입니다.

첫 번째, 진안에서 농사를 짓습니다. 짓고 있는 농사는 한두 가지 작물을 자본의 가치로 바꾸기 위한 상업농보다, 삶에 필요한 다양한 작물을 직접 기르고 짓는 자급농에 가깝습니다. 할머니께서 돌아가시기 전까지 10여 년간 복작대며 농사지으며 배운 전통의 지혜와 그런 지혜들을 보다 지속 가능한 문화로 실현하는 퍼머컬처로 먹고 쓸 것을 직접 짓는 일을 가장 중요하게 하고 있습니다. 할머니들로부터 물려받은 씨앗을 이어 나가고 지키는 일, 다양하게 심고 기르는 것으로 다름이 주는 삶의 풍요를 누리는 일, 진정 잘 먹고 산다는 것이 무엇을 의미하는지 열심히 되물어 가며 살고 있습니다. 흡사 잘 먹고 잘사는 일이 돈을 잘 버는 일로 이야기되지만, 풀무에서 배우고 삶에서 만난 '풍요'는 자본의 숫자로 만들어지는 것이 아닙니다. 다이소에서 5,000원이면 살 바구니 하나를 몇 달에 걸쳐 짜는 일이 누군가에게는 쓸데없는 노농이지만, 버려지는 것으로 쓸모를 찾고 소비가 아닌 의미로 채우는 생활의 가치와 재미, 그 과정을 함께 나누는 이들과 교류하며 쌓이는 것들이 삶을 더 풍요롭게 합니다. 겨울이면 수확한 쌀로 조청을 고고, 4월이면 다시 씨나락을 담그는 일, 할머니들로부터 이어져 온 씨앗을 받기 위해 모종을 길러 내고, 제때 맞춰 심고 기르며 온전히 먹고 쓰이는 삶을 짓는 일을 합니다.

그렇게 씨앗으로부터 시작해 씨앗으로 돌아오는 일, 호박 하나를 심어 호박잎, 호박꽃, 풋호박, 늙은호박 1년 내내 제철이 주는 것들로 먹고사는 일, 호박을 심을 때 곁에 대가리파를 함께 심어 벌들과 함께 농사짓습니다. 그렇게 짓는 농사는 삶을 이루는 많은 것을 직접 짓는 농살림이며, 이제는 사라져 가는 화석 연료 없이 살아온 때의 지혜를 이어가는 일이기도 합니다.

두 번째는 그렇게 배우고 익힌 삶을 짓는 지혜를 나누는 일을 합니다. 크게는 지역의 학교에서 아이들과 함께 농사짓고, 작게는 여러 대상들과 크고 작은 강의와 프로젝트를 진행합니다. 학교에서는 씨앗 농부와 지구 농부로서 지구에서 함께 살아가기 위해 우리가 할 수 있는 가장 직접적인 실천으로 흙을 건강하게 하는 농사를 짓습니다. 씨앗을 채종하고, 밭을 갈지 않고 낙엽을 덮으며, 텃밭에서 기른 것으로 밥을 짓는 일입니다. 교육의 본질은 자립에 있습니다. 무엇으로 우리가 살아가는지, 우리의 먹고사는 꼴이 어떻게 긴밀하게 연결되어 있는지를 깨닫는 것으로부터 시작합니다. 스스로 먹고살 수 있는 '어른'이 되어야 나와 주변을 돌보며 함께 살아갈 수 있는 힘이 생깁니다. 그렇게 내가 먹고사는 것을 선택하는 일이 결국 기후 위기에 대한 가장 직접적인 행동이라고 생각합니다. 뭣보다 중요한 건, 연결의 가치를 만나게 할 수 있는 가장 멋진 선생님은 자연이라는 사실입니다. 농사를 짓다 보면 만나게 되는 마법 같은 순간들이 있습니다. 완두콩에 진딧물이 생기기 시작하면 어느새 칠성무당벌레가 자리를 잡습니다. 그 옆에 지칭개가 함께 크고 있다면 어느새 완두콩도, 진딧물도, 칠성무당벌레도 함께 사는 밭이 되고 덕분에 완두콩을 먹을 수 있게 됩니다. 이런 마법 같은 순간은 아이들 각자에게 하나의 씨앗으로 심겨집니다. 그렇게 아이들과 학교에서 씨앗을 받고, 풀을 기르는 농사를 7년 정도 지었습니다. 제 몸보다 큰 삽을 어찌할 줄 몰라 하던 유치원 아이가 어느새 능숙하게 일머리를 내어 옆을 돌볼 줄 아는 5, 6학년이 되었습니다. 그 과정을 함께하며 매년 아이들의 눈으로 농사를 새롭게 만나는 배움과 행복이 있었습니다.

그 밖에도 아이들과 함께하는 생태 교육이 가지는 의미를 펼치기 위해 지역 주민, 학부모, 선생님, 마을 교육 활동가, 지역 안팎의 청년들 등 생태 환경 교육과 지속 가능한 삶에 대해 관심을 가진 이들에게 자연과 할머니에게서 배운 지혜를 나누는 활동을 이어오고 있습니다.

세 번째로는 서로를 잇는 일입니다. 농사를 지으며 깨닫는 배움 중 하나는 '다양성이 곧 지속 가능성'이라는 겁니다. 흙 위에 다양하게 작물을 기르면 흙 안팎에 더 다양한 생명들이 머물고, 더 많은 탄소를 저장합니다. 나아가 그 생물 다양성이 우리의 삶도 지속 가능하게 한다는 당연한 연결 고리를 개념이 아닌 삶으로 체감하는 날들이 많습니다. 먹고사는 꼴이 긴밀하게 연결되어 있는 '우리'의 범위를 다시 들여다봅니다. 작게는 내 밭에 함께 사는 곤충과 동물, 넓게는 지역에 함께 살아가는 사람들, 더 나아가서는 지역을 초월한 지구에서 함께 먹고사는 인간과 비 인간종 모두가 '우리'입니다.

풀무를 창업하며 진로 고민을 하던 때, '이런 공동체가 더 많아지고 연결되면 좋겠다.' 생각했습니다. 더 많은 이들이 서로 다름을 탐색하고 포용하고 그렇게 연결되면 '이상'에 그치지 않고 더 나은 삶과 사회를 실현할 수 있지 않을까. 여러 해 고군분투하며 농사를 짓던 어느 해, 혼자 밭에 머무는 시간이 아무리 행복한들, 결국 나누고 연결되지 않으면 달라지지 않는다는 것을 깨달았습니다. 그 이후 여성 소농들을 연결하는 '마녀들의 계절', 생태로운 삶을 실험하고 연결하는 지역 안팎 청년들의 농사 공부 모임 '지구로온', 지역 청년들을 연결하는 '진안군청년협의체' 활동들로 시작해 가장자리에서 연결을 디자인하고 생태적인 삶을 실현해 나가는 '한국 퍼머컬처네트워크' 활동까지 더 많은 이들을 서로 잇는 일을 하고 있습니다.

그렇게 농부이자 교육자, 활동가로 농촌에서 살아가고 있습니다. 10여 년 사이 많이 달라졌지만 여전히 농촌의 삶을 선택하는 (여성) 청년에게 실패자 혹은 주체가 아닌 대상자로 겪게 되는 많은 어려움이 있습니다. 이른바 기름값도 안 나오는 이상한 농사를 짓는다면 더욱 많은 불편한 시선을 마주해야 합니다. 풀무에서 배우고 꿈꾸던 이상적인 가치는 우리가 함께 살아가야 하는 세상에서는 아직 낯설고 꿈같은 일일 뿐입니다. 덕분에 지향하는 가치들과 실천하고 있는 일들이 아무 의미 없는 것처럼 주저앉을 때도 많습니다. 돈 주고 사면 더 싸고 쉬운 '음식, 물건, 씨앗, 노동'을 직접 짓는 일은 자본의 숫자로는 대부분 '쓸데없는 일'로 이야기되기 때문입니다.

매년 '농사 때려칠란다'고 마음먹게 되는 때마다 씨앗을 들여다보며 다시 농사를 지었습니다. 아무리 애써 봐야 소용없구나 하고 주저앉았던 때, 세계 퍼머컬처 농부들을 만나러 대만에 갔었습니다. 대만의 원주민부터 전 세계 다양한 사람을 만났습니다. 분명 다르지만, 비슷하게 활동을 이어오는 이들과 교류하며 큰 힘을 얻었습니다. 좀 느리고 누군가에게는 쓸데없는 일의 가치를 서로 이해하고 응원하면서 말입니다.

지향하는 가치의 연대와 변화를 위해 무엇을 해야 할까, 어떻게 살까 하는 고민 끝에 답을 찾고 있습니다. 어느 날엔가 여기저기 버섯이 뿅뿅 솟아오르는 변화와 확장을 만들기 위해서는 지역에 더 깊이 뿌리내리는 것으로 시작해야겠다고 생각합니다. 그렇게 보이지 않는 곳부터 뿌리내리고 차근히 연결되어 모이면 버섯이 되고, 결국 버섯이 포자를 날리듯 더 멀리 날아다니게 될 것입니다. 결국 그렇게 '근근이' 해 나가는 것이 중요합니다.

풀무를 창업하는 수업생들과 지켜보는 많은 이들이 각자의 색으로 뿌리내려 함께 연결될 날을 그려 봅니다. 어디에 있더라도 풀무를 생각하면 함께 나아기고 있다는 든든함을 가지고 함께 '근근이' 지속해 나가면 좋겠습니다.

애쓰고 시쓰는 생활

민의기

이태 전, 45회 동기 오동미와 밥을 먹었다. 동미가 쓰던 휴지가 아까워 나도 모르게 반찬 국물을 닦았다. 동미가 그런 모습을 보고 재밌어하면서 자기가 지금 풀무에 있는 것 같다고 했다. 그런데 집에 내려가면 정반대의 상황이 펼쳐진다. 풀무 얘기를 하다 보면 엄마는 어김없이 "너는 벌써 그것도 까먹었니?"라고 하는 것이다. 아마도 풀무에 대한 애정에서 비롯하였을 부모님의 면박에 대해 조그만 반박의 한마디를 해본다. '그사이에 얼마나 많은 일이 있었는데요!' 그러게. 도대체 무슨 일이 있었나? 창업 직후 마주한 일들조차 어렴풋하다. 그간의 일을 설명하기에는 두서없이 수다를 떨어도 모자랄 것이다. 문득 좋은 방법이 떠올랐다. 내 일과를 나열해 보는 거다.

하루를 출발하기 전에 먼저 내 일을 소개하는 게 좋겠다. 나는 미

민의기 고등부 45회.

생물학을 전공한 회사원이다. 풀무학교 동아리 '우리풀꽃반'에서 야생화를 모으러 나가면서 숲에서 만난 작은 생물에 관심을 갖기 시작했다. 기숙사 방 형들의 동의는 없었지만, 책상 밑에 빵을 두고 곰팡이를 키워 관찰했다. 창업 논문 주제는 막걸리였다. 나는 지방국립대의 미생물학과에 진학했다. 1학기가 채 끝나기 전에 반이 넘는 친구들이 약대나 의대 편입 시험을 준비하기 시작했다. 지방대 학생으로서의 열등감이 만연했다. 난 그냥 막연히 미생물이 좋고 지도 교수님의 열정이 좋았다. 그의 전문 분야는 돈이 안 돼서 아무도 하지 않는 전공이었다. 그런데 5년 후 장내 미생물 연구가 활발해지면서 이 분야가 갑자기 학계에서 주목받았다. 애초에 사람이 없어서 내 차례가 빨리 왔고 운 좋게 대학원 졸업 전에 취업할 수 있었다. 회사에서 전문 연구 요원으로 병역을 마칠 즈음, 빌 게이츠가 세계를 바꾸게 될 세 가지 중 하나로 장내 미생물 연구를 꼽았다. 나는 더 큰 건강식품 회사로 옮길 수 있었다. 지금으로부터 1년 전에는 식품 회사로 이직했고, 미래 사업을 위해 기반 연구를 한다.

어느덧 회사 생활 10년이 훌쩍 지나갔지만, 하는 일은 크게 다름이 없다. 평일 아침 6시 반. 나는 아침을 챙겨 먹는 동거인의 성실함을 이용하여 간소한 도시락을 주머니에 찔러 넣는다. 지하철까지 자전거를 타고 간다. 꼬인 일이 생각나면 '모르겠다!'로 단단히 옹쳐 맨다. 성수동까지 지하철로 50여 분. 버겁지만 귀한 시간이다. 끔찍한 사실은 1년 내내 사람들과 꽉 끼어 가야 한다는 것. 봐줄 만한 것은 하루 중 아무도 말을 안 거는 유일한 시간이라는 점. 이렇게 사람이 많으니, 뉴스도 가사도 버겁다. 핸드폰 게임으로 인파를 잠깐 잊었다가 드라이브에서 쓰던 글을 꺼낸다. 글쓰기 모임은 어쩌다 3개가 되었다. 목요일마다 돌아오는 자유 글 모임, 2~3주에 한 번 영화에 대한 느낀 점 쓰기 모임, 또 하나는 최근에 신청한 시 수업이다. 아차, 청담대교를 건너면서 한강이 모습을 드러낸다. 이제 곧 내린다. 이따가 써야겠다.

회사까지 걸어서 15분. 인적이 드문 틈을 타서 집에 전화한다. 여기는 깨어나는 중인데 고향집은 늘 해가 중천이다. 시시콜콜한 이야기를 하다 보면 회사에 도착한다. 8시 40분. 커피를 내리고 아침거리를 우물거리며 오늘 할 일을 생각한다. 10시 반에 있을 논문 리뷰 회의가 가장 굵직한 일이다. 월말이니 연구비 쓴 것 좀 정리하고. 내년 연구 계획도 짜야 한다. 연말 성과 정리는 시작도 못 했지만 주간 보고 자료를 모으기로 한다. 성과 증빙으로 표준 작업 지침서 몇 개, 결과 보고서 몇 개. 생각이 많아지면 굵직한 것만 생각하는 게 좋다.

10시 반. 회의실 A에 10명 남짓이 모인다. 연구 전략 부문장, 프로젝트 리더들, 연구 기획팀. 세상에는 박사가 참 많기도 하다. 시각화를 도와준 연구원 님이 잘하고 오라고 한다. '전 뭐라든 빨리 끝나기만 하면 돼요.' 정말 그럴 수 있다면 대차게 까여도 상관없다. 정말로 내가 발견 못한 중대 오류가 튀어나오면 좋겠다. 이런저런 말이 오간다. 한 번도 안 읽어 봤군. 꽤 읽어 본 사람도 있네. 다양하다. 큰 지적이 없다. 잘한 걸까. 하긴, 못하면 내 잘못일 뿐이니 관심이 있을 리가 없다. 제대로 된 피드백이 없다면 속도를 낸다. 논문 심사원에게 한마디라도 더 듣는 게 유익할 거다. 오늘까지 고쳐서 내일 영문 교정을 맡기겠다고 공지한다.

논문 주제를 한 문장으로 요약하면 '매운 음식은 장내 미생물을 긍정적으로 바꾼다'라고 할 수 있다. 이 회사는 '매운 음식에 진심'인 이미지를 만들고 싶어 한다. '품질 관리나 좀 신경 쓰지' 하는 마음이 들지만, 나에게 할 일을 주니 별말 없이 열심히 한다. 논문 수정은 점심 전에 다 끝났지만, 오후에도 계속 바쁜 척을 한다. 그래야 자투리 업무를 다 해 놓을 수 있다. 오후에는 임상 지원 파트에서 샘플이 도착한다. 장내 미생물 신종 발굴 업무는 상반기에 다 해 놔서 다행이다. 혈액 샘플만 입고시키면 된다. 프로젝트 리더가 메신저에서 논문 때문에 바쁜 거 아니냐고, 자기가 하겠다고 한다. "금방 끝나는데 제가 할게요!" '논문으로 바쁜 와중에 몸을 사리지 않고 자잘한 일도 놓치지 않는 연구원.' 관대하고 친절한 이모티콘을 곁들여 화룡점정.

어느덧 집에 가는 시간은 깜깜하다. 마냥 평안하지만은 않은 퇴근길이다. 7시에 시작하는 시 수업을 들으려면 뛰어야 하기 때문이다. 일주일에 한번 문학과지성사의 시 쓰기 워크숍에 참여하고 있다. 선생님은 김소연 시인이다. 그를 정희진 선생님의 팟캐스트에서 알게된 후로 내내 마음에 두고 있었다. 나는 혼자서 글을 쓴 지는 오래되었는데, 어느 날 지금껏 쓴 글들이 다 과거에 머물러 있다는 생각이

들었다. 지난 감정을 말려 쓰레기통에 넣기보다는 멀리 가는 글을 쓰고 싶었다. 수업은 이제 5주 차다. 순진하게 일기처럼 쓰다가 비장하고 치열하게 써 보니 밀도 있는 재미가 느껴지고, 애정도 깊어진다.

집에 가는 길. 벌써 10시가 넘었다. 고개를 젓지만 내일 할 일이 머리를 비집고 들어온다. 나는 언제까지 이 일을 하게 될까? 문득 처음이 떠오른다. 진로를 결정해야 하는 시기, 나는 한 가지 질문에 맞닥뜨렸다. 미생물 공부는 무엇으로 해야 할까? 식품? 농업? 제약? 용기를 내서 현관에서 홍순명 선생님을 붙잡았다. 선생님은 신발을 갈아 신으며 간결하게 답해 주셨다. 미생물은 우리가 모르는 게 너무 많고 그래서 미생물로 못 할 것이란 없는 거다. 아마 그걸 당신이 어떻게 아느냐며, 스스로 제약을 두지 말라는 말씀이었을 거다. 그 당시에는 속 시원한 답을 바랐지만, 선생님의 대답은 멀리까지 유효한 것이었다. 모르는 게 많아서 무궁무진한 것. 미생물 얘기만은 아닐 수도 있다. 무한한 내 일로 가기 위해서 열심히 잘 준비한다. 알람이 잘 맞춰져 있는지를 확인한다. 핸드폰을 덮고 하루를 마무리한다.

나름대로 하루를 정리해 보니 몇 가지가 명확해진다. 첫 번째, 요새 일상적으로 글을 꽤 쓰는 것 같다. 두 번째, 어쩌다 이렇게 살고 있는지 잘 모르겠다. 세 번째, 충분히 고민은 하지만 앞으로도 어떻게 살지는 잘 모르겠다. 밤마다 내일 일하기 싫다고 칭얼대는 스스로가 안쓰러워, 애쓰며 산다고 포장할 수는 있겠다. 어딘가 기시감이 든다. 그래, 고등학교 때 우린 정말 애쓰며 살았다. 어쩌다 이렇게 사는지, 앞으로 어떻게 살지 모른 채. 그리고 글을 꽤 많이 썼다. 나 아직 창업 전인가. 아닌데…. 도난 회의에 익숙해지고, 논문도 꾹꾹 눌러 썼는데. 그렇다면… 세상살이가 비슷한 걸까? 설명하기 어렵게 많은 일이 있어도, 내가 어떻게 변해 왔다 해도. 이제 부모님의 면박에 한마디 대들어 봐야겠다. "그것도 벌써 까먹었니?", "네. 그렇긴 한데 그때랑 사는 건 비슷하네요!" 그때의 나에게도 한마디 전할 수 있다면 좋겠다. "앞으로도 애 많이 쓸 테니 조금만 여유 가져 봐." 어쩌면 지금의 나에게도 전하고픈 말인가 보다.

창업 후 15년, 일하고 놀며 살아가는 이야기

윤승민

밝았습니다. 얼마 전에 60회 친구들이 창업했다는 소식을 들었는데, 제가 창업한 지도 15년이 훌쩍 지났다는 뜻이겠네요. 이 글을 쓰면서 창업을 앞두고 「풀무」에 썼던 내용을 찾아 읽어 보았습니다. 3년 동안 나름대로 열심히 했기 때문에 후회는 없다고, 창업생으로서 부끄럽지 않은 사람이 되고 싶다고 썼더라고요. 15년이 지난 지금, 놀랍게도 똑같은 생각을 하며 살고 있습니다. 저는 나름대로 맡은 일을 열심히 하고 있고, 풀무학교 수업생으로서 부끄럽지 않은 사람이 되기 위해 노력하고 있습니다.

그러고 보니 그동안 제 삶을 이루는 키워드가 풀무 외에도 몇 가지 더 생긴 것 같아요. 그것들에 대해 이야기해 보려고 합니다.

풀무 3학년 때 저에게는 일요 집회나 묵학 시간마다 몰래 버킷 리

윤승민 고등부 45회. 「풀무」 251호(2025년)에 실렸던 글.

스트를 쓰는 취미가 있었는데요, 대학 시절에 40여 개 나라를 돌아다니며 그때 계획했던 거의 모든 걸 마음껏 하고 살았습니다. 이후에도 마흔 정도까지는 취업 안 하고 해외에서 자유롭게 지낼 생각이었어요. 그런데 대학 졸업 전 마지막 여름방학 무렵에, 정승관 선생님께서 강화도에 새로운 학교를 시작하게 됐는데 함께 만들어 보자는 제안을 해 주셨습니다. 스스로 교사를 할 사람은 절대 아니라는 생각에 망설였지만, 지금이 아니면 언제 새로운 학교를 만드는 경험을 할 수 있을까 싶기도 했습니다. 그렇게 생각지도 못한 교육의 길로 들어서게 되었어요.

꿈틀리인생학교는 중학교 졸업 후 1년 동안 또래 친구들과 공동체 생활을 하며 스스로의 삶과 지향에 대해 깊이 있게 알아보는 청소년 전환 학교입니다(아쉽게도 지금은 운영하고 있지 않습니다). 덴마크 에프터스콜레 제도를 참고해 강화도에 학교를 만들게 되었죠. 학교를 시작할 때 교장 선생님과 담임 교사 셋 모두가 풀무 출신이었기 때문에, 꿈틀리인생학교의 핵심적인 틀은 풀무의 영향을 정말 많이 받았습니다. 꿈틀리인생학교는 비인가 1년제이고 인원도 훨씬 적은 만큼 수업이니 생활에서 이래저래 다른 부분도 많았지만요.

교사로서 꿈틀리학교에서 보낸 20대 후반의 4년은, '꿈틀리 청소년들의 성장과 행복'이라는 목표를 위해 할 수 있는 모든 것을 다 했던 시간이었습니다. 그런 경험을 할 수 있어 무척 운이 좋았다고 생각해요. 한편으로는 애써 어른스러운 척을 해 가며 '좋은 교사'가 되려 노력하는 게 쉬운 일은 아니었습니다. 함께 지내는 청소년들이 조금이라도 덜 힘들고 더 행복했으면 좋겠다는 바람을 늘 가지고 있었고, 아이들 앞에서 한 말은 스스로 꼭 지켜야 한다고 생각하며 살았습니다.

보람찬 순간들과 귀중한 배움이 있었던 만큼 크고 작은 후회도 많았던 것으로 기억합니다. 마치 풀무에서 보냈던 시간처럼, 꿈틀리에서도 감정의 스펙트럼이 아주 넓었고, 일상의 밀도도 높았어요. 그렇게 안간힘을 쓰다 정신없이 서른 살을 맞게 되었을 때, 문득 새로운 걸 해보고 싶어졌습니다. 그래서 해묵은 숙제였던 영어 공부도 할 겸 해외로 나갈 계획을 세웠는데, 출발을 두어 달 앞두고 코로나19가 퍼지기 시작했습니다.

틈만 나면 항공편 재개 여부를 검색하다 끝내 출국을 포기하기로 마음먹을 무렵, 누가 눈앞에 들이밀기라도 한 것처럼 갑자기 채용 공고 하나가 보였습니다. '민주화운동기념사업회'라는 곳이었는데, 언뜻 시민 단체인 줄 알았지만 알고 보니 공공 기관이었어요. 꿈틀리에서 쌓은 경력을 살릴 드문 기회였습니다. 채용 분야가 '민주시민교육'이었고, 민주시민교육은 제가 꿈틀리에서 주로 담당했던 과목이었으니까요. 난생처음으로 이력서와 자기소개서를 쓰고, 논술과 면접을 거쳐 사업회에 입사했습니다.

민주화운동기념사업회는 민주화운동을 기념하고 그 정신을 계승하여 민주주의 발전에 이바지하기 위해 2001년 설립된 행정안전부산하 공공 기관입니다. 민주화운동기념관 운영, 6.10민주항쟁 국가 기념식 개최를 포함한 기념 계승 사업, 민주화운동과 민주주의 관련 연구, 민주화운동 사료 수집과 관리, 민주주의 교육 등 다양한 일을 하고 있어요. 저는 입사 후 4년 넘게 교육 기획과 운영 업무를 하다가, 올해 초 홍보팀으로 옮겨 새롭게 일을 익히는 중입니다. 처음에는 공공 기관에서 일하는 방식이 제 이전 경험과 거의 극과 극이었기 때문에 적응이 쉽지 않았습니다. 시민 사회에서 공직 사회로 넘어와 느끼는 복잡한 역학 관계도 있었고요. 하지만 일 자체가 오랜 관심 분야이기도 하고 주변에 좋은 동료들이 많아서 즐겁게 일하고 있습니다.

최근 몇 년간 사업회에서 공들여 준비해 온 프로젝트가 바로 올해 6월 10일에 정식 개관한 '민주화운동기념관'입니다. 김근태 의장, 박종철 열사 등 수많은 사람이 독재 정권에 의해 잔인하게 고문당했던 남영동 대공분실을 경찰로부터 이관받아 새롭게 기념관으로 조성했습니다. 국가 폭력이 일어났던 역사적 현장을 보존하고 민주화 운동사와 민주주의를 시민에게 알리는 공간으로 새롭게 만들어 간다는 점에서 의미가 무척 깊은 일이지요.

'역사를 마주하는 낮은 시선'이라는 테마를 가지고 건축된 민주화운동기념관에서는 지하에 새로 만들어진 전시 공간 M1과 옛 남영동 대공분실을 보존한 M2를 통해 독재와 국가 폭력의 역사, 그 시대를 살아온 사람들의 이야기 그리고 민주화 운동사에서부터 오늘날 민주주의에 대한 것까지 다양한 내용을 보실 수 있습니다. 방문해 주시는 시민들을 위해 여러 교육과 문화 프로그램도 운영하고 있어요.

아직 개관 초반이다 보니 기념관에 대해 설명하는 것이 다소 조심스러운 마음입니다. 모두 열심히 기념관을 준비하는 과정에서 정말 많은 일이 있었고 이런저런 아쉬움이 남을 수도 있지만, 이제부터가 진정한 시작인 만큼 앞으로 채워 나갈 수 있는 부분이 더욱 클 거라고 생각합니다. 특히 지금은 민주주의에 대해 더 깊이 생각하고 공부해야 하는 시기이기도 하고요. 많은 분이 기념관에 와 주시고 깊은 관심을 가져 주시면 좋겠습니다.

지금까지 일하는 얘기를 열심히 적었는데, 사실 저는 노는 데 진심이라 친구들과 놀고먹고 쉬는 게 삶에서 아주 큰 부분을 차지합니다. 풀무 때 가끔 농담처럼 '나중에 한마을에 같이 살면서 누구는 이거 하고 누구는 저거 하자' 이런 상상의 나래를 많이 펼쳤는데, 요즘에도 다들 그러는지 모르겠네요. 어쩌다 보니 지금 제가 그렇게 지내고 있습니다. 같은 건물 옆집과 아래위층 여기저기에 풀무 45~48회 친구들이 있어서 가끔 저녁에 티타임도 하고, 집을 비울 때면 서로 반려 식물과 동물들을 돌봐 주며 삽니다.

멀리 사는 친구들까지 포함해 십여 명이 때마다 집들이, 소풍이나 운동회, 집회 참여, 국내외 여행, 크리스마스와 신년 파티를 하러 모이기도 해요. 휴일엔 조금 잠잠하다가도 출근만 하면 다들 메신저로 쉴 새 없이 떠드는 통에 순식간에 알림이 수십 개씩 쌓여 있곤 합니다. 비영리 분야에서 일하는 경우가 많아 직장 얘기도 잘 통하는 편이고요. 아무것도 아닌 일상 이야기부터 가벼운 농담이나 신세 한탄도 하고, 가끔은 진지하게 고민을 털어놓으며 지내는 이 모임이 어느새 제 일상을 지탱하는 중요한 축이 되었습니다. 아마 풀무에서부터 하도 지지고 볶아서 이제는 적당히 잘 지낼 수 있는 것 같기도 하고요. 다들 지금보다 풀무 때 오히려 더 어른스럽지 않았나 싶지만요. 어쨌든 어릴 때 만나 30대가 된 지금까지 서로의 삶을 응원하며 즐겁게 지낼 수 있어 더없이 좋습니다.

두서없었지만 풀무 창업 후 지금까지의 시간을 되돌아보니 많은 생각이 듭니다. 앞으로의 15년은 또 어떨지 궁금하기도 하고요. 좋은 일도 있었고 힘든 일도 있었지만 결국 다 지나가는 것이고, 스스로 어떤 상태일 때 가장 즐겁고 편안한지를 찾아가는 과정 속에 있는 것 같습니다. 그러기 위한 힘을 저는 어릴 때 풀무에서 많이 얻었고, 지금도 여전히 그렇다고 생각해요. 앞으로도 꾸준한 모습으로 열심히 일하고 재미있게 놀며, 더 좋은 영향을 주고받을 수 있는 단단한 사람이 되도록 노력해야겠습니다.

내가 사랑했던 'ex-직업'의 역사

송범근

풀무학교를 졸업한 지 14년이 됐습니다. 14년간 저는 다양하고 엉뚱한 일을 많이 해보았습니다. 20살 때부터 인턴을 했고, 제 이름으로 책을 출간해 보기도 했고요. 대기업의 컨설턴트로 일하기도 했습니다. 회사를 창업해 10명의 직원에게 월급을 준 적도 있습니다. IT 기업을 취재하는 기자로도 일했고, 웹툰 PD 일도 해보았고요. 지금은 토스라는 IT 회사에서 모바일 앱을 개발하고 있습니다.

정말 특이발랄하죠? 저희 어머니도 주변 분들이 "너희 아들 무슨 일 해?" 물으면 대답하기 어려워하실 정도입니다. 아마 풀무학교에서 저에게 군이 이 지면을 할애해 주신 것도, 그러한 특이발랄한 행보 때문이지 싶습니다. 왜 그렇게 특이발랄하게 살았냐? 한마디로 하자면 '덕업 일치'를 하고 싶어서였습니다. 좋아하는 일을 하면서 살

송범근 고등부 47회.

고 싶었습니다.

'뭘 해서 먹고살아야 하나'라는 고민은 저도 남들과 똑같았습니다. 하지만 못지않게 저는 '이 일이 나한테 재미있고 의미 있는가?'에 유난스러웠습니다. 돈을 많이 주거나, 일찍 퇴근하거나, 사회적으로 인정받거나 해도, 저는 재미가 없으면 2주도 버티질 못하는 편입니다. 친구들은 어떤 목표를 정해 꾸준히 준비도 하고, 하나의 일에서 전문성을 쌓는 데 매진하기도 하는데요. 반면 저는 생뚱맞은 시도를 많이 하면서 20대를 보냈습니다.

"연애는 무조건 많이 해봐야 해." 저희 아버지가 예전에 입버릇처럼 하신 말입니다. 연애를 많이 해봐야 실패도 많이 해보고, 그래야 자기와 맞는 사람을 안다는 겁니다(물론 아버지 자신도 그렇게 연애를 많이 해보진 않았던 거 같지만요). 아버지의 말과 달리 저는 연애는 많이 못 해보고 이미 유부남이 되어 버렸습니다.

하지만 '일'에서만큼은 많은 '연애'를 해봤던 것 같습니다. 여러 실패를 했고, 많은 허탈감을 느꼈다는 말이기도 합니다. '이 일은 정말 흥미로운데? 나랑 잘 맞지 않을까?' 해서 뛰어들었다가, 현업에 가보니 제 생각과 너무 다르다는 걸 깨달을 때 오는 그 회의감이요. 연애하다 이별한 것과 마찬가지로, 지금 생각하면 별거 아니지만 당시에는 꽤 아팠습니다. 오늘은 한때 사랑했으나, 지금은 이별한 제 'ex-직업'의 역사를 들려 드리려고 합니다.

첫 번째, 경제학과

고등학생 시절 저는 사회과학 책을 많이 읽었습니다. 자본주의가 일으키는 불평등과 환경 문제에 관심이 많았습니다. 경제학과에 가면 경제를 배워서 그런 걸 고칠 수 있을 거라고 생각했습니다. 농업경제학과에 진학했습니다. 하지만 대학교 강의는 무척 실망스러웠습니다. 경제학은 세상에 있는 현상을 이론으로 설명하려 할 뿐, 어떻게 개선하고 변화시킬지에 대해선 별로 말하지 않았습니다. 현실과 괴리된 탁상공론을 벗어나지 못한다고 느꼈습니다. '이게 다인가?'라는 의문이 들었습니다.

여느 대학 새내기처럼 술을 먹고 놀면서 근본적인 질문을 피하려해보았습니다. 하지만 1학년이 끝나갈 무렵엔 직면할 수밖에 없었습니다. '앞으로 무슨 일을 하고 살아야 할지에 대한 힌트는 여기에 없겠다'는 사실을요. 그래서 '바깥에 나가봐야겠다'라고 다짐했습니다. 겨울방학 인턴에 지원했습니다. 좀 두려웠습니다. 인턴은 '고학년이 취업 준비할 때 한다는 미지의 무언가'였으니까요. 하지만 내 일의 실마리를 찾고 싶다는 생각이 더 컸습니다.

두 번째, 사회적 기업

제가 일을 하게 된 곳은 한 비영리 단체의 사회적 기업 컨설팅 부서였습니다. 정부에서 하는 '사회적 기업 경영 지원 사업'을 위탁 운영하는 일이었죠. 그땐 그게 뭔지도 몰랐습니다. 저는 책에서만 보던 멋진 사회적 기업들을 실제로 볼 수 있다는 기대로 부풀었습니다.

하지만 현실은 제 기대와 달랐습니다. 대부분의 '사회적 기업'은 취약 계층에 일자리를 제공하거나, 복지 서비스를 제공하는 기업이었습니다. 장애인 분들을 고용하여 청소한다거나, 친환경 기저귀를 만든다든가 하는 일이었죠.

제가 막연히 상상했던 '사회 문제를 해결하는 혁신'과는 거리가 있었습니다. 혼란스러웠습니다. 어디까지가 사회적이고 아닌지, 어디까지가 혁신이고 아닌지 무 자르듯이 구분하기는 정말 어려웠습니다. 또 컨설팅 대상 기업을 보면 '소셜'은 있는데 '비즈니스'가 없었습니다. 아무래도 기업가보다는 활동가이신 분들이 많았습니다. 정부 지원 없이 이익을 창출하는 기업은 극히 드물었습니다. 저와 같이 일했던 소장님은 '사회적 기업도 기업이다. 경영을 잘해야 한다'라고 매번 강조했습니다. 저는 인턴 기간 깨달음을 얻었습니다. '문제는 누구나 비판할 수 있다. 아이디어도 생각보다 흔하다. 정말 어렵고 중요한 것은 그 해결책을 현실에서 지속 가능한 사업으로 바꿔낼 수 있느냐다.' '경영'을 제대로 배워 보고 싶다는 생각이 들었습니다. 경영학 책도 읽어 보고 컨설팅을 도우면서, 경영도 전문성의 영역이라는 사실을 깨달았습니다. 지속 가능한 기업을 만들기 위해서는 필요한 전문성이었죠.

세 번째, 경영 전략 컨설팅

복학을 하고 '경영전략학회'에 들어갔습니다. 실제 기업 프로젝트를 한다는 점이 끌렸습니다. 경영학 수업을 듣는 것보다 프로젝트를 해보는 게 경영을 배우는 데 더 도움 될 거라고 믿었습니다. 경영전략학회에서는 무슨 프로젝트를 하냐고요? 간단히 설명하면 이렇습니다. 가상의 기업이 문제를 의뢰한다고 가정합니다. 예를 들어 '두산중공업이 매출 부진을 겪고 있는데 이를 회복시키기 위해 어떻게 해야 할까?' 같은 주제죠.

일주일 동안 각 팀이 산업 분석과 문제 해결 과정을 통해 대응 전략을 짭니다. 실제 그 회사의 경영진 앞이라 생각하고 프레젠테이션을 합니다. 프레젠테이션이 끝나면 질문과 피드백이 이어집니다. '정말 그런가?', '그렇게 생각하는 근거는 무엇인가?', '다른 이유는 없을까?' 이런 피드백을 귀에 못이 박히게 듣습니다. 논리적으로 치밀해지도록 만드는 훈련이죠. 그렇게 훈련이 끝나면, 실전으로 갑니다. 실제 기업에 의뢰받아서 문제 해결을 하는 거죠. 저는 이 과정이 상당히 재미있었습니다.

하지만 아쉬운 점도 있었습니다. 경영 전략 컨설팅은 정말 추상적인 수준의 의사 결정에 도움을 줄 뿐, 실제 변화를 책임지진 않습니다. "현재 시장을 분석해 앞으로 시장 성장률은 이러하고 경쟁사들은 이러이러하게 하고 있으므로 해외 사례를 봤을 때 이러이러하게 하면 잘될 것 같습니다…." 뭐 이런 식입니다. 저도 별로 확신이 없을 때가 많았습니다. 끊임없이 밤을 새우며 주장을 정당화하기 위해 그럴듯한 데이터를 갖다 붙였습니다.

　현실과 괴리된 '문서'만 만들고 있다는 생각을 자주 했습니다. 이게 정말 내 사업이라면 이렇게 할 것인가? 이렇게 하면 정말 경영을 잘하는 것인가? 의문이 끊이지 않았죠. 좀 더 실행에 가까운 일을 하고 싶었습니다. 내 손으로 마무리하고 결과를 볼 수 있는 일을 하고 싶다는 생각이 들었습니다. 그 생각은 몇 년 뒤 제가 창업을 하게 되는 밑거름이 되었죠.

네 번째, 블록체인 회사 창업

　시간이 흘러 2018년, 저는 친구 셋과 함께 블록체인 기술 회사를 창업했습니다. 당시는 전 국민이 '비트코인'을 알게 될 정도로 블록체인이 굉장히 주목받던 시기였습니다. 지금 AI가 그렇듯이, '이게 기회다', '놓치면 안 된다'는 분위기가 팽배했습니다. 저희는 그 기회에 우연찮게 탑승하게 된 거죠.

　하지만 회사를 차리고 운영하는 일은 제가 해본 그 어떤 일과도 달랐습니다. 10명이 넘는 직원들에게 월급을 줘야 했습니다. 강한 책임감이 필요했습니다. 정해진 일도 없었습니다. 어제 생각한 방향이 오늘 완전히 뒤집히는 일이 늘 일어났습니다. 살아남기 위해서 무슨 일이든 해야 했으니까요.

나름의 초기 구상과 열정이 있었지만, 고객이 원할 만한 것을 좇으면서 갈수록 방향은 완전히 달라졌습니다. 열정은 사라지고, 책임과 의지력으로 버텨야 하는 나날이 계속됐습니다. 그저 '기회'를 잡으려는 마음으로 시작했기 때문에, 작은 위기가 와도 '이 고생을 해서 성공하면 끝에는 뭐가 기다리고 있는 것인가?', '그게 내 인생을 불태워서 얻고 싶은 것일까?' 하는 회의가 들었습니다.

내가 정말 이 일을 해야만 하는 이유에 대한 강한 믿음이 필요했죠. 블록체인 사업에 그런 믿음이 있는가? 어느 순간 저는 그 답이 'No'라는 걸 깨달았습니다. 인생에서 가장 진한 허망함에 가까운 민망함을 느꼈던 시간이었습니다. 제가 직접 만든 회사에서, 제가 같이 일하자고 불러 모은 사람들 앞에서, '이 일을 하고 싶지 않다'라고 인정해야 하는 상황이었으니까요. 하지만 참고 가는 것도 올바른 답은 아니었습니다.

회사를 그만두면서, 제가 '결과에 상관없이 좋아했던 것이 뭘까?' '누가 시키지 않아도 했던 것이 뭘까?' 돌이켜 보았습니다. IT 스타트업, 구조 혁신, 지식 콘텐츠, 글쓰기 등이 떠올랐습니다. 그런 키워드의 교집합이 뭐가 있을까 고민하던 중, IT 스타트업 전문 온라인 매체의 기자 채용 공고를 보게 됩니다.

그 순간 전까지 저는 인생에서 '기자가 되고 싶다'는 생각을 단 한 번도 한 적이 없었습니다. 그런데 왠지 모르게 제 열정과 잘 맞는 일이라는 직감이 들었죠. 무작정 지원했는데 붙어 버렸습니다.

다섯 번째, IT 기자

기자 일은 즐거웠습니다. 아마도 오늘의 'ex-직업' 중 제가 가장 좋아했던 직업일 겁니다. 저는 IT업계에 관심이 많았습니다. 흥미로운 사람들 만나는 것을 좋아하고, 글쓰기도 좋아합니다. 스타트업을 취재하고 얻은 통찰을 풀어 쓰는 일은 무척 재밌었습니다. 앞서 실패를 겪은 덕에 이젠 나와 더 맞는 일을 하고 있다는 생각이 들었죠.

그런데도 은은하게 사라지지 않는 어떤 결핍이 있었습니다. 경제 분야의 기자는 축구에 비유하면 해설자 같은 직업입니다. '업계'라는 경기장에서 일어나는 일을 재밌고 쉽게 관중에게 전달하는 일이지요. 그런데 갈수록 단순히 해설자가 아니라, '나도 저 경기장에서 뛰고 싶다'라는 동기가 생겼습니다. 다 같이 만들고, 무언가를 창조하고, 그걸 사람들에게 전달하고, 세상에 유용한 무언가를 만들어 보고 싶다는 그런 욕구가 있었던 겁니다.

일단 한번 작게 시도해 보기로 합니다. IT업계라는 건 단순히 말하면 앱/웹을 만드는 거죠. 그렇다면 프로그래밍을 배워 보자. 처음엔 별로 진지하지 않았습니다. '프로그래밍 배워 둬서 나쁠 거 없지' 수준이었습니다. 그런데 이게 웬걸? 생각보다 굉장히 재미있었습니다. 프로그래밍은 수학 잘하는 이과 사람들이 하는 일인 줄 알았는데, 생각보다 제 적성에 잘 맞는단 사실을 알게 됐습니다.

이거 직업으로 해도 괜찮겠다, 이걸 직업으로 하면 단순 해설이 아니라 정말 경기장에서 뛰면서 내가 무언가 만들어 내고 있다는 느낌을 받을 수 있겠다 그런 생각을 했습니다. 코로나가 한창이던 2022년, 퇴사하면서 기자 생활에 이별을 고했습니다. '네가 기자를 그만두고 갑자기 프로그래밍을 한다고?' 주변에선 눈을 동그랗게 뜨고 쳐다봤죠.

본격적으로 개발 공부를 시작했습니다. 매일 10시간씩 앉아서 코딩을 했습니다. 고3 시절로 돌아간 듯한 느낌이었죠. 그 결과, 수많은 '광탈'을 겪었지만 결국에는 토스라는 금융 앱 회사에 개발자로 취직할 수 있었습니다. 간편 송금, 청소년들이 많이 쓰는 유스카드 등을 만들었습니다. 사람들에게 유용한 무언가를 직접 창조하는 일이라는 점에서 굉장히 뿌듯하고 만족스러운 '내 일'을 만났다고 생각합니다.

여기까지 제가 사랑했다가 이별한 'ex-직업'의 역사였습니다.

고3 시절 '진로' 과목을 가르치시던 정승관 선생님께 이렇게 여쭤본 적이 있습니다. "어떻게 하면 창업을 하고 풀무답게 살아갈 수 있는지 잘 모르겠어요." 그러자 선생님이 이렇게 답하셨습니다. "풀무다운 거 말고 그냥 너답게 살아. 그게 풀무다운 거야." 이 한마디가 꽤 인상 깊었습니다. 아마 제가 듣고 싶은 말이라 선택적으로 기억에 남은 게 아닐까 싶습니다. '풀무다운 게 아니라 나답게 살고 싶다'는 욕망이 강한 녀석이었으니까요.

하지만 나답게 산다는 건 말만 쉽습니다. '나다움'은 도대체 뭘까요? 저도 잘 모르겠습니다. 그러나 적어도 무언가를 세상에 내놓고 경험해 보기 전에는 미리 알 수 없다는 생각을 많이 합니다.

디자이어드 패스(Desired path)라고 들어보셨나요? 1960~1970년 대 미국 대학 캠퍼스에서 유행한 디자인 방법이라고 합니다. 캠퍼스를 짓되, 안에 길을 미리 내지 않는 건데요. 1년 정도 그냥 둡니다. 그러면 사람들이 왔다 갔다 하면서 잔디가 뭉개집니다. 자연스럽게 캠퍼스에 길이 생기는 거죠. 누군가 설계한 길이 아니라, 사람들이 정말로 '걷고 싶은 길(Desired path)'이 드러납니다. 학교는 1년 뒤에 이 '디자이어드 패스'를 보면서 길을 포장했다고 합니다.

보통 사람들은 자신이 이러이러한 인간일 줄 알고, 열심히 고민하면서 나를 위한 길을 설계하고 준비합니다. 하지만 막상 시간이 지나면 허탈해집니다. 진짜 '걷고 싶은 길'은 내가 고려도 하지 않은 잔디밭에 나 있을 때가 태반이라서요.

인생에도 '디자이어드 패스' 접근법이 있다고 생각합니다. 계획을 너무 미리 세우지 않습니다. 불확실성은 조금 참아 봅니다. 발길 가는 대로 가 봅니다. 가다가 방향을 잃습니다. 뱅뱅 돌아가기도 합니다. 되돌아서 발자국을 곰곰이 살펴봅니다. 그때 길을 냅니다.

이게 모든 사람한테 옳다고 생각하지는 않습니다. 하지만 제게는 '디자이어드 패스' 식이 잘 먹혔던 것 같습니다. 많은 일을 거치며 '내 생각과 다르네?'라는 수많은 '실패'를 겪었습니다. 그 덕에 저를 더 잘 알게 되었고, 지금은 꽤 즐겁게 일하면서 살고 있습니다.

가르치려 하기보다 보여 주기

구본경

밝았습니다, 맑았습니다, 고요합니다. 이 인사가 입속에서 어색하게 맴도는 것을 보니 제가 풀무학교를 창업한 지도 꽤 시간이 흘렀다는 것을 느낍니다. 게다가 이렇게 수업생으로서 「풀무」에 실을 글을 적고 있으니, 새삼 학교 다닐 때가 떠오르고 창업 후의 일들을 회상해 보게 됩니다. 지난날을 돌아보니 지금 제가 풀무학교 3학년 학생들에게 실습수업을 하고 있다는 게 새삼 신기하게 느껴집니다.

저는 학교 근처에서 '풀무배움농장'이라는 조금은 거창한 이름으로 다른 사람들과 함께 농사를 짓고 있습니다. '풀무배움농장'은 협동조합처럼 일하는 일꾼이 주인이 되는 농장입니다. 여러 목적과 역할을 가지고 있습니다만, 그중 하나가 3학년 실습수업의 한 축을 담당하는 것입니다. 처음 이 역할을 맡게 되었던 2019년에는 '선생님'

구본경 고등부 49회. 「풀무」 239호(2022년)에 실렸던 글.

이라는 호칭이 무척 무겁게 느껴져 스스로 '선생님'이라 소개하지 못했던 기억이 납니다. 여전히 학생을 가르치기에 역량이 부족하다고 느끼지만, 호칭에는 점점 익숙해져 가는 듯합니다. 서당 개 3년이면 풍월을 읊는다고 했던가요. 농장도 수업도 어느 정도 자리 잡아가면서 최근에는 실습수업을 어떻게 하면 좋을지, 학생들에게 무슨 이야기를 하고 싶은지 조금 더 고민하게 되었습니다. 때마침 이렇게 기회가 생겼으니 「풀무」 지면을 빌려 제가 생각하는 실습수업에 대한 이모저모를 나누고자 합니다.

첫 번째로 이야기하고 싶은 주제는 실습수업의 목적입니다. 3학년 학생들이 굳이 학교 밖 '풀무배움농장'까지 와서 실습수업을 하는 목적은 무엇일까요? 사람마다 생각은 조금씩 다를 것 같습니다만, 저는 학생들에게 더욱 현실적인 농업 현장을 경험하게끔 하기 위함이라 생각합니다. 대개 학생들이 생각하는 농업과 농민의 삶은 현실에서 찾아보기 힘든 경우가 많습니다. 자급자족의 텃밭 농사라던가 토종 종자를 이용한 로컬 품종 재배, 땅과 환경을 위한 무투입·무경운 농법 등 불가능하거나 거짓인 것은 아니지만 막연하고 단편적인 경우가 많죠. 그런 오해(혹은 환상)를 풀무배움농장에서 보다 구체적이고 입체적으로 생각해 보게 될 것이라 생각합니다. 저는 수업을 통해 학생들이 농민이 되길 바라는 것은 아닙니다. 적어도 농촌, 농업, 농민에 대해서 '책에서 읽은 이야기'나 '어디서 들은 이야기'로 이해하는 것이 아닌, 자신이 직접 보고 경험한 시간을 바탕으로 생각하고 이야기할 수 있게 되면 좋겠습니다.

그렇다면 어떤 방식으로 농장에서 수업하면 좋을까요? 사실 이 부분이 가장 고민이 많은 지점입니다. 앞서 농업 현장에서의 실습을 통한 경험을 이야기했지만, 구체적인 내용으로 들어가 보면 쌈채소 파종, 정식, 수확, 납품, 관리기 운용, 삽질, 레이크질, 제초, 하우스 유지 관리 등 자칫 배움보다는 노동으로 받아들여질 수 있는 농작업이 많습니다. 이런 농작업을 어떻게 수업으로 만들 것인가. 때로는 일을 몰아붙여서 해보기도 하고 때로는 농장을 둘러보며 관찰하고 기록해 보는 등 여러 방법을 시도하며 균형을 잡아 보려 하고 있습니다. 다만 무엇을 하더라도 잊지 않으려 하는 것이 있습니다. 그건 '가르치려 하기보다 보여 주기'입니다.

풀무배움농장은 수업을 위한 농장이 되지 않으려 합니다. 학생들이 더 많은 것을 경험하고 배워갈 수 있는 수업적 장치를 고민하고 만들긴 하지만, 어디까지나 농장을 제대로 운영하는 현장이 되는 것이 우선입니다. 실습수업을 포함하여 풀무배움농장이 추구하는 여러 목적과 역할을 해내기 위한 전제 조건은 농업을 통해 지속되는 농장을 만드는 것입니다. 그리고 그런 농장을 만드는 과정이 학생들에게 더욱 현장감과 밀도를 줄 수 있다고 확신합니다. 말하자면 농장을 잘 운영하는 것이 곧 수업이 될 수 있는 것이죠. 그래서 '가르치려 하기보다 보여 주기'가 중요한 것입니다.

한편으로 수업을 떠나 다른 점에서 떠오르는 것도 있습니다. 수업생으로, 홍동에서 사는 청년으로, 인생 선배로서 보여 줄 수 있는 것이 더 있지 않을까 하는 것입니다. 저는 학생들이 창업 후의 진로를 고민하고 어려워하는 경우를 자주 보았습니다. 그중 농적 진로에 대해서는 학생들이 생각은 하면서도 쉽게 선택하지 못하는 경우가 많았는데, 이유야 여러 가지 있겠지만 제가 보았을 때 큰 이유는 농적 진로를 선택한 후의 미래가 잘 그려지지 않기 때문이지 않을까 합니다. 농장에서는 여러 청년이 일하고 있으며 주변 지역에도 꽤 많은 청년이 다양한 형태로 살고 있습니다. 학생들이 그들을 농장과 지역에서 만난다면 더 좋지 않을까 생각해 봅니다.

실습수업에 대해 적으며 다시 한번 역량 부족을 실감하기도 하고 필력 부족을 느끼기도 합니다. 앞으로 가야 할 길이 참 먼 것 같습니다. 고맙습니다.

일하기와 공부하기 사이에서

김세빈

저는 충남 홍성군 홍동면에 있는 홍동밝맑도서관에서 일하고 있습니다. 풀무학교에서 걸어서 10분쯤 걸립니다. 어제도 재학생 두 친구가 도서관에 와서 봉사 활동을 하고 갔습니다. 저는 학교 다닐 때 방과 후 혼자 도서관을 찾아 책 읽는 걸(읽기보다는 거의 졸다가 돌아가긴 했습니다만) 즐겼습니다. 그때는 홍동밝맑도서관에서 일할 것이라는 생각은 하지 못했는데, 어느덧 도서관에서 일한 지 8년째가 되어 갑니다. 할 일 없이 지내던 20대 초반, 이웃 면인 장곡면의 협동조합 젊은협업농장에 일하는 친구에게 놀러 갔다가 시작한 일을 20대 후반까지 하리란 것도 예상치 못했습니다.

젊은협업농장에서 농사짓던 어느 날, '마을과 문명'을 가르쳐 주신 선생님께서 마을학회 일소공도의 소식지를 함께 만들어 보자 제안해

김세빈 고등부 50회. 「풀무」 249호(2024년)에 실렸던 글.

주셨습니다. 친구와 함께 눈물과 일거리로 밤을 새우던 때가 기억납니다. 그 뒤로 지역에서 일어나는 수많은 기획에 참여했습니다. 마을학회에서 진행하는 강학회(强學會), 월례 세미나 등 공부 모임 진행을 돕고, 도서관에 강사를 초청했습니다. 또 마을 환경 개선 국가사업을 계기로 집과 경관을 아카이브하는 기록집을 제작하고, 책 모임을 진행하고, 친구들과 함께 철거된 갓골 나들목 건물을 아카이브해 전시하고, 주변 분들이 모아 주신 돈으로 산양을 키우고, 예술 공연을 도왔습니다. 이 일들은 모두 우연히 찾아온 기회를 '하겠다'고 받아들인 덕분이었습니다. 이후 감사하게도 많은 일에 참여하며 '질문하는 저'와 '답해 주는 사람(들)'을 만날 수 있었습니다.

협동조합젊은협업농장은 농사를 짓고 싶거나 농촌에 관심 있는 청년을 위해 설립된 농장입니다. 다양한 사람과의 관계를 통해 농촌에서의 삶을 경험할 수 있게 해 줍니다. 저는 1년간 협동조합젊은협업농장에서 일하며 주경야독의 삶을 경험했습니다. 이를 통해 지역에서의 토대를 닦아 현재까지 일해 올 수 있었다고 생각합니다.

홍동밝맑도서관에서는 '평민마을학교'라는 단체를 운영하고 있습니다. 농업과 농촌에 관심 있는 청년에게 농장을 소개하고 농촌에서의 삶을 지원합니다. 이 단체는 일과 공부를 함께하길 추구합니다. 낮에는 농사짓고, 저녁에는 공부 모임을 엽니다. 평민마을학교를 통해 많은 선생님을 만났습니다. 농업과 농촌뿐만 아니라 다양한 인문학(글쓰기 · 디지털 · 철학 · 역사 · 근대성 · 예술 · 사회학 등)에 대해 배우고 경험했습니다. 대학에 진학한 친구들이 졸업할 무렵, 저는 어떤 것을 배웠는지 가늠해 봤습니다. 비록 대학에 다니지는 않았지만, 그 동안의 일과 배움을 통해 현상과 현상을 둘러싼 것을 볼 수 있는 눈을 조금이나마 뜰 수 있었다고 생각합니다. 평민마을학교 수업 중 한 시인 선생님께서 '세상에 만연해 있는 것을 실험하는 실험실이 필요하고, 그 실험실이 바로 문학'이라는 말씀을 하셨던 게 기억에 남습니다. 저는 선생님의 말을 빌려 문학뿐만 아니라 여러 분야를 무기로 사용해 세상과 저의 관계에 대해 이해할 수 있는 공부를 하고 싶다는 열망이 생겼습니다.

얼마 전, 기후 위기로 농사의 어려움을 이야기하는 기사에서 한 농민이 그의 목소리가 '번번이 편집'되었다고 말하는 것을 읽었습니다. 저는 농촌에 살면서 왜 농촌 주민의 목소리는 잘 들리지 않을까, 왜 내가 본 농민이나 주민의 모습이 아닌 '리틀 포레스트'나 '6시 내고향'처럼 정확하지 않은(어떤 면에서는 왜곡된) 이미지로만 농촌을 생각하는 걸까가 궁금해 공부하기로 마음먹고 올봄부터 대학원에 다니고 있습니다. 일주일에 이틀은 서울에, 닷새는 홍성에서 보내고 있습니다. 꽤 많은 시간을 길에서 보내기도 합니다. 길 위에서는 생각보다 많은 것을 배울 수 있었습니다.

어느 날 길 위에서 '내 앞에 닥친 것을 독해해 내야 하는 책무'가 있다고 일기에 적었습니다. 제 위치를 바꾸니 새로이 보이는 것들이 많습니다. 푸코는 망각된 규칙을 기억하게 하고, 자신의 영혼을 돌보고 자신과의 관계를 구축하는 중요한 장치인 '휘폼네마타(수첩)'를 이야기합니다. 저는 작은 수첩을 들고 다니며 길에서 본 것을 기록해 보고 있습니다. 홍성에서는 농사짓는 농부의 몸을, 서울에서는 노동하는 일꾼의 몸을 많이 봅니다. 학교에서는 학생들 말고 가장 많이 보이는 사람이 아주머니들입니다. 식당에서 김치찌개를 데워 주는 아주머니의 피곤한 낯빛, 테이크아웃 커피잔을 들고 걸어가는 학생들 옆으로 그들이 버린 잔을 분리수거하는 아주머니, 화장실 한편에 있는 청소 도구함에서 앞에 오가는 사람이 전혀 보이지 않는다는 피곤한 눈빛으로 앉아 있는 아주머니. 식당, 복도, 화장실 안을 바쁘게 오가는 사람과 유리되어 있는 듯한 풍경이었습니다.

그동안 농촌에서는 볼 수 없었던 새로운 몸. 뉴스 속 세계에는 사람이 떼로 죽거나 다치고, 정치 문제가 연일 튀어나옵니다. 매체를 통해 바라본 세계는 하나의 스펙타클이 될 뿐입니다. 어떤 것들에 외부에서 주어진 상이 씌워지고, 잘못 읽히고, 문제가 외부화되고 있는 것 같단 생각을 많이 했습니다. 사람들은 노동자 앞에서, 농민 앞에서, 죽어가는 사람의 뉴스 앞에서 흠칫 놀랄 뿐, 그들은 다시 지워지는 이미지가 됩니다. 익숙하게 지냈던 것에서 잠시 벗어나니 많은 것이 보였습니다. 익숙한 곳, 익숙하지 않은 곳 양편에서 많은 것을 보고 있습니다.

아직은 할 줄 아는 것도, 아는 것도 많이 없어서 길 위에서 느끼는 혼란처럼 여기저기서 혼란을 많이 겪고 있습니다. 파악(把握)은 잡고

(把) 쥔다(握)는 뜻입니다. 손에 무언갈 쥐어 보고 그것에 대해 알아 가는 것입니다. 저를 살게 해 주는 것에 대한 어떤 책임감 그리고 파악, 해야 하는 것과 하고픈 것, 이런 다양한 풍경들 사이에서 어떻게든 잘 지내고 있는 것 같습니다.

풀무를 생각하는 마음

김지원

풀무학교 생활을 마무리하는 창업 간담회에서 "내가 풀무에서 얻은 것은 '사람'이다."라는 말을 했던 게 기억납니다. 그땐 학교에서 알게 된 또래 친구들과의 관계를 떠올리며 한 말이었지만, 학교를 떠난 뒤 삶의 곳곳에서 '풀무 사람'을 만나며 그 말의 의미를 더욱 깊이 경험하고 있습니다.

풀무 사람은 많지 않지만 정말 다양한 곳에 있습니다. 농부 시장, 공연이나 방송, 서점에 진열된 책, 일과 관련된 회의 그리고 타투 스튜디오에까지! 예상치 못한 자리에서 "저도 풀무(학교) 나왔어요."라는 말을 들으면 초면이어도 금방 친숙하게 느껴집니다. 이렇게 풀무 사람을 마주쳤을 때 서로 반가워할 수 있는 이유는 그만큼 풀무학교에서 보낸 공통된 경험이 의미 있었기 때문이라고 생각합니다.

김지원 고등부 50회.

아침 먹기 전 축사에 가서 소와 돼지, 닭들의 밥을 먼저 챙겨 준 날들, 엉덩이 아픈 의자에서 오랫동안 회의하던 시간, 전교생이 함께 땀 흘리며 손 모내기 하던 날, 수업 후 자전거를 타고 갓골빵집에 가던 길, 묵학 시간 뒤에 주고받던 손 편지들. 자연을 가까이하고 서로 다른 사람들과 함께 지냈던 시간들이 그때는 그저 흘러가는 하루처럼 느껴졌지만, 지금 돌아보면 더불어 사는 법을 차근차근 배우는 과정이었던 것 같습니다. 함께 산다는 건 생각보다 섬세하고 손이 많이 가는 일인데, 피하지 않고 성실하게 관계를 돌보는 법을 배울 수 있는 곳이 풀무학교였습니다.

저는 풀무학교에서 미술반, 도예반, 세밀화 동아리 '시금치' 그리고 게시부 일(그리기와 만들기 관련 일이라면 뭐든)을 하면서 그림에 대한 꿈을 키웠고 창업 후 미술대학에 진학했습니다. 제 작업에는 자연스럽게 '환경과 사람의 관계'가 중심 주제로 자리 잡았고 대학원 석사 과정에서는 흙과 지렁이를 다루는 작업을 했습니다. 그리고 지금은 그 작업을 바탕으로 첫 번째 그림책 출간을 앞두고 있습니다. 학교 다닐 때 작물 수업이나 화훼 수업 시험 성적은 그리 좋지 않았지만, 일지를 그림과 함께 작성하는 일은 늘 즐거웠는데, 그 감각이 지금 그림책 작업과 이어지는 부분이 있는 것 같아 새삼 흥미롭습니다.

풀무학교에서 보내던 날들은 북적북적하고 서툴게 마음을 나누던 시간이었습니다. 그 속에서 자신을 지키면서도 주변을 살피는 것이 얼마나 중요한지 배웠습니다. 이제는 서로 흩어져 있지만, 각자의 자리에서 삶을 열심히 이어가고 있는 풀무 사람들이 있다는 생각이 마음을 단단하게 해 줍니다.

창업 간담회에서 했던 "사람을 얻었다."는 말은 단순히 좋은 인연을 얻었다는 뜻만은 아닌 것 같습니다. 그 말에는, 어떻게 더불어 살아야 하는지에 대한 질문과 다짐도 들어 있다는 걸 이 글을 쓰며 다시 되돌아보게 됐습니다. 생각도 많고 서툴던 시기에, 스스로 부딪히고 실험하고 탐구했던 곳이 풀무학교였다는 게 참 고맙습니다.

녹색, 삶, 나누기

도주희

화살나무의 빨간 단풍잎, 풍나무의 뾰족뾰족한 열매, 계수나무의 달짝지근한 냄새, 벌개미취의 보랏빛 꽃, 모두 오늘 만난 것입니다. 철 따라 날아온 알락오리, 모감주나무의 주머니 같은 열매, 털머위의 노란 꽃도 보았습니다. 이런 것들은 적기만 해도, 읽기만 해도 마음이 좋아집니다. 자연은 못된 게 없기 때문일까요. 저는 어릴 적부터 이런 게 참 좋았습니다. 고구마밭에서 만난 두더지, 환삼덩굴로 엮어 타던 자전거 같은 것들이요.

좋아하는 것을 더욱 좋아할 수 있었던 건 풀무학교 덕이 큽니다. 제가 학교를 다닐 적에는 2학년이 되면 모두 화훼포에서 실습을 하고 조경 과목을 배웠습니다. 나무 이름을 외우거나, 종이에 식물을 도식화해서 그리고, 국화를 꼬아 모양을 만들고, 화훼포 가는 길에 보도

도주희 고등부 51회.

블록을 깔았습니다. 앞서 말한 두 가지는 재밌어서, 그 뒤 두 가지는 지루해서 기억이 납니다. 모든 것이 그러할 순 없겠지만, 들꽃과 주변 나무를 바로 알 수 있어 즐거웠습니다.

저는 여느 풀무학교 학생들이 그러하듯 창업을 하며 대학에 곧바로 가지 않았습니다. 나름의 이유 중 하나는 고등학교 생활을 치열하게 했으니 조금 쉬고 싶다는 무른 마음이었고, 다른 하나는 관습적으로 공부하지 않겠다는 반항이었습니다. 그렇다고 쉬는 동안 대단한 걸 한 것도 아닙니다. 어둠이 찾아오지 않는 도시에서 친구들과 잠을 잊은 채 놀고, 부모님이 퇴근할 때 기상하는가 하면, 목적 없는 돈을 벌기 위해 일했습니다. 뭔가를 해보려는 노력도 하긴 했지만 잘 안됐습니다. 그런 경험 사이사이에 저는 사회가 나에게 어떠한 신분을 요구하는구나, 아무것도 아닌 나는 그냥 아무것도 아닌 나구나 하는 것을 느꼈습니다. 무기력하거나 착잡하기보단 오히려 단순해졌습니다.

1년을 쉬고 나니 별다른 방도 없이 '그래, 까짓것 남들 다 가는 대학 나도 한번 가 보자' 싶더군요. 학교는 배우러 가는 곳이니, 대학을 가려면 어떤 걸 더 공부하고 싶은지 알아야 했습니다. 다행히도 그 당시 머릿속을 가득 채우고 있는 문제가 있었습니다. 바로 '녹색 갈증'입니다. 농업학교를 다니며 3년 동안 하던 것을 하지 못하니 몸과 맘이 근질거렸습니다. 발이 흙덩어리와 하나 되던 모내기, 토마토 곁순을 따는 손끝에 맺히던 풀 냄새, 자라는 속도를 따라잡을 수 없는 고춧잎 같은 게 자꾸 생각났습니다. 그맘때쯤 도시로, 대학으로 간 친구들도 비슷한 것을 그리워했습니다. 그래서 알게 됐습니다. 우리가 잘 살기 위해선 녹색의 세상이 필요하다는 것을요. 사람이 행복하기 위해 필수 불가결한 자연에 대해 공부하고, 그것이 주는 충만함을 사람들과 나누고 싶었습니다.

고백하자면 대학을 준비하며, 풀무학교가 조금은 미웠습니다. 왜냐하면 학교에서는 입시나 수능 그리고 고등교육 이후의 삶에 대해 별다른 대책을 마련해 주지 않았거든요. 최저 등급이 뭔지, 한국에 대학이 몇 개나 있는지 아무것도 모르던 저는 그저 따뜻한 남쪽에 가서 나무 공부를 하고 싶다는 순진한 마음뿐이었습니다. 입학한 뒤에는 또 어찌나 곤욕스럽던지. 풀무학교에서 배우던 가치와 세상에서 통용되는 기준이 너무 달라 어쩔 줄을 몰라 했습니다. 대학 구내식당에 처음 갔을 때 드럼통 채로 몇 개씩이나 나가던 음식물 쓰레기를 보며 느낀 충격은 아직도 선연합니다. 저에게 대학은 학문을 깊이 배우는 시간이면서, 풀무를 졸업한 뒤 사회와 나의 균형을 맞춰 가는 일이기도 했습니다. 그 과정은 꽤나 고단하고 어려웠습니다. 휴!

대학에서는 녹지의 중요성을 알고, 식물이 뿌리내리는 토양의 구조를 배우고, 골프장에 필요한 흙의 양을 계산하거나, 외국의 역사적인 정원 이름을 잔뜩 외웠습니다. 이것 역시 화훼포 실습과 비슷하게 앞선 두 가지는 흥미로워서, 뒤의 두 가지는 따분해서 기억하고 있습니다. 조경 전공으로 입학해 농업 교육도 함께 배운 것은 물론 풀무학교의 영향입니다. 이미 느끼셨겠지만, 저는 풀무학교와 잘 맞는 학생이었습니다(그리고 잘 맞지 않는 학생도 꽤 있습니다). 그래서 대학교 4학년 때 교생 실습을 핑계 삼아 풀무학교로 돌아가, 홍동 마을에 머물며 농사짓는 삶을 3년 정도 꾸렸습니다.

지금까지 살아오며 따라다니는 생각들, 그중 두 가지를 남겨 보려 합니다. 하나는 쓸모없는 일이나 경험은 하나도 없다는 것인데요. 어느 정도냐 하면 학교 다닐 때 '집안가꾸기' 부원으로 화장실 게시물을 만들던 경험을 살려 홍보물을 만든다거나, '솔숲작은집'을 펴내던 것처럼 글을 써 회사 계간지를 만들며, '풀무제' 주제관을 꾸미던 일을 떠올려 전시를 기획해 갤러리 담당자로 거듭나는 정도입니다. '이걸 내가 왜 해, 이게 나랑 무슨 상관이야' 했던 것도 언젠가 다 쓸모가 있더군요. 그래서 하찮은 공부는, 새들한 경험은 없다 느껴집니다. 또 그리 생각하며 지내니 더욱 애틋하고 즐거운 마음이 듭니다.

다른 하나는 이유는 만들기 나름이라는 것입니다. 장황하게 적은 이 글도 모두 만들어 낸 이유이기도 합니다. 저와 똑같은 것을 경험한 많은 친구들이 다른 모양으로 살아갑니다. 각자의 이유를 만들어 내고, 흐름을 찾아가면서요. 그러니 나에게 어떤 게 맞고 틀린지, 가만 지켜보니 오호라 납득이 되는 것은 무엇인지, 도저히 타협도, 설명도 안 되는 건 무엇인지를 알아가는 게 삶의 퀘스트 같습니다. 이야기는 쓰는 사람 마음이니까요.

또 여러 가지를 생략해 짜잔, 지금은 수목원에서 일을 하며 지냅니다. 충남 태안 서쪽 끝자락 바닷가 옆에 있는 천리포수목원입니다.

바다와 수목원이라니, 참 낭만적이지요. 서해의 아름다운 노을과 수많은 종류의 식물을 보고 있으면 괴로움은 잊히고 평안한 마음이 찾아옵니다만, 실상은 사무실에 앉아 있는 시간이 더 많습니다. 저는 이곳에서 기획과 홍보 업무를 주로 맡고 있습니다. 좋아하는 것을 은근슬쩍 끼워 넣어 괜찮아 보이는 무언가를 만들어 낸 뒤 끊임없이 이건 어때, 저건 어때 내밀어 보는 일이랄까요. 가끔은 몸을 크게 또 세심하게 움직이며 농사짓던 때가 그립기도 하지만, 수목원에서는 수확하지 않아도 된다는 점에서 자연의 호흡을 길게 볼 수 있어 좋습니다. 사람을 행복하게 만드는 데 필요한 자연의 존재와 그것이 주는 기쁨, 만족, 즐거움 같은 것을 나누고 싶은 마음으로 찾은 최적의 직업입니다.

그래서 주변의 사랑하는 사람들을 이곳에 자주 많이 초대합니다. 놀러 와, 쉬어 가세요, 요즘 바닷물이 진짜 맑아, 목련이 피기 시작했어, 긴꼬리딱새가 찾아왔어. 말만 해도 좋아지는 마음을 닳지 않게 잘 나누고 싶습니다.

오늘은 말채나무가 붉고 노란 게 제멋입니다.

마을에서 지구를 생각하는 한 걸음

이시원

밝고 맑고 고요합니다. '마을에서 지구를 생각하는 한 걸음'을 걸어 나가고 있는 이시원이라고 합니다. 창업한 뒤에도 손 편지를 쓸때는 풀무의 인사로 첫 문장을 열곤 했습니다. 풀무를 다니던 시절에 묵학 시간마다 CD 플레이어로 듣던 노래들을 틀어 놓고 글을 쓰기 시작했어요.

얼마 전, 오랜만에 함께 학교에 다녔던 친구들, 언니들과 풀무에 다녀왔습니다. 사람 없이 고요한 주말이라 오랜만에 도서실에서 여유로운 시간을 보낼 수 있었어요. 학교 다닐 때 자주 함께 불렀던 노래들을 CD로 틀어 두고 도란도란 이야기 나누며, 어느새 아득해진 기억 속 그대로인 도서실의 공기를 누릴 수 있어 참 기뻤습니다. 찬찬히 서가의 책들과 학교 곳곳에 붙어 있는 벽보와 게시글들을 읽다 보

이시원 고등부 53회.

니, 지금의 풀무에 다녀도 나는 지금의 나로 성장할 수 있겠단 생각이 들어 안도가 되더군요.

저는 기후 위기에 관련된 여러 활동을 해 왔고, 그러다 보니 초대해 주시는 곳들에서 기후 위기와 환경 문제에 대해 강연도 합니다. 어쩌다 보니 기후 위기 활동가, 기획자가 되었는데, 그 이야기의 시작은 항상 풀무학교에서 맞이한 변화입니다. 풀무에서 자연과 가까이 살며 배운 생태적 삶, 동시에 처음으로 기후 변화를 실감했던 순간에 관해 이야기하곤 하죠. 가족들에게 '육식녀'라고 불릴 정도로 고기를 좋아했던 저는 2학년 때 '먹거리'를 주제로 풀무제 공동 학습을 하며 공장식 축산 문제를 마주하고 채식을 시작했어요. 3학년 때는 '기후 위기'를 주제로 공동 학습을 하며 지역의 활동가분들과 함께 환경 문제를 주제로 공부했고, 학교에 요청한 끝에 처음으로 채식 급식이 시작되기도 했습니다. 그때부터 지금까지 채식하고 있고, 지역을 기반으로 한 생태적 삶에 대한 관심과 기후 위기가 제게 가장 중요한 주제로 자리 잡고 있어요.

창업하며 어떤 삶을 살아야 할까, 참 고민이 많았던 것 같습니다. 중학교 때도, 풀무학교 때도 희망 직업을 써야 하는 빈칸 앞에서, 뚜렷하게 보이는 길이 없어 막막함에 눈물 흘렸던 기억이 나요. 풀무 창업 후 직업에 관련된 글을 써 달라고 요청하셔서 직업과 진로에 관한 생각을 되짚어 보다 오랜만에 풀무 직업 십계를 떠올려 봤습니다.

8. 인생을 어떻게 살까 큰 틀을 생각하고 직업 문제를 채우도록
하라.

9. 남이 닦아 놓은 길보다 새로운 길을 개척하라.

이 두 문장이 눈에 들어왔습니다. 큰 틀을 생각하고 직업 문제를 채우라는 직업 십계는 따르지 못했지만, 남들이 닦아 놓은 길보다 새로운 길을 개척하라는 문장은 따라온 것 같습니다.

제가 가장 좋아하는 책은 『길 잃기 안내서』입니다. 안정적이고 인정받는 직업이 중요한 한국에서, 저는 진로를 설정하고 특정 직업을 위해 노력하기보다는 길을 잃고 지금의 내가 원하는 일을 하기로 마음을 먹었어요. 하고 싶은 일들을 해 나가다 보면, 그 점들이 이어져 길을 만들어 내리라고 생각하며, '미래의 나는 어떤 사람이 되어 있을까?' 하는 기대감을 안고 살아가 보기로 했죠.

제게 큰 틀이 있었다면 직업보다는 내 가치관이 존중되는 일, 내가 중요하게 생각하는 문제에 기여하고 하고 싶은 일을 하며 살아가고 싶다는 소망이었던 것 같습니다. 그렇게 그때그때 마음이 이끄는 일을 해 나가다 보니 어느 순간부터 '기획자'로 호명되기 시작했습니다. 기획자는 상상을 현실에서 이루어 내는 사람인 것 같아요. 내가 있으면 좋겠다고 생각했던 일, 사람들과 함께 해보고 싶은 것, 이런 가치를 담은 일이 필요하다고 생각했던 것들을 상상에서 현실로 이루어 내기 위한 걸음을 차근차근 내디뎌왔습니다. 그 중심에 있는 한

문장이 '마을에서 지구를 생각하는 한걸음'이었어요.

저는 창업 논문으로 "농적인 삶을 산다는 것"에 대해 썼습니다. 홍동마을에서 농사를 짓지는 않지만, 다양한 활동을 하며 농적인 삶을 살아가는 20대, 30대 분들을 인터뷰해 "농적인 삶을 산다는 것"에 대한 이야기를 모았습니다.

풀무를 창업하며 대학을 다니고 도시로 돌아가게 되면서, 어떻게 하면 계속 농적인 삶을 살아갈 수 있을까 고민이 되었어요. 제로 웨이스트와 비건을 지향하려 노력하는 것이 제게는 도시에서 농적인 삶을 살아갈 수 있는 최소한의 실천이란 생각이 들어 보다 생태적인 삶을 살아가기 위해 노력했습니다. 집 옥상에서 텃밭을 가꾸고 할머니에게 채식 레시피를 배우며 직접 채식 요리를 해 먹기 시작했어요.

서울에서 대학을 다니며 사회학을 전공했지만, 함께 공부하는 친구들과 환경실천학회 활동을 하며 기후 위기를 공부했습니다. 배우는 학문과 지역에서 삶의 괴리가 점점 커질 때, 이웃들과 함께 생태적인 삶을 살아갈 방법을 고민하며 화성에서 페어삶센터를 중심으로 마을 공동체 활동을 시작했어요. '화성보통청년들'이라는 청년 네트워크를 만들어 청년들의 이야기를 나누고 함께 대안을 실천해 보는 기후 위기 학교를 진행하기도 하고 지역 공론장을 운영하기도 했습니다. 기후 위기란 거대한 재앙 앞에서 우울감에 압도되지 않고, 사람들과 함께 지구를 생각하는 한 걸음씩 내디디며 힘을 얻는 시간이었어요. 1년간 교환 학생으로 독일에 다녀오게 되며 화성에서의 활동은 갈무리했지만, 지역과의 연결은 놓지 않고 제가 할 수 있는 일에 대해 계속 고민해 가고 있습니다.

지금 제가 하는 일에 대해 정의하자면 '제로 웨이스트 비건 공정여행 기획자'라고 할 수 있을 것 같습니다. 여행은 사랑하지만, 지구와 환경을 파괴하고 싶지는 않은 한 사람으로서, '기후 위기 시대의 여행은 어때야 할까?' 질문을 던지기 시작했어요.

'제비여행' 프로젝트는 지구를 생각하는 여행에 대한 고민과 '내가 가치 있게 생각하고, 하고 싶은 일로 돈을 벌 수 있을까?'라는 질문에서 시작되었습니다. 2021년, 기후 환경 위기 대응을 위한 직업 실험을 지원하는 '청년업Green' 지원 사업에 참여하며 서울 서대문구 연희동을 기반으로 제로 웨이스트와 비건을 실천하는 제비의 일상을 함께 경험해 보는 반나절의 동네 여행 프로그램을 기획했고, 지금까지 지속해 오고 있습니다. 여행자들과 함께 연희동 골목골목을 걸으며 제로 웨이스트와 비건 옵션이 있는 공간들, 연희동에만 있는 독특한 컨셉의 로컬 공간들을 소개하고 있어요. 도시 재생을 통해 연희동의 메인 상권을 만들어 오신 쿠움파트너즈부터 제비의 일상이 가능하도록 제로 웨이스트 문화를 확산해 오신 보틀팩토리 이야기 등… 동네의 역사부터 지속 가능한 일상을 만들어 가고 있는 이웃들의 특별한 이야기를 나눕니다.

앞으로도 계속해서 '제비여행'을 해 나가며 지구를 생각하는 여행을 제안하고, 사람들이 즐겁게 친환경 실천과 생태적 삶을 경험할 수 있는 여행을 기획하고 싶습니다. 올해 제 마음속을 떠나지 않는 상상 중 하나는 홍동에서 '제비여행'을 기획하는 것이었어요. 풀무가 더 많은 제비를 키워 내고, 홍동마을이 아늑한 제비들의 둥지가 되어 주길 바라봅니다. '제비여행'을 통해 다시 홍동과 풀무를 만나고 사람들에게 소개할 수 있으면 좋겠다는 소망을 전하며 글을 마칩니다.

나는 왜 농사를 짓게 되었을까?

손하람

 밝았습니다. 홍동에서 농사지으며 살아가고 있는 55회 손하람입니다. 오늘은 풀무학교 논 바심을 하러 학교에 잠시 다녀왔어요. 오랜만에 반가운 선생님들도 뵙고 학생들 실습하는 모습을 보니 제가 학교 다닐 때의 추억이 떠오르더군요. 3년 동안 생활한 익숙한 공간의 기억이 이제는 조금씩 어색한 느낌이 들어 아쉽기도 하고, 한편으로는 내가 지금 살아가는 공간에 잘 적응해 나가고 있구나 싶었습니다.
 저는 풀무학교에 입학하고 첫 1년 동안 학교생활에 적응을 잘하지 못했어요. 나만의 공간 없이 생활관에서 지내야 하는 것, 한여름에 하우스에서 지겹도록 잡초를 뽑아야 하는 것, 끝이 날 것 같지 않은 도난 회의를 하는 것 등 그동안 살아온 방식과는 너무나 다른 일상들에 적응하기 어려워 풀무가 저와는 맞지 않는 학교라고 생각했었죠.

손하람 고등부 55회.

그래서 자퇴도 많이 고민하고, 학교생활에 회의적인 태도로 살았어요.

그래도 2학년이 되니 어떻게든 제대로 지내봐야겠다 싶더라고요. 아직도 이해하기 어려운 부분들이 많고, 공동체 생활은 여전히 힘들지만, 자퇴하고 다른 학교에 가기에는 이미 늦은 것 같았어요. 그래서 어차피 다닐 거면 어영부영 3년 날려 버리지 말고 뭐라도 잡고 몰두해 봐야겠다, 학교에 마음 붙이고 지낼 무언가를 찾아야겠다 싶더라고요.

그래서 텃밭 농사를 시작했어요. 사실 저는 농사를 정말 싫어해서 실습 시간마다 친구들과 구석에 숨어 수다를 떨며 노는 반 농사파(?)였어요. 그런 제가 농사짓는 행위에 매력을 느꼈다기보다는 그동안 말썽 피웠던 일들을 반성하고, 복잡한 마음도 정리할 겸 도 닦으러 산에 들어가는 느낌으로 텃밭을 가꾸었던 것 같아요.

텃밭은 화훼포 뒤편에 있는 작은 자갈밭을 개간해 만들었는데요, 마침 실습 시간에 쓰고 남은 모종과 종자가 있다길래 감자와 토마토를 심기로 했어요. 그냥 심어 놓고 풀이나 조금 뽑아 주면 될 줄 알았는데 생각보다 복잡하고 어렵더군요. 지난 1년 동안 실습을 해 왔음에도 막상 혼자 농사를 짓자니 할 줄 아는 게 하나도 없었어요. 생각해 보니 그동안 실습을 하며 선생님께서 시키신 일만 대충 하고 말았지, 단 한 번도 과정과 결과를 신경 써 본 적이 없구나 싶어 부끄러웠달까요.

부끄러운 마음을 안고 열심히 공부하며 매일같이 텃밭을 들여다보던 어느 날, 땅속에서 조그마한 감자 새싹이 올라왔어요. 처음에는 별생각 없이 농사를 시작했는데, 막상 새싹이 올라오니 엄청난 보람이 느껴지더군요. 이제야 막 농사가 시작된 건데 말이지요. 오로지 나 혼자 키운 나만의 공간 속 나만의 감자. 누군가 시켜서 하는 일이 아닌, 나 스스로 계획하고 공부하는 일은 참 매력 있었습니다. 새싹이 돋아나고, 꽃이 피고, 열매가 맺히는 모습을 매일 관찰하며 가꾸는 순간순간이 보람으로 가득 차 꼭 내 자식 보는 것 같았어요. 비록 수확한 토마토와 감자는 크기도 작고 모양도 울퉁불퉁했지만, 처음으로 내가 스스로 만들어 낸 결과물을 보며 '나는 앞으로 농사짓고 살아야겠다'라는 생각을 했어요.

그렇게 2년이 지나 고등학교를 졸업하고, 지금까지 농사를 짓고 있어요. 사실 업으로 농사를 짓는 건 정말 힘든 것 같아요. 일은 학교에서 실습하던 것과는 차원이 다르게 힘들고, 우리 집은 농사를 짓거나 땅이 있는 것도 아니어서 농사지을 땅 구하기도 어려웠어요. 또 피땀 흘려 수확한 농산물을 판매하는 일은 어찌나 어렵던지요. 그래서 농사를 그만두고 싶다는 생각도 참 많이 했어요. 손톱만 한 텃밭에서 너무 낭만적인 꿈을 꿨던 걸까 싶었달까요? 한여름에 14시간 넘게 매일 하우스에 붙어 있으면 농사 관둬야겠다는 소리가 절로 나오고요, 피땀 흘려 키운 작물들이 병충해나 이상 기후에 쓰러져 갈 때면 제 마음도 같이 쓰러지는 것 같아요.

그래도 지금까지 농사를 짓고, 앞으로도 농사를 지으려고 하는 건 고등학교 때 텃밭을 가꾸며 느꼈던 농사의 매력과 보람 때문이에요. 정말 힘들고, 돈 벌기도 어렵지만 그래도 내가 좋아하는 일을 한다는 게 감사한 일이라고 생각하며 살아가고 있어요. 하루하루 자라나는 나만의 공간 속 나만의 작물들, 그 모습을 관찰하며 돌보는 과정 속의 보람이 제가 농사를 짓는 원동력이랄까요. 그래서 앞으로도 열심히 해보려고 해요. 아직은 많이 힘들고 막막하지만, 열심히 살아가며 경험을 쌓다 보면 저도 언젠가 좋은 농부가 되어 있지 않을까요?

살 궁 리

풀무는 배움의 금자탑(金字塔)

주호창

성서 한 구절을 읽겠습니다. "한 세대는 가고 한 세대는 오되 땅은 영원히 있도다(전도서 1장 4절)."

1958년 4월 23일 개교 당시에 계셨던 이찬갑 선생님과 주옥로 선생님은 가셨지만, 교정은 그대로 있어 이제는 모교 후배들이 풀무를 이끌어 가게 되었다. 나는 풀무에서 학생으로 6년, 교사로 40여 년까지 어언 50여 년을 인연이 되었기에 누군가는 풀무 역사의 골동품 같은 산증인이라고도 한다. 반세기의 삶을 좁은 지면에 서술하기는 불가능하며, 무식하면 용감하다는 말처럼 부족한 사람이 어떻게 오랜기간을 견디어 왔는지 감회가 깊다. 초창기에는 교사 채용이 어려워 빈자리를 채우는 심정으로 모교의 첫 교사로 부임했기에, 이 지면을 통해 풀무 가족들에게 미숙했던 점에 양해를 구하며 가르치고 배우

주호창 중등부 1회, 고등부 3회.

며 서로 성장하는 교학상장(敎學相長)을 생각하며 살았다.

"기억은 사라지고 추억만 남는다."라는 말처럼, 개교 첫해의 여러 가지 많은 추억 중에 몇 가지를 회상해 보고자 한다. 입학하던 날, 흙바닥에 책상도 없는 의자에 창문도 없는 허공 사이로 푸른 보리의 풋내음이 풍기고 떨리는 심장과 무엇인가 꿈틀거렸던 희망! 오전에는 수업하고 오후에는 일하던 날들 속 손에 물집이 생기도록 흙벽돌을 찍으며 화장실을 짓고, 추석 전날 밝은 달이 떠오를 때까지 완성했던 기쁨. 어느덧 3년이 흘러 수업식 날, 홍동초등학교에서 풍금을 등에 지고 왔던 추억들이 주마등처럼 떠오른다.

"역사는 그 시대의 시각으로 보아야 한다."는 어느 학자의 말이 생각난다. 개교 당시 철두철미하신 이찬갑 선생님께서는 민족혼을 중요시하고 정신과 정성을 강조하셨다. 선생님의 엄격하신 교육 철학은 수업 전에 책상 줄을 반듯이 하고, 연필 깎을 때 책상에 흠집을 내는 것은 자기 얼굴에 상처를 내는 것이라며 매사를 신중히 처리하셨다. 어느 날 당번이 청소하지 않고 하교했다고 청소 하나 못하는 학교는 문을 닫아야 한다 하셨고, 수학여행 가서 유행가를 불렀다고 엄청 야단맞기도 했다. 기초와 기본을 중요시하기에 본관 옆에 청소용 우물을 파는 데 맨 밑에 돌이 잘못되었다고 헐고 다시 쌓으라 하셨으며, 여러 과목을 맡으셔서 수업 준비로 밤을 새우는 경우가 많고 겉치레를 매우 싫어하셨다. 그런 분이 지금까지 계셨다면 스파르타식 교육에 견딜 사람이 얼마나 될까? 의문이 들며 풀무학교는 벌써

문을 닫지 않았을까? 하는 생각에 역시 역사는 그 시대의 시각으로 보아야 한다는 말이 다시금 실감 난다.

2학년 수업 시간에 각자 장래 희망을 쓰라는 숙제에 겁도 없이 '농촌 교육의 선구자'가 되겠다는 거창한 답을 썼다. 그래서 그런지 고등부 창업 논문을 '현 교육계에서 풀무학원의 사명'이란 주제로 대학노트 3권 분량을 썼고, 그때 장래 희망을 쓴 것에 대한 책임을 지는 의미에서 지금까지 작은 교육자의 삶을 살아오고 있는 것일까! 2009년에는 모교에서 정년퇴직하면서 『좁은 눈으로 본 풀무 교육 50년』, 『참 스승을 만나는 순간』이란 모음집을 출간하기도 했고, 현재도 풀무 정신으로 살아가려고 노력한다.

한편, 주옥로 선생님께서는 신앙을 중요시하며 '위대한 평민'을 교훈으로 삼고 보람 있는 일생을 보내기 위해서는 일기를 써야 한다는 말씀에 감동이 되어 자화자찬 같지만 1961년부터 지금까지 64년째 계속 쓰고 있다. 아울러 매일 성서 한 장씩 읽으라는 말씀도 각인이 되어 습관처럼 읽고 기도하는 생활이 되었다. 그리고 선생님이 개교 당시부터 어려운 학교 경영을 위해 매월 교사들의 급여를 지급하려고 빚을 얻으며 헌신하신 노고와 고초는 절대 잊지 말아야 한다.

회고하건대 그 당시 우리에게는 풀무라는 배움터에 선택의 여지가 없이 오로지 그 길만이 유일한 배움터였기에 열심히 공부하게 되었다. 그때 풀무가 없었더라면 나에게는 배움에 대한 길이 막혔을 것이고, 내 삶은 전혀 다른 길에서 방황했을지 모르기에 '배움의 금자탑'

이 되었다.

풀무에는 이찬갑 선생님의 민족애와 주옥로 선생님의 신앙이 바탕이 되어 지금까지 지탱되고 있다. 물론 세상만사가 급속한 변화 속에 물리적 변화처럼 외형은 변하더라도 화학적 변화로 본질은 변함이 없어야 하는 것이다. 결국 '성서 위에 학원을'이란 말처럼, 성경은 우리 삶의 푯대요 안내서이며 거울처럼 우리의 모습을 가감 없이 비춰 주는 것이다.

이제 1958년에 개교한 풀무가 67세가 되어 70세를 앞두고 있는데, 아무리 오랜 세월이 흘러도 '풀무'라는 이름은 변함이 없는 것처럼, 내면 깊이 흐르는 정신과 신앙은 영원히 이어지는 풀무 교육의 초석이 되어야 한다. 지금 풀무를 이끌어 가는 교직원과 재학생은 마음을 가다듬고 정신을 집중하여 힘차게 달려가서 다음 선수에게 정신과 신앙의 배턴을 넘겨주기 바란다. 나 자신도 풀무에서 체육 교사로 배우고 가르쳤던 국민 보건 체조, 청소년 체조, 충무 체조, 에어로빅을 아침마다 하루씩 번갈아 하면서 지난날을 회상하고 인생 경기장에 출전하는 선수처럼 매일매일 옥상에서 건강을 유지하기 위해 열심히 하고 있다.

"건강한 신체에 건전한 정신"으로 내 삶의 목표인 무명 교육자로서의 사명에 매진하려고 오늘도 하루를 시작한다. "거센 바람 세차면 더욱 큰 불길"이란 풀무학교의 교가 가사처럼 녹슨 쇠를 용광로에 달구는 심정으로….

1회 수업생들의 모습

최어성

    중등부를 마치고 1~2년 집이나 객지에서 고생하며 일하던 여러 친구들이 다시금 배워야겠다는 생각이 북받쳐 주옥로 선생님을 찾아가 "사랑방도 좋으니 고등학교 공부만 가르쳐 주십시오."라고 여러 날 조른 끝에 고등부가 시작되었어요. 주옥로 선생님을 비롯한 여러 선생님의 신앙적인 고뇌가 컸던 걸 잘 압니다. 교실 한 칸 없이 1963년에 입학해서 1966년 2월 졸업하기까지 그 이야기를 한다면 밤새워도 다 못 할 것입니다.

    우리가 배울 교실의 터를 닦고, 나무를 날라 다듬고, 흙을 빚어 지었습니다. 매일 지게에다 삽이나 괭이까지 얹고 다니면서 오전에 공부하고 오후면 늦게까지 일해야 했습니다. 그래도 지게 지고 오면서 책을 보곤 했어요. 매일 일하는 데엔 시키는 자와 시킴을 받는 자가

최어성 중등부 2회, 고등부 1회. 「풀무」 129호(1994년)에 실렸던 글.

없었어요. 교사와 학생 모두 땀 뻘뻘 흘리며 쉬지 않고 일하면서도 불평 한마디 없었고, 그저 공부할 기회를 얻는 것만으로 감사할 뿐이 었습니다. 그렇게 3년 배우고 졸업하던 날, 두 사람이 떠나는 말을 했는데 선생님과 거기 오신 내빈들까지 모두 눈물 흘렸던 일이 생생히 기억납니다. 입학 때 13명이었는데 중간에 2명이 군 입대로 함께 졸업을 못하고 11명만 졸업했습니다.

학교 마친 지 어언 28년, 이젠 거의 50이 넘어선 나이로 모두들 사회 각 분야에서 중견 역할을 하고 있습니다. 이번영 씨는 학생 때부터 신문 만들겠다고 노래하더니 소원 성취하여 「주간홍성」을 만들어 지방 신문의 효시로 사회 교육의 큰 몫을 담당하고 있지 않습니까? 이기범 씨는 철도청 공무원으로 출발하여 도중에 지하철공사로 자리를 옮겨 지금은 역장으로 중책을 맡고 있습니다. 주완로 씨는 사서직 공무원으로 공주교대, 사대를 거쳐 지금은 순천대학에서 사무관으로 승진, 도서관 운영의 제1인자가 되었습니다. 주정훈 씨는 한국무역협회 산하 경제인보사에 입사한 뒤 계속 한 우물을 파 지금은 편집 책임자가 되어 일하고 있습니다. 모두들 서울로, 공직으로 나가는데 홀로 내 고장 내 농토를 지키며 살겠다는 이은겸 씨는 낙농을 겸한 농사 전문가로 이젠 원로가 되었습니다. 이 글을 쓰는 못난 이 사람은 홍성을 떠나면 죽는 줄 알고 25년째 홍성군의 초등학교에서만 근무하는데 지금은 서부면 남당리 신당국민학교에서 어린 꿈나무 기르기에 열중하고 있습니다.

여자분들은 단란한 가정을 이루어 벌써 그 아들딸들이 스물이 넘었으니 곧 할머니 소리 듣게 되었습니다. 그중 주혜숙 씨는 미국 가서 간호사 일을 하고, 애석하게도 한 분은 타계한 지 오래입니다.

높은 관직이나 이름을 날릴 만한 큰 인물은 없지만, 많은 일에서 성실하게 책임을 다하는 자세는 풀무학원에서 받은 교육이 우리 인생의 밑바탕이 되었다고 믿고 있어요. 풀무학원에서 졸업장 대신 3년간 성서를 1번 독파하면 그것으로 졸업장을 대신한다고 하면서 매일 한 장씩 읽게 했습니다. 그리고 창업하던 날 성서 한 권씩을 받았습니다. "일생 동안 새벽에 일어나 성서 한 장 읽고 기도하라."고 하면서 내보내신 선생님의 뜻을 따라 지금도 노력하고 있습니다.

우리가 사회생활에 쫓겨 모교 후배들에게 너무 소홀하고 무심했던 것 미안스럽기 한이 없습니다. 아무쪼록 실력을 갖추고 진실되게 살 수 있는 기반을 닦고 나오시기 바랍니다. 사회는 그리 편한 곳이 아닙니다. 끝없는 싸움이 계속되는 곳입니다.

풀무학원의 모습이 겉으로 보기에 때로는 좁은 소견에도 실망스러워 안타까울 때도 있습니다. '무두무미(無頭無尾)의 학교'가 오래전부터 학교 경영 불문율처럼 여겨져 왔다고 하는데, 하나님을 머리로 하여 모든 경영자나 학생은 모두 평등하다는 민주적인 원칙이 있다는 말로 이해합니다. 거기서 어떤 문제가 생겨도 모두 사랑과 이해로 녹아 해결될 줄 믿으며 혹 그렇지 않은 점이 있다면 원점으로 돌아가 잘 해결하길 바라면서 이야기를 줄입니다.

70대 수업생 할머니의 일상

이재자

글을 부탁받고 그날로부터 무거운 짐을 안고 있다. 할머니니까 사는 이야기를 하려고 한다. 손주 둘을 키우면서 『스토리 바이블』을 여러 차례 읽어 줬다. 그때마다 2부로는 할머니 어렸을 때 이야기를 주문한다. "그때 해 줬잖아.", "그래도 또 해 줘." 레퍼토리는 똑같아도 질리지 않고 어떤 동화책보다 즐겨 듣는다. 부담 갖지 않고 그런 이야기를 하려고 한다.

풀무학교는 늦둥이로 입학해 3~4년 어린 동생들과 함께 공부했다. 성서 주옥로 선생님, 국어 홍순명 선생님, 음악 계연순 선생님 이 세 분의 영향이 컸나. 고등부 때 매일 한 장씩 성서를 읽었던 것은 일생 동안의 습관이 되었다. 어렸을 때 교회 생활을 했는데 학교에서는 체계적인 성서 공부를 했다. 국어는 홍순명 선생님께서 만드신 국어 교

이재자 고등부 3회. 「풀무」 229호(2019년)에 실렸던 글.

재로 배웠다. 선생님께서는 용돈이 생기면 책을 사다 곳곳에 꽂아 놓으셨는데, 그때부터 생긴 독서 습관은 지금까지 30여 년간 독서 모임을 계속할 수 있는 밑거름이 되었다. 음악 선생님은 월림침례교회 목사님 사모님이신데 세계적 명곡을 많이 가르쳐 주셨다. 가난한 시골 학생들에게는 문화 혜택이라는 것이 전무한 시절에 많은 감동을 주었고, 노래와 함께 동행할 수 있었다. 성서와 독서와 노래. 평생을 함께할 좋은 자산을 얻은 시기였다.

풀무학교 1~5회 여자 수업생 10여 명은 40년째 '무궁화'라는 모임을 하고 있다. 초창기부터 계속 돈을 모아 2002년엔 유럽 여행을 다녀왔다. 여러 차례의 해외여행 중 가장 인상 깊은 여행이었다. 우리는 그때가 가장 기쁘고 감동적이어서 그때 이야기가 나오면 끝이 없다. 그 당시 그림이나 영화에서 봐 오던 현장에 가서 역사 공부도 하고 문화 유적도 견학했다. 그때 사진은 가장 아름답고 즐거웠던 그 순간을 아직도 담고 있다. 무궁화 모임은 카톡방을 만들어 새로운 소식을 나누며 지금도 계속되고 있다. 우리 모두 바쁜 일상 가운데서도 더 늙기 전에 가까운 여행이라도 계속할 수 있기를 원한다. 만나면 어느새 고등학생 시절로 돌아가게 되는 즐겁고 소중한 모임이다. 옛 선생님들과 학생들 얘기도 나누고, 그때 불렀던 노래들을 스마트폰으로 찾아 함께 불러 본다. 친구들 모두 학교로부터 받은 신앙을 이어가면서 집회나 교회에서 집사나 권사로 충실히 살고 있다. 하나같이 입을 모아 학교에 대한 감사함을 이야기한다.

독서 모임은 30여 년간 계속되고 있는데 '목요모임'이란 이름으로 여러 사람이 시작했던 것이 지금은 4명으로 줄어들었다. 일주일 동안 읽어야 하는 숙제는 성서 10장, 『우찌무라 간조 전집』 30~50쪽씩이다. 대하소설 『토지』와 『태백산맥』을 읽고 현지로 문학 기행도 다녀왔다. 현장에서 배우들이 현 부잣집 앞마당에서 연극 공연을 했는데 그 당시로 돌아가 눈물을 흘리면서 동참할 수 있었다. 4년 전에 『우찌무라 간조 전집』 20권을 다 읽었는데, 한 번 더 읽기로 결정해 지금은 12권 막바지에 다다랐다. 우리 삶에서 우찌무라 간조는 새벽을 깨우는 분이다. '나'라는 두꺼운 베일을 벗기는 촉매 역할을 해서 감동과 참회의 눈물로 접하고 있다.

마을에서 70대 할머니 7명이 '할머니장터'를 운영하고 있다. 장터가 생기기 여러 해 전에 홍순명 선생님 제안으로 일본에서 하는 협동조합과 재생 비누 공장을 둘러보는 견학도 할 수 있었다. 처음에는 마을활력소에서 시작해 도서관 회랑이나 여농센터, 애향공원에서 부정기적인 장을 열었는데, 5년 전부터 농협 로컬푸드에 매장을 열고 7명이 일하고 있다. 일주일에 이틀씩 당번제로 돌아가는데 각종 김치, 나물볶음, 장아찌를 만들고 명절엔 전, 떡, 만두, 식혜 등을 만든다. 요즘 인기 많은 샌드위치도 만들고 김밥도 일요일만 빼고 매일 만들고 있다. 70여 년간의 삶의 습관으로 자기주장들이 강해 싸우기도 하고 화해하면서 계속하고 있다. 다투면서 바닷가 모난 돌이 파도에 부딪쳐 둥글고 매끄러워져 가고 있는 중이다. 할머니장터를 5년간이나 같이 할 수 있었던 것은 모두들 신앙인으로서 모든 것을 자기 탓으로 자각하고 있기 때문일 것이다. 마음 상하는 일이 있고, 다투는 일이 종종 있으나 그다음 날은 꼭 화해할 수 있고 또 보고 싶어진다.

우리는 어렸을 때부터 토론 문화라든가 회의법에 익숙지 않아 아쉬움이 많았는데, 비폭력 대화를 공부할 수 있는 기회가 생겨 70대 노인 13명이 함께 배우고 있다. 비폭력 대화 선생님이 아주 쉽게 설명해 주시고 실제 연습을 하며 배운다. 회의에서 남의 의견을 잘 듣고 공감하며 상대방을 배려하면서 자신의 의견을 차분히 정리해서 발표해야 한다. 그날은 각자 반찬을 만들어서 푸짐하게 식사를 나누는 즐거움도 있다.

그리고 노래 부르기를 좋아해서 마을 합창단인 '뻐꾸기합창단'에 입단했다. 어린이집에 다니는 손주는 월요일 저녁이 되면 얼른 옷을 챙겨 입고 앞장선다. 함께 '꽃밭에서'를 부르면서 잡았던 손을 놓고 내 앞에서 덩실덩실 춤을 추곤 한다. 우리가 노래 연습을 하면 별 관심 없어 떠들거나 책을 보며 딴전을 피우던 몇몇 녀석들도 귀로 익혔는지 할머니보다 음도 가사도 더 정확하게 노래를 따라 부른다.

홍동은 이런 공부를 가르쳐 주는 좋은 분들이 많아 늘 배울 수 있는 축복의 땅이다. 이런 곳에 살 수 있도록 몰아 주신 하나님께 감사드린다.

운동은 일주일에 세 차례 1~2시간씩 계속하고, 일주일에 한 번은 뜸을 뜬다. 밝맑도서관, 마을활력소, 여성농업인센터에서 좋은 강의를 듣기도 하고, 할머니장터와 풀무학교생협에 물건을 내는 일, 손주들을 잠깐 돌보는 일 등으로 일상이 바쁘다. 꽃을 좋아하고 나무들이 우거진 정원을 좋아해 뒷밭 150평과 정원 200평도 힘 되는 대로 하고 있다. 맨날 바쁜 일상인데 즐겁게 살 수 있어서 건강을 유지하는 것 같다. 가장 현명한 것은 일 욕심을 버리고 내 체력에 맞춰 적당히 하는 것일 거다.

올해는 우리나라가 독립을 외친 지 100주년이 되는 해다. 그간 맨날 바삐 뛰던 할머니들이 올해는 마음을 가다듬고 3.1절 기념식도 참석하고 유관순 영화도 보고 독립기념관과 제암리교회도 다녀왔다. 그곳에 가서 또 울었다. 요즘 난 울보가 되어 버렸다. 우리 선조들이 무식, 가난, 무기력하고 약한 것으로 알고 있었는데, 늦게나마 우리 민족의 저력을 느끼면서 목숨 바쳐 독립운동을 한 선조들의 애국을 실감하며 새삼 감사하게 된다.

타고르의 『동방의 등불』을 학교 때 읽었는데, 요즘에서야 그 배경을 이해할 수 있다. 무차별하게 수많은 인명을 빼앗아 간 이들. 아직도 소수의 신앙인들을 제외하고 대부분의 정치인들은 잘못을 시인하지 않고 더욱 당당하게 잘못을 정당화하는 것에 울분을 터트리게 된다. 우리가 수준 미달이라서 그렇게 됐다고 말할 수 있으면 참 좋은 신앙인이라고 생각한다. 요한 크리스토프 아놀드의 『왜 용서해야 하는가』의 서문을 쓴 서광선 교수는 "용서하는 것은 손해 보는 것이 아니라 복수와 복수의 악순환, 미움과 분노의 감옥에서 풀려나 평화를 얻는 것"이라 했다. 현재 자라나는 젊은이들에게 책임이 있다든가 원망하는 게 아니라, 일부 신앙인 외에는 현실을 묻고 사과 없이 잘못된 역사를 가르치는 것이 문제라는 생각이 든다. 모두가 그 당시의 상황을 확실히 알 의무와 필요가 있다. 만행의 현장과 사실을 모두 인정하고 속으로 진심으로 사랑하며 용서할 수 있는 우리가 되었으면 좋겠다.

이런 생각을 하며 살아가는 요즘, 한번 태어나서 죽는 방법은 여러 가지인데 의롭게 죽어간 선조들을 다시 생각해 본다. 우리 몸은 쇠약해지고 이곳저곳이 고장 나는 늙음의 막바지에 있지만, 익어 가는 삶을 살기를 바란다.

내 친구가 박경리의 노년관을 보내왔다. "버리고 갈 것만 남아서 참 홀가분하다." 많은 여운을 남기는 말로 도전을 받게 된다. 익어 가는 노년이 되길 바라면서 내가 가진 것 모두 정리하여 내려놓고 홀가분한 죽음을 맞이할 수 있기를!

함께 걸어온 길, 함께 열어갈 길

황기숙

풀무 창업하고 서울로 올라와 대학 졸업 후 사회활동을 하면서 좀 더 전문적으로 이론과 현장을 알고 이쪽 일을 해야겠다는 의지가 생겨 대학원에서 사회복지를 좀 더 깊이 있게 공부했다. 그러면서 자연스레 취약 계층, 청년, 여성, 이주민 등 시민의 삶의 질을 향상하는 공동체 운동의 중심에서 사회활동에 정진하게 되었다.

그 길의 첫 자리가 바로 청소년운동(Y), 여성운동(W), 기독교운동(C), 연대와 거버넌스운동(A)을 하는 국제 여성 기독 NGO인 YWCA였다. 그곳에서 30여 년간 여성, 청소년, 환경, 복지, 평화운동의 현장을 걸으며 '연내'와 '공동체'가 가진 힘을 깊이 배우고 실천해 왔다.

비교적 젊은 나이인 20대 후반 YWCA 최연소 사무총장으로 부임하면서 지역사회와 함께하는 다양한 활동을 시작했다. 여성들이 경

황기숙 고등부 14회.

제활동과 사회활동에 참여할 수 있도록 YWCA라는 공신력에 의지하여 활동하는 지역에서는 최초로 일하는 여성이 믿고 맡길 수 있는 YWCA 어린이집을 개원해 든든한 기반을 마련했다.

나아가 경력 단절 여성들을 위해 'Y 부설 여성새로일하기센터'를 운영하며 매년 수백 명의 여성들이 일터로 돌아갈 수 있도록 취업을 지원했고, 일을 통해 꿈을 실현할 수 있도록 응원했다. 이는 단순한 복지 지원을 넘어, 지역 여성들이 자신의 삶을 주체적으로 일구어 갈 수 있도록 돕는 공동체운동이었다.

청소년운동도 중요한 과제였다. 청소년들이 건강한 민주 시민으로 성장하도록 유해 환경 감시단을 운영하고, 바른 생활 문화 확산과 인권·평화 교육에 힘썼다. 청소년은 보호받아야 할 존재이면서 동시에 지역사회의 미래 주역이라는 믿음에서 비롯된 활동이었다. 청소년운동을 하며 만난 아이들의 눈빛을 나는 지금도 잊지 못한다. 세상이 무겁게 짓누르는 순간에도 누군가 자신들을 지켜주고 있다고 믿게 해 주는 것, 그것이 우리가 해야 할 일이었다. 기독시민운동은 단지 선한 일을 하는 데 그치지 않는다. 다음 세대가 스스로 이 사회의 주인이 되어 살아가도록 길을 내주는 일, 그것이 사명이다.

환경운동도 그러했다. 기후 위기의 무게를 체감할수록 더 많은 사람들과 손을 맞잡았다. 재활용을 생활화하고, 탈핵을 외치며, 제로웨이스트운동 등 생협운동을 통해 삶의 방식을 바꾸어 가는 일은 작은 실천처럼 보였지만, 우리의 후손에게 더 나은 세상을 물려주려는 신앙적 고백이기도 했다. 하나님의 창조 세계를 돌보는 책임, 그 책임을 함께 나누는 공동체 속에서 나는 늘 배웠고, 다시 힘을 얻었다. 이 과정에서 대통령 표창인 국민포장을 수상하기도 했지만, 나에게 가장 큰 보람은 변화의 주체로 서는 시민들의 모습을 함께 경험한 일이었다.

돌아보면 풀무학교에서의 시간은 내 삶의 뿌리였다. 더불어 사는 삶, 위대한 평민, 함께 배우고 나누는 정신은 내가 세상 한복판에서 흔들리지 않고 설 수 있게 해 주었다.

그리고 지금, 나는 또 다른 자리를 걷고 있다. YWCA 실무 활동가에서 퇴직하고 자원 활동가인 법인 이사로 자리를 옮겨 헌신하면서 좀 더 지평을 넓혀 시민자치연구소와 시민사회연대회의 대표로 활동하고 있다. 여기에서 기후 위기, 불평등, 지방 자치, 사회 복지, 청년 세대의 미래를 주제로 연구하고 정책을 제안하며 시민운동 하는 후배들과 길을 내고 있다.

이제 풀무 후배들에게 전하고 싶은 말이 있다. 세상은 여전히 불평등하고, 기후 위기는 더 심각해지고 있으며, 청년들의 미래는 불안하다. 하지만 그렇기 때문에 연대와 공동체가 더욱 절실하다. 풀무에서 배운 자유와 자율, 사람을 귀히 여기는 마음을 잊지 말고 여러분의 자리에서 작은 실천을 이어가길 바란다. 그 작은 발걸음들이 모이면 세상은 분명 달라진다. 나는 여전히 그 길 위에 서 있다. 함께 살아가는 사회, 서로를 부축하고 지켜 주는 공동체, 더불어 빛을 나누는 삶을 위해 후배들과 나란히 걸어가고 싶다. 풀무의 후배들이 그 길을 이어갈 때, 세상은 조금 더 따뜻해지고 우리의 공동체는 더 단단해질 것이다. 그것이 풀무의 정신이다.

자라나는 아이를 보며

주오탁

　나는 풀무신용협동조합에 근무한다. 병아리 같은 아이 둘을 두었고, 풀무학교 수업생인 점과 이곳에서 결혼해 고향을 지키며 살아가는 것을 자랑으로 여긴다.

　아이가 자라나는 모습을 보며 많은 것을 생각한다. 팔푼이 같지만 아이 자랑을 해본다. 우리 집에는 송아지, 강아지, 돼지, 병아리 등 짐승이 몇 마리 있다. 아이가 송아지를 보고 "음메" 흉내를 내고, 강아지를 껴안고 쓰다듬는다. 병아리를 "꼬꼬" 하며 쫓아다니는가 하면 돼지를 보면 영락없이 돼지코를 만든다. 큰 소도 만지려 들고 어미 개도 안으려고 해 때로는 물릴까 걱정도 되지만, 도시에서는 못 보고 못 느끼는 정서가 아이에게 길러진다는 생각을 하면 즐겁다. 벌레를 보면 질겁해 도망가기는커녕 잡으려 하고, 흙장난을 해도 더럽다는

주오탁 고등부 20회. 「풀무」 125호(1993년)에 실렸던 글.

걸 모른다. 도시에 사는 친척 아이들은 짐승을 보고 신기해하면서도 무서워했고, 그런 짐승과 놀기보다는 로보트나 총을 좋아하며 네 살박이가 요즘 유행하는 '난 알아요' 노래에 맞추어 몸을 흔드는 걸 보고 놀라웠다. 더욱 놀라운 건, 그런 걸 보고 좋아서 박수를 쳐 주는 어른들의 모습이다. 우리 아이는 '난 알아요'를 부르는 대신 숟가락 젓가락을 부딪치면서 '덩덩덩덩' 밥상을 두들긴다. 나는 그 가락을 들으며 밥을 먹으면 힘이 솟는다. 언젠가는 '아기공룡 둘리'를 보여 줬는데, 둘리가 엄마가 보고 싶어 눈물 흘리는 장면을 보고 엉엉 소리 내며 엄마 품에 안겨드는 모습을 보았다. 이런 우리 아이의 모습에서 농촌에 살며 자연과 더불어 사는 것을 자랑스럽게 생각한다.

나는 내 아이가 흙을 만지고 동물과 이야기할 수 있는 시골에서 자랄 수 있어서 좋다. 해님에게 '안녕' 인사하고, 달님을 만날 수 있어서 좋다. 맑은 공기를 마시며 푸른 하늘을 볼 수 있어서 좋다. 갓골어린이집에 다니며 사람을 사랑하고 자연을 사랑하는 마음을 배울 수 있어서 더욱 좋다. 총 쏘기나 로봇 흉내 내며 즐거워하기보다 아기 공룡 둘리를 보며 눈물 흘리는 모습에서 단순하고 이기적이고 폭력적이며 여유 없는 메마른 인간상이 아닌, 창의적이고 남을 생각할 줄 알고 이해할 수 있는 여유 있는 멋을 지닌 인간으로 커갈 수 있는 아이의 미래를 엿볼 수 있어서 좋다. 우리는 이런 아이들에게서 참다운 인간상을 배우고 생각해야 할 것 같다.

내가 생각하는 홍동의 협동조합

주정산

저는 개월마을에서 태어나 지금까지 홍동에서만 살았습니다. 풀무학교를 창업하고 농사를 짓기 시작했고, 벼농사와 한우 등의 복합 영농을 하고 있습니다. 논농사 6,000평을 짓고, 한우는 약 150두를 키우고 있으며, 모두 친환경농업으로 영농하고 있습니다.

영농을 하면서 자연스럽게 지역 협동조합을 접하게 되었고, 어떻게 하면 조합원 공동의 이익을 증대시킬 수 있을까 생각하게 되었습니다. 당시에는 생산과 소비 문제에서 어렵게 생산한 생산물을 팔지 못하는 일이 많이 생겼습니다. 생산자는 농산물을 팔지 못하면 다음 영농이 무척 힘들어집니다. 따라서 생산보다는 소비의 중요성이 크고, 소비가 있어야만 생산이 가능하다는 것을 알게 되었습니다.

소비가 없는 생산은 결국 생산자의 영농을 포기하게 만듭니다. 오

주정산 고등부 22회. 「풀무」235호(2021년)에 실렸던 글.

직 생산자는 생산에 전념할 수 있도록 도와주는 역할이 바로 협동조합이 할 일입니다. 그러자면 협동조합의 조합원 모두가 협동을 통한 생산과 유통이 이루어져야 합니다. 협동조합은 조합원에게 영농을 지원하고 판매가 가능하도록 해야 합니다. 많은 협동조합이 시작과는 다른 방향으로 가는 경향이 있습니다. 그래서 농민들이 직접 주도하고, 생산물을 모두 판매해 주는 농협이 되면 좋겠다 생각했습니다. 조합원의 목소리를 많이 듣고, 영농을 하면서 불안해하지 않는 그런 농협으로 만들고자 합니다. 그 바탕은 조합원의 서로 하나의 목표를 위해 힘을 합치고, 신뢰가 바탕이 되어야 가능한 일입니다.

홍동 지역은 전국에서 가장 많은 협동조합이 있는 곳입니다. 필요한 목적에 따라 조합이 만들어지고 있지만, 조합끼리 뭉치는 힘은 약하다고 생각합니다. 농협이 발전하기 위해 지역 소규모 협동조합의 발전과 연대가 중요합니다. 농협이 주도하는 협동조합 속의 협동조합으로 발전시키고자 합니다. 로컬푸드 안에 할머니반찬가게, 문당리빵이야기 등과 같이 협동조합을 만들고 있습니다. 앞으로 농협은 함께하고자 하는 지역의 모든 협동조합과 연대할 것입니다.

앞으로 홍동이라고 하면 농사짓기 좋은 고장으로 만들고자 합니다. 조합원들이 생산한 친환경, 일반 벼를 전량 수매하고 있습니다. 가장 기본이 되는 벼 문제를 최우선으로 해결하고자 하는 것입니다. 육묘부터 모내기, 수확까지 농협이 책임지는 영농을 할 것입니다.

끝으로 저는 홍동 면민들이 행복하게 살았으면 좋겠습니다. 조금

손해를 보더라도 서로 협력하고 화합하면 살기 좋은 홍동, 농사가 즐
거운 신명 나는 홍동이 될 것이라 확신합니다. 풀무학교에 다니는 학
생들도 학교에서 배우고 실천하는 다양한 가치와 이상을 잘 익혀 자
기 것으로 만들며 살아가기 바랍니다.

산다는 건 무엇일까?

김현주

2025년 10월 말, 어느덧 중년이 된 나에게 시간이란 화살과도 같이 너무도 빠르다. 한 해가 지날수록 이제 시간엔 가속도가 붙는다. 매 순간, 시간이 멈추지 않기에 너무나 감사하다. 그러니 지난 시간에 대한 기억은 희미하게 느껴지기도 한다. 나와 전공부의 인연은 이러하다.

엄마의 고향인 홍동에서 풀무학교 고등부를 졸업하고 타지에서 학교를 마친 뒤 홍순명 선생님의 권유로 1998년 다시 홍동으로 와 학교 후원회 일을 시작했고, 2001년 개교한 전공부에서 일하게 되었다. 그 당시 나는 홍동에서 나의 청춘을 불사르리란 거창한 생각이랄지 포부는 없었다. 삶은 계획대로 이루어지지 않기에, 특별한 기대 없이 자연스레 홍동에서 삶터이자 일터로 살아왔다. 2025년 현재를 생각

김현주 고등부 27회.

해 보면, 2001년의 나와는 좀 달라졌다는 생각을 한다. 무엇이 달라졌고 또 무엇이 나를 달라지게 했던가? 곰곰이 생각해 본다. 아마도 전공부에 있으면서 자연스레 내 생각도 바뀌어 현재의 내가 된 것 같다. 나는 한 곳에 뿌리내리고 사는 것이 자연스럽고 익숙하게 느껴진다. 그건 내가 발을 딛고 사는 장소뿐만 아니라, 하는 일에 대해서도 그렇다. 삶터나 일터를 옮기는 것을 잘하지 못하는 성향으로 생각된다. 그렇게 주어진 일들을 해 왔다.

때론 이런 생각을 해본다. 지금 내가 누리고 있는 것 중에서 온전히 내 것이 있는가? 그리고 그런 것들이 영원한가? 나는 영원할 수 없는 유한한 삶을 살고 있다. 내가 살고 있는 집, 내 가족들, 만약 땅이 있다면 내 땅, 내가 갖고 있는 돈, 내 육신, 내 생각, 내 기억, 주변 사람들…. 결국 어느 것 하나도 온전히 그리고 영원히 내 것은 아무것도 없다. 때론 내 권리, 소유권을 주장하지만 생각해 보면, 그건 너무나 의미 없는 일일지 모른다. 그저 나는 잘 알지 못하나 나에게 주어진 삶을 살 뿐이다.

그러면 나는 어떤 태도로 삶을 살아야 할까? 아무것도 없이 어머니 뱃속에서 나와 50여 년 삶을 일구고 살아가고 있으니 감사할 뿐이다. 인간은 누구나 아무것도 없이 왔다가 아무것도 없이 가기 때문이다. 하루하루 유한한 삶임을 자각하는 것, 그러면 때때로 스멀스멀 올라오는 나의 욕심도, 고집도 아주 조금은 내려놓게 된다. 내가 지금까지 지낼 수 있었던 건 내가 뭘 해서가 아니라, 누군가 여러 사람이 함께 도왔기에 가능했다. 어른이 된다는 건 세상이, 사람이 내 마음대로 되지 않는다는 것을 받아들이는 것이라고 한다.

앞으로 나에게 바람이 있다면, 말과 행동이 일치하는 사람은 없으나 말이 앞서지 않길, 마치 나는 말과 행동이 일치하는 사람인 양 착각하지 않길, 그래서 나를 객관적으로 바라볼 수 있길, 나이가 들수록 조금은 유연해질 수 있길, 하루하루의 일상을 감사하길 그리고 주변을 가지런히 정리하며 살 수 있길 바란다.

풀무학교 전공부는 2001년에 개교했다. 인문학과 농사 관련 수업을 하며, 논과 밭에서 농사 실습을 한다. 함께 공부하고, 함께 농사짓고, 함께 살아간다.

현재 수업생은 125명이다. 그중 홍동 인근에 살고 있는 수업생은 50여 명(40%)이며, 지역의 여러 단체에서 일터와 삶터 삼아 살아가고 있다. (수업생 중 대안학교나 검정고시 출신은 대략 40%) 전공부 2년의 삶은 홍동 지역에 대한 탐색 기간이기도 하다. 여러 단체와 지역 주민들 그리고 전공부를 졸업한 선배들이 어떻게 살고 있는지 엿볼 수 있다. 그래서 졸업한 대부분의 청년들은 지역에 정착하길 원한다.

마을에는 다양한 일을 하는 사람들이 살고 있다. 수업생들이 어떻게 살고 있는가는 중요한 부분이라 여겨진다. 그 사람의 생각은 삶으로 드러나게 마련이니, 농적 삶을 지향하며 산다면, 그 사람이 어떤 일을 하든 삶의 자세가 조금은 달라질 수 있다. 한 사람을 잘 살펴보려면, 당장 무엇을 하고 있는지가 아니라, 그 사람 인생 전반을 긴 호흡으로 바라볼 수 있어야 할 것이다. 세상에서 얘기하는 소위 인생의 성공이란 잣대로 누군가를 가늠하기엔 그 잣대가 너무 많이 부족하다. 이 세상엔 보이는 것보다 보이지 않는 무수히 많은 것들이 우릴 둘러싸고 있으며, 잘 들여다보면 그 보이지 않는 것들이 더 소중하기 때문이다.

　전공부는 '마을과 함께'라는 학교의 지향을 실천하기 위해 노력한다. 학교 갓골 논 주변에서 지역 어린이집 13곳을 대상으로 '꿈이자라는 뜰'과 함께 '논학교'를 운영한다. 아이들의 고사리손으로 모내기와 추수를 하며, 논 주변에서 활동한다. 홍동초등학교 전교생은 갓골 논에서 모내기와 추수 때 체험 학습을 한다(2022년~). '청계자유발도르프자유학교'에서는 매년 9학년 학생들이 6월 2주간 농사 실습을 한다(2009년~). 각 대안학교에서 기간은 다르나 원하는 학생이 있으면 인턴십을 온다. '한달살이'를 통해 학교 생활관에서 한 달간 머물며 오후 농사 실습에 참여하며(2024년~), 학교 '셰어하우스'는 지역 청년들의 숙소로 사용한다(2018년~).

　지역 농부들의 고령화로 '홍동농협'과 협력하여 금평리 육묘장 5동을 운영하며 마을의 육묘, 이앙을 적극적으로 돕기도 한다(2018년~). '여성농업인센터'와 협력해 지역 주민을 대상으로 텃밭, 정원 수업을 하며(2021년~), 풀무학교 갓골생협 운영에 함께한다. 수업생이나 지역 주민들이 농사 실습에 참여할 수도 있다. 수업생, 지역 주민은 '풀무재단' 후원을 통해 학교를 지원한다(2021년~).

갓골 논에서 농사지은 쌀은 '쌀 직거래' 정기 회원들에게 월 1회 도정해 발송하며 매달 농사 소식을 전한다(2006년~). 대구 한살림에 밀크퀸 무투입 쌀을 전량 공급한다(2013년~). 학교에서 농사지은 농산물은 지역의 풀무학교생협, 여성농업인센터 함께먹는식구들, 홍동농협, 쌀 직거래 회원들을 통해 나눈다.

풀무학교의 관계자들이나 지역 주민들이 관심을 가지지 않으면 전공부에서 무엇을 하고 있는지 상세히 알 수 없다. 혹시 관심 있는 분들이 있다면, 이 지면을 통해 간략하나마 도움이 되었길 바란다.

풀무, 생활과 관계를 통한 배움

정해진

밝았습니다. 저는 풀무학교 33회 수업생 정해진입니다. 여전히 마음은 재학생이지만 어느새 창업생을 넘어 수업생이 되어 있습니다. 저는 현재 초등학생 3학년, 4학년 두 아이의 엄마로, 교육 철학을 공부하며 대학에서 학생들을 만나는 선생(시간 강사)으로 바쁜 시간을 보내고 있습니다.

모든 수업생에게 풀무는 의미 있는 곳이지요. 제게도 풀무는 많은 의미가 담긴 곳입니다. 풀무는 저에게 고향이기도 합니다. 마음의 고향만이 아니라 진짜 제 고향이지요. 저는 풀무학교에서 어린 시절을 보냈습니다. 5살 때쯤 풀무학교로 이사 오던 날 트럭 앞좌석에 앉아서 보았던 비포장도로 위의 흙먼지가 아직도 선명히 기억납니다.

그렇게 처음으로 풀무를 만났고, 그 후로 풀무는 제가 성장하는 모

정해진 고등부 33회. 「풀무」216호(2015년)에 실렸던 글.

든 순간에 함께했습니다. 지금의 여학생 기숙사 자리에 있던 나지막한 기숙사 건물 한 켠에 저희 집이 있었는데, 아침이나 저녁이나 풀무학교에 다니는 언니 오빠들을 만나며 지냈던 기억이 생생합니다. 지금은 중년이 되신 많은 선생님의 청년 시절 모습도 생생히 기억하고 있지요. 무척이나 크게 느껴졌던 풀무의 언니 오빠들이 어느새 제 친구들이 되고, 동생이 되었고, 교생 실습을 나갔을 때는 제자가 되기도 했습니다.

홍동 마을과 풀무학교는 저의 생각과 생활방식에 참 많은 영향을 주었습니다. 어린 시절 제가 물건을 사러 다녔던 가게의 이름은 '소비조합(풀무소비자협동조합)'이었습니다. 동네 은행 이름은 '신협(신용협동조합)'이었지요. 그때는 그게 무엇인지 몰랐지만, 그러한 개념과 삶의 방식들이 제게 자연스럽게 스며들고 있었습니다.

학교에 언니 오빠들이 오지 않는 주말이면 학교 건물에 들어가서 참 많이 놀았습니다. 풀무제가 있는 날이나 체육대회 날에도 주변에서 구경하거나 직접 참여도 하면서 시간을 보냈지요. 주옥로 선생님께서 교장 선생님으로 계시던 시절에는 교장 선생님 방에서 풀무 주변 아이들과 함께 일요 어린이 예배를 드리기도 했습니다. 재미있는 성경 이야기를 듣고, 어린이 찬송가를 부르고, 수줍은 듯 돌아가며 대표 기도도 드렸지요. 어른들의 일요 집회가 끝난 뒤엔 강당에서 놀기도 했습니다.

강당에서 노는 동안 저도 모르게 늘 읽으며 되뇌었던 글귀가 하나 있었습니다. 바로 "진리의 공동 추구"입니다. 강당 무대 위 커튼에 한 글자씩 새겨져 있었습니다. 그곳에서 노는 동안 저도 모르게 몇 번씩은 읽어 보고 읊조렸던 기억이 있습니다. 그때는 그것이 무엇을 의미하는지도 몰랐지요. 지금은 그 의미의 소중함을 어렴풋이나마 깨달으며 감사하고 있습니다.

갓골어린이집에서 신나게 놀았고, 홍동초등학교와 홍동중학교를 거쳐 비로소 풀무학교의 정식 학생이 되었습니다. 그리고 진짜 풀무와 만나 행복하고도 힘든 3년을 보내며 성장했습니다.

풀무학교에서 지낸 시간들은 무엇보다 '생활과 관계를 통한 배움'이라는 말로 정리할 수 있을 것 같습니다. 풀무에서의 배움과 깨달음의 순간들은 하루하루의 학교생활과 선생님, 친구들과의 관계를 통해 이루어졌습니다. 어둡고 차가운 겨울 아침 언덕길을 쓸던 대빗자루 소리, 맑은 날 아침 등굣길에 책가방을 메고 빨래를 널던 친구들 모습, 학교 현관 계단에 앉아 친구들과 이야기하며 바라보던 저녁노을과 샛별, 작은 결정 하나를 위해서도 치열하게 싸웠던 순간들, 전교생이 조를 나누어 하나의 주제를 정해 다양한 방법으로 공부한 것을 발표하던 날의 축제 같은 분위기, 저녁 모임에서 부르던 찬송가에 눈시울이 붉어지던 순간, 무언가를 위해 간절히 기도하던 시간 그리고 잠자리에 들기 전 기숙사 방에 누워 상상했던 교육학 공부에 대한 기대들…. 그런 시간들은 20년이 다 되어 가는 지금도 문득문득 제 기억 속에서 저를 행복하게 합니다. 그리고 그 시간들이 지금의 제가 있도록 하는 데 중요한 바탕이 되어 주고 있음을 실감합니다.

풀무학교에서의 생활은 저에게 '교육'이라는 분야에 대해 더 깊은 관심을 갖도록 해 주었습니다. 선생님과 학생의 관계 그리고 어떤 것이 좋은 교육일까 등등 많은 질문이 생겨났고, 단순히 선생님이 되고 싶다는 꿈이 교육에 대해 공부해 보고 싶다는 꿈으로 바뀌게 되었습니다. 특히 제가 재학하던 시절 교장 선생님으로 계셨던 홍순명 선생님께서 종종 언급하셨던 페스탈로치를 비롯한 교육 철학자들에 대한 이야기는 제가 교육학 중에서도 교육 철학을 공부하겠다고 결심하는 데 큰 영향을 주었습니다. 학교에서 늘 들었던 무교회 기독교 정신과 김교신 선생님에 대한 이야기도 저에게 많은 영향을 주었습니다.

대학에 진학하여 교육과 관련된 공부를 하면서 풀무학교의 교육이 얼마나 소중한 의미를 갖는 것인지 생각할 수 있었습니다. 이후 대학원에 들어가 교육 철학을 전공하고, 박사 논문을 준비하며 공부하는 과정에서 풀무의 교육 실천과 그 바탕을 이루는 여러 선생님의 생각이 얼마나 가치 있는 것인가를 배울 수 있었습니다.

저는 덴마크의 그룬트비라는 사상가를 주제로 석사 학위 논문(대안 교육의 사상적 기반으로서의 그룬트비 교육 사상과 실천)과 박사 학위 논문(그룬트비의 평민 교육 사상)을 썼습니다. 그룬트비를 주제로 삼게 된 것 역시 풀무학교 교육의 영향을 받았습니다. 그룬트비는 풀무학교의 설립자 중 한 분이셨던 이찬갑 선생님의 개교사에 등장하는 인물이지요. 이후 백승종 선생님의『그 나라의 역사와 말』이라는 책을 통해 풀무학교와 그룬트비의 관계에 대해 더 깊이 관심을 갖게 되었고, 그룬트비를 제 공부 주제로 삼게 되었습니다.

그룬트비의 평민에 대한 생각과 교육, 인간을 바라보는 관점 등은 제가 풀무학교에서 경험하고 들어왔던 내용들과 무척 비슷했습니다. 그룬트비의 종교에 대한 입장 또한 무교회 기독교와 비슷한 점이 많았는데, 형식과 권위로부터 벗어나 삶과 예배가 함께 이루어져야 한다고 이야기하고 있습니다. 목사이기도 했던 그룬트비는 당시 기존의 교구 목사들에게 반발하여 어디서든 성경을 읽고 하나님의 말씀을 전하는 것 등을 중요하게 여겼습니다. 이러한 맥락에서 일본 무교회주의 창시자인 우찌무라 간조가 당시 덴마크와 그룬트비에 대해 관심을 가졌다는 사실은 제게 상당히 흥미로웠습니다. 아직 확실히 밝혀내진 못했지만, 우찌무라 간조의 무교회주의는 그룬트비의 종교와도 조금은 관련이 있지 않을까 생각합니다.

'삶을 위한 교육'과 '살아 있는 말을 통한 교육' 그리고 '공동체 교육'에 대한 이야기들은 사회를 구성하는 바탕이 되는 평범한 사람들과 그들의 삶, 즉 평민적 삶의 중요성에 대한 생각을 담고 있습니다. 그룬트비는 경쟁을 통해 평민의 위치에서 벗어나 사회적·경제적으로 더 높은 자리에 오르고자 하는 사람들의 욕구에 봉사하는 근대적 학교 교육을 비판했습니다.

그는 근대적 학교 교육과 달리, 평민의 자리에서 삶에 대한 정신적 깨달음을 얻고, 각자의 삶을 통해 구성원 한 사람 한 사람이 세상을 바꾸어 내는 교육을 이야기합니다. 각자가 속한 공동체(가족, 마을, 학교, 직장, 지역, 나라에 이르기까지) 속에서 정서적 유대를 기반으로 자신의 이익이 아닌, 자신이 속한 공동체 구성원들의 이익을 위해 함께 노력할 수 있어야 한다는 것이지요. 제도나 규칙, 머리나 이성이 아닌 정서적 유대, 즉 가슴을 바탕으로 나와 이웃의 삶을 함께 공유할 수 있어야 진정한 의미의 공공선을 추구할 수 있다는 것입니다.

그것은 진정한 삶의 공동체적 유대를 통해서만 가능합니다. 그리고 이러한 사람들은 평민의 삶과 가치를 온전히 가르칠 수 있는 삶을 기반으로 한 교육을 통해 길러낼 수 있습니다. 이것이 제가 그룬트비의 교육 사상에서 가장 주목하는 부분입니다. 그리고 그것은 풀무에서 배운 '더불어 사는 평민'의 가치와도 일치한다고 생각합니다.

대학에서 학생들에게 교육 철학을 가르치며 서양의 교육 사상가뿐 아니라, 우리나라의 안창호와 대성학교, 이승훈과 오산학교, 이찬갑과 풀무학교 그리고 김교신 선생님을 소개하곤 합니다. 학생들은 서양의 철학자들보다 한국의 교육 사상가들에게 더 감동을 받고 공감합니다. 정서적으로 깊은 유대를 느끼기 때문이겠지요. 그리고 대학에 오기 전까지 우리에게도 이런 교육적 실천이 있었다는 사실을 모르고 지냈다는 사실에 놀라기도 하고 안타까워하기도 합니다. 그리고 좋은 교육이란 무엇일까에 대해 다시 고민하고 싶어 합니다.

저는 이런 학생들의 모습에서 희망을 봅니다. 그리고 언제 어디서든 좋은 교육을 위해 노력한다면, 생각보다 많은 사람과 생각을 공유하고 교육을 바꾸어 내기 위한 노력을 이어갈 수 있을 것이라 생각합니다. 교육을 바꾸어 내는 일은 개인의 삶을, 나아가 사회를 바꾸기 위한 바탕을 마련하는 중요한 일이라고 생각합니다. 이러한 의미에서 저는 풀무에서의 삶을 통해 얻은 배움을 바탕으로 제가 시작한 교육학 공부와 그 내용을 나누는 작업을 꾸준히 해 나가고자 합니다.

나는 어찌하여 여전사가 되었는가

주무늬

추석이다. 그리고 여기는 베트남이다. 같이 봉사 활동을 온 동생이 자꾸만 한식 먹으러 가자고 졸라 댄다. 추석이라 가족 생각, 한국 음식 생각이 더 진한가 보다. 나는 추석보다는 어린이날 분위기에 들떠 있다. 베트남은 한국과는 달리 8월 15일 보름을 '중투'라고 해서 아이들을 위한 날로 기념한다. 때문에 여기저기서 아이들이 선물을 받고는 신나 있는 모습을 볼 수 있다. 추석보다는 한국에서 볼 수 없었던 많은 아이들을 보는 재미에 빠져 있었다.

나야 어떻든 간에 함께 사는 동생의 성화에 한국 식당에 갔다. 수육을 배불리 먹고 나니 송편이 나왔다. 송편을 한 입 물으니 그윽이 퍼지는 솔향에 나도 고향 생각이 났다.

"한국에서는 떡 있어도 별로 먹지도 않았는데. 여기 오니까 괜히 더

주무늬 고등부 39회. 「풀무」 187호(2008년)에 실렸던 글.

먹고 싶어요."

한 친구의 말에 주변에 있는 사람들이 자기도 그렇다며 공감대를 형성한다.

"언니는요?"

"어? 나는 한국에서도 송편 좋아했는데…."

모두의 공감대에서 벗어난 나는 잠시 주춤했다. 쪼그리고 앉아 작은 소리로 말하는 나의 모습에 함께 사는 동생이 놀란다.

"아니 언니 오늘 왜 이리 작아졌을까? 여전사 같은 언니가!"

"어? 내가 여전사 같아? 왜? 아니지. 나같이 얌전한 사람이 어딨다고."

"에이, 그건 아니죠."

동생이랑 여전사 같으니 안 같으니 하면서 집에 돌아왔다. 가만히 앉아 생각해 보니 좀 그런 것 같기도 하다. 마침 몇 가지 기억이 마치 물증이라도 되는 것처럼 떠오른다. 그러고 보니 의도했든 아니든 여기저기서 많이 싸우고, 아니 치이고 살았지 않았나.

가장 먼저 떠오른 기억은 대학 3학년 때의 일이다. 당시 신문사 국장으로 있던 나는 학교 신문사 주간 교수와 싸우고 있었다. 이유는 등록금과 관련해서 내가 쓴 칼럼을 신문에 내보낼 수 없다는 것. 사실 대단한 칼럼도 아니었다. 욕먹을 만한 짓을 한 누군가를 욕하지도 않았고, 학교의 비밀을 적나라하게 드러내거나 지적하지도 않았다. 나는 다만 등록금과 관련해 상식적인 정당성을 이야기했을 뿐이다.

이 정도도 내보낼 수 없다니 속된 말로 '알아서 기는 것'이 아닌가.

주간 교수는 "신문사가 괜히 등록금 문제로 학생들을 부추기지 말라."는 얘기를 들었다며 나를 설득하기 시작해 점점 언성이 높아졌다. "총장이 사장인데 왜 사장 말을 안 들어?" "총장이 사장이면 학생들은 주주입니다. 학생들은 총장 마음대로 권력을 휘두르라고 등록금을 내는 것이 아닙니다." "그런 억지가 어딨어? 너는 논리도 하나도 안 맞아." 전혀 조율의 의지가 없었다. "제가 보기에 총장을 사장이라고 말하며 명령에 복종하라는 교수님 또한 논리가 맞지는 않으십니다." 나도 막 나갔다. 하지만 멋지고 당당하게 이 말을 하고 있지는 않았다. 나는 울고 있었다. 함께 있던 간사가 나를 데리고 나가려 했지만 나는 뿌리쳤다. 그냥 물러설 수는 없었다. 교수는 결국 "여기는 내 방이니까 넌 나가!"라고 소리쳤다. 더 이상 논쟁은 아무런 진전을 보이지 않을 것이고 그때서야 나는 나왔다.

이 주간 교수는 작년 여름부터 신문사에 부임해 전 국장이던 선배를 여러 번 울리곤 했다. 주간 교수 방에서 실컷 뜯기고 화장실로 달려가는 선배가 얼마나 안 돼 보였던지. 그래서 나는 눈물범벅인 얼굴을 들고 편집실에 들어갔다. 후배 기자들이 잔뜩 긴장해서는 내 눈치를 살피고 있었다. "싸움은 이렇게 하는 거야. 때론 이런 싸움도 할 필요가 있어."라며 활짝 웃는 나를 보고 후배 기자들은 경악했다. 내 뒤에 올 사람도 당하게 될 시련이라면 어떻게 받아들여야 하는지 보여 주고 싶었다.

나중에 들은 말로는 그 교수가 수업 시간에 "신문사에 괴팍한 애가 있다."며 기자들을 욕했다고 한다. 나는 졸지에 '괴팍한' 여전사가 되어 버렸다.

다음 기억 역시 신문사 시절 얘기다. 학교 기숙사에서 전면 영어 사용을 추진하려 했다. 여론 조사 결과 약 80%의 학생들이 반대했다. 나는 그에 대한 반대 의견을 썼다. (바뀐 주간 교수는 나의 의견을 존중해 주셨다.) 기숙사란 대학생들이 자유롭게 소통하고 공부하고 쉬는 집이다. 영어가 중요한 시대이긴 하지만 많은 학생이 그러한 공간에서 압박을 받을 게 분명했다. 게다가 입사 자격에 '영어 정책에 대한 반대 의견을 내지 않겠다.'는 항목이 있고, 영어 면접을 통해 학생들을 선발한다는 것은 이미 잘하는 학생들을 데리고 교육시키겠다는 것이 아닌가.

몇 번의 칼럼을 통해 깨진 기숙사 관리자는 토론회를 하겠다고 기자들을 불렀다. 기숙사에서 진행된 토론회엔 기숙사 영어 정책 찬성자가 22명, 반대자가 1명이었다. 그 반대 토론자가 바로 나였다. 22 대 1, 반대로 이번엔 내가 엄청 깨졌다. 나는 그 자리의 부당함을 지적해야 했지만, 당시는 그러한 논리가 생각나지 않았다. 그곳에 모인 사람들은 이미 영어 면접을 통해 합격된 학생들 그리고 그 정책에 반대하지 않겠다고 서명하고 들어온 학생들이었다. 처음부터 기숙사 내에만 토론회가 있으니 원하는 사람은 참석하라고 한 것이다. 다음 칼럼에서 그것을 지적하려 했지만 나는 움츠러들었다. 22 대 1로 깨진 결과였을 것이다. 결국 영어 정책은 흐지부지되어 버렸지만 나는 지금도 그때 그 일을 끝까지 책임지고 가지 못한 것이 부끄럽다. 여전사의 시련이었다.

풀무 시절, 평화를 외치며 고요함을 즐겼던 나는 어쩌다가 전사가 됐을까? 이렇게 말하면 누군가는 나의 까칠했던 학생장 모습에서 이미 전사의 끼가 흐르고 있었다고 말할지도 모르겠다. 어쨌든 내 생각에 대학 1학년 때까지는 대체로 평화로웠다. 대학 공부는 딱히 어렵지 않았다. 조용히 공부하고, 지킬 것은 지키며, 규칙적인 생활을 하고 있었다. 작은 것에 연연하고 싸우고 감정적이거나 생활이 흐트러지는 선배들을 보며 안쓰럽게 생각하기도 했다. 지금 와서 보면 그런 생각들은 문제를 바로 인지하고 함께 풀어나가는 데 있어 오류를 가져왔다. 관점부터가 오만이었다.

신문을 내면서 치킨과 피자를 먹을 것이냐 말 것이냐. 어떠한 불편함이 있을 때 참고 덮을 것이냐 문제를 제기할 것이냐. 학우 취재에 나갈 때 화장을 할 것이냐 안 할 것이냐. 이런 고민들은 줄곧 싸움을 걸어왔다. 당시 나를 지탱하고 있던 큰 줄기는 환경을 지키고 싶다는 신념과 의지였다. 내가 신문사에 들어가 제일 먼저 한 일도 분리수거의 틀을 만드는 것이었다. 바로 그 환경 인식에 대한 공격과 흔들림은 실로 견디기 힘들었다. 함께하는 다른 사람들이 여러 가지 물건을 마구 쓰고 버리는 것이 괴로웠다. 또 노동절 집회에 갔는데 일회용품을 마구 써 버리는 광경이 나는 어려웠다. 이 자리에서 이들이 무엇을 왜 하고 있는가보다 내 가치를 거스르는 그 광경이 먼저 나를 괴롭혔다.

함께하는 것과 휩쓸리는 것, 자기 원칙을 지키는 것과 독불장군이 되는 것. 많은 것들을 분간하기가 힘들었다. 치킨과 피자 앞에서 혼자 안 먹고 있을 때 사람들은 괴리감과 미안함에서 오는 부담을 느꼈다. 또 내가 문제를 제기하지 않고 그저 참음으로 인해 문제가 묵인되기도 했고, 내 판단에 많은 부족함이 있다는 것을 발견하지 못했다. 풀무에서와 같이 자연스레(?)하고 다니는 모습은 학우들을 만나기에 힘들었다. 화장을 한 나는 학우들에게 더 잘 다가갔고 학우들도 취재에 잘 응해 주었다. 부끄럽게도 나의 생각과 고집은 무너졌다.

그나마 스스로를 위안하는 것은 그런 생각들을 그냥 놓지 않고 많은 부딪힘과 사색의 과정을 거쳤다는 것이다. 아마 그 과정에서 나와 부딪힌 누군가는 나의 다름이 거북스럽고 힘들었을 것이다. 또 누군가에게는 그러한 과정이 웃기는 헛발질에 쓸모없는 '뻘짓'으로 보였을지도 모르겠다. 나에게는 '나'를 제대로 인식하는 과정이었다. 내가 세상에 어떻게 비춰지는지. 내 삶에서 무엇이 가치 있는지. 이상과 현실이 맞지 않는 것은 어떤 것인지. 어느 관점에 문제가 있고 어느 부분에 논리가 없는지를 알아가기 시작했다. 적을 알고 나를 알아야 승리한다고 했다. 스스로를 보기 시작했다는 것은 마치 전사의 재탄생 같았다.

꼬리에 꼬리를 무는 기억들이 스쳐 가면서 참 뜨겁게 살았구나 싶다. 내가 열정적으로 다가갔다기보다는 풀무 불에 달금질을 당하듯 많이도 두들겨 맞았다는 것이다. 생각해 보면 안 싸워도 될 것을 가지고 내 고집에 싸웠던 적도 적지 않다.

뒤돌아보면 내 갈등에 빠져 주변 사람들을 잘 챙기지 못했고, 계속해서 변화하다 보니 후배들에게는 일관성 없는 행동을 보이는 등 많은 부족함이 나타났다. 미쳐 버릴 정도의 갈등이 지나고 나서는 힘이 다 빠져 꽉 잡고 있어야 했던 중요한 것을 놓치기도 했다. 전장에 나가 싸우느라 동생들을 저버린 부족한 큰언니 같았다.

이 모든 과정은 마치 세상과 연애를 하는 것처럼 진행됐다. 세상을 만났을 때는 서로를 알아가는 것이 마냥 좋았다. 그러다가 뭐 이런 게 다 있냐면서 짜증도 냈고, 너는 왜 어려움만 주냐며 더 이상 너랑 연애하지 않겠다고 울고불고 난리 치기도 했다. 힘에 부쳐 너에게는 내가 부족한 존재라 못 해 먹겠다고도 했다. 사랑한다는 것은 쉽지 않은 일이었다. '배운 게 도둑질'이라고 나는 풀무에서, 신문사에서 그리 하라 배웠으니 어쩌랴.

제대로 알고 사랑하고 싶다며 베트남에 왔다. 한편으론 한국에서 지친 마음을 달래려 했다. 바뀐 것은 없다. 어차피 또 다른 전쟁터에 온 셈이다. 이 전장의 상황은 말이 아니었다. 말도 안 통하고, 더워 죽겠고, 다리에는 벌레 공격으로 50여 개의 흉터가 났다. 게다가 종종 큰 바퀴벌레까지 출몰한다. 나의 지원군은 위로라도 하듯 이따금씩 참새구이에 용봉탕(자라탕), 가물치, 송아지고기, 오리고기, 벌술까지 사양치 못할 환경을 동원하여 보양도 시켜 준다. 어쨌든 이 정도라면 사람과 싸우는 것보다 주변 환경과 싸우는 게 쉽다. 결과도 잘 보이고 덜 부끄러우니 말이다.

고생 복이 터질 때면 "이제 사서 고생은 더 이상 하지 않겠다."고 외치지만, 나는 이곳을 사랑하고 있음을 느낀다. 달빛 아래 돼지우리 옆에서 빗물 샤워를 하고, 비가 오면 운송 수단이 없어 걸어가고, 곰팡 난 젓가락을 신문지로 닦아 밥을 먹어도 그렇다. 마을에 우물이 생길 때, 수업 시간에 딴전만 피우던 녀석들이 갑자기 무척 적극적일 때, 마을에 대부한 암소들이 송아지를 낳았다는 소식을 들을 때. 승전 소식을 들은 병사마냥 내 얼굴엔 미소가 핀다.

나에게는 그렇게 사랑하는 과정이 싸우는 과정이다. 몸짓도 작고 소심하지만 때때로 겁대가리를 어디에 팔아먹었는지 무모하게 세상과 싸우겠다고 한다. 웃긴 것은 사람과의 연애도 마치 싸움하듯이 한다는 것이다. 그래서 늘 주변 사람들은 그게 아니라고 나를 가르친다. 연애는 회 뜨듯이 해야지 무 자르듯이 하면 안 된다는 것이다. 그러고 보니 아직 내 싸움에는 노련함이 없다. 나를 보느라 적을 보지 못한다. 아직 젊어서 그렇게 깨지나 보다.

세상의 빛과 소금으로

권성현

  처음 평택 팽성읍과 인연을 맺은 것은 작년 4월 도두2리로 못자리 농활을 다녀오고 나서다. 농활을 가기 전에는 미군 기지가 평택으로 285만 평이나 이전된다는 사실을 몰랐다. 마을 어르신들의 말씀을 듣던 중, 이번에 확장되어 쫓겨나시면 세 번째라는 이야기를 듣고 놀라지 않을 수 없었다. 일제 강점기 때 일본군 기지 때문에 맨몸으로 쫓겨나시고, 해방 후에는 미군 기지로 쓴다고 쫓겨나 추운 겨울을 땅굴에서 보내신 분들이다. 농사지을 곳이 없어 손수 곡괭이와 삽으로 간척지를 만들어 이제 소금기도 빠져나가 농사지을 만하니 다시 미국이 군사 기지로 쓴다며 나가라고 한다. 이번만큼은 내 땅을 빼앗기지 않겠다며 660여 일 넘게 촛불을 들고 계신다.

  대학 와서 여름 농활도 평택 대추리로 다녀오고, 미군 기지 확장 저

권성현 고등부 40회. 「풀무」178호(2006년)에 실렸던 글.

지가 주민 분들만의 생존권 문제가 아니라 한반도 평화를 위한 일이라는 생각에 학교 사람들과 3월 6일(대추초등학교 침탈), 3월 15일(논갈이 투쟁), 4월 7일(영농 작업 차단과 농수로 파괴) 그리고 5월 4일(강제 대집행) 평택 대추리로 향했다. 그 때마다 나라에서는 누구를 위해서인지 2,000명, 5,000명, 7,000명, 15,000명이라는 많은 경찰 병력과 용역 깡패들을 데리고 마을로 들어왔다.

5월 4일, 정부는 대추리를 고립시키고 강제 대집행이라는 명목 아래 방패와 곤봉으로 우리를 진압했다. 그날 새벽, 밤을 샌 우리는 경찰들의 폭력 진압에 힘 한번 써 보지 못하고 고립되었다. 경찰들이 한쪽에서 진압할 때, 군인들은 헬기를 동원해 황새울 들녘에 철조망을 설치했다. 생명을 키우는 곳에 철조망이 설치된 것을 보니 마음이 너무나도 아팠다. 진압 과정에서 많은 사람이 피를 흘리고, 손가락이 잘리기도 했다. 눈물을 흘리며 두려움에 떨어야 했다. 시위대는 대추초등학교에 고립되어 갔다. 무자비한 토끼 몰이식의 진압은 아직도 눈에 선하다. 경찰들은 물대포를 쏘며 우리를 연행했다. 연행당하는 것이 무섭기도 하고 두려웠다. 하지만 당당했다. 내 양심이 시키는 일을 했고, 평화를 지키기 위해 맨몸으로 막았기 때문이다. 경기도 광주경찰서로 연행됐는데 유치장 생활은 나름대로 할 만했다.

평택에 관해 왜곡된 보도가 많이 나오고 있다. '보상금을 받으려고 안 나오는 것이다.', '외부 세력이 주동하고 있다.'라는 말들이 언론을 통해 나오고 있다. 또한 많은 사람이 어쩔 수 없는 것 아니냐고 말한다. 하지만 아무런 저항도 하지 않고 순순히 생명의 땅을 미군 기지로 내준다면 미국은 또 다른 곳에 자신들이 편한 대로 기지를 넓힐 것이고, 하나님이 만드신 세계는 점점 파괴되어 갈 것이다. 미국이 전략적 유연성을 주장하면서 동북아 기동 타격대를 평택 미군 기지에 두면서 한반도에 미군을 영구 주둔하려 하고 있다. 미군 기지가 평택으로 들어온다면 한반도의 평화는 보장할 수 없다. 전쟁과 테러의 공포 속에 하루하루를 살아가야 될 것이다.

평화를 사랑하고 생명을 존중하라고 풀무에서는 가르쳐 주었다. 이는 하나님의 말씀이고 예수님이 몸소 이 땅에 내려와 보여 주신 것이다. 분명 하나님께서도 평택으로 미군 기지가 확장되어 전쟁의 전초 기지가 되는 것을 원치 않으실 것이다. 대추리와 도두리 논에 설치된 철조망이 사라지고, 농부들이 자연의 섭리를 따라 농사지으며 생활하기를 원하실 것이다.

6월 26일부터 다시 대추리에 9박 10일로 농활을 간다. 어쩌면 이번이 평택 대추리로 가는 마지막 농활일지도 모른다는 생각이 든다. 대추리 들녘의 논은 이제 볼 수 없을지도 모른다. 그렇기 때문에 이번 농활을 가는 마음가짐도 무거워지면서 여러 가지 생각이 든다.

자연과 생명을 지키는 일은 하나님의 사랑을 실천하는 일이다. 우리는 풀무에서 배운 것들을 잃지 말아야 한다. 생각만 하는 것이 아니라, 배운 것을 세상에서 실천하여 '위대한 평민'으로서 세상의 빛과 소금이 되어야 한다는 생각을 다시 다지게 된다. 어렵지만 세상

속에서 불의와 타협하지 않고 올바른 것에 큰 목소리를 내어 '진리를 함께 추구'하는 풀무인으로 살았으면 하는 생각도 하면서….

그리며 만난 나

한지영

창업한 지 13년이 지났습니다. 지금 제게 제일 큰 이슈는 '나'란 사람에 대한 것입니다. 나는 어떤 사람이고, 그런 나를 어떻게 표현할 것인가에 관한 것입니다.

풀무를 창업하고는 바로 대학에 가지 않고 몇 년 뒤 불가리아로 유학을 갔습니다. 거기서 동방정교회(orthodox)의 이콘(icon,성화)에 대해 공부하며 석사 과정을 마쳤습니다. 석사를 졸업한 것도 이제는 먼 일이 되어 지금은 세 살짜리 아이의 엄마로 일상을 살고 있습니다.

최근 2년간은 온전히 아이 엄마로 살았다고 말할 수 있습니다. 하지만 아이가 올해부터 어린이집에 가고, 다시 개인의 시간이 주어지면서 저는 그간 꾹꾹 눌러왔던 '나만의' 일을 해 나가고 있습니다. 이콘을 그리기 위해 유학을 다녀왔고, 짧지 않은 시간 공부를 한 것은

한지영 고등부 43회. 「풀무」 237호(2021년)에 실렸던 글.

제가 앞으로 그 일을 하며 살아가리라 마음먹었기 때문입니다. 하지만 이콘 작업을 본격적으로 다시 시작하기에 앞서 좀 더 나를 표현할 그림들을 그려 보고 싶어졌습니다.

이콘은 비잔틴 시대부터 전통적으로 내려오는 기법을 통해 정확한 룰에 맞게 그리는 그림입니다. 전통을 지키는 그림이다 보니 제 생각은 들어가지 않습니다. 그림 그리는 이를 드러내고 표현하기보다는 나를 감추고 그리는 것이지요. 그리는 이의 화려한 솜씨나 감정이 아니라, 그림 속 성인과 이 그림을 통해 성인을 만나는 신도들을 위한 그림인 것입니다. 그래서 이콘은 '미술'의 범주보다는 신앙 앞에 겸손한 마음으로 기도하는 것과 같은, 수행의 한 종류로 여겨집니다. 저는 그래서 이콘을 더 좋아했던 것 같습니다. 나를 표현하는 것이 늘 어렵고 어색한 사람인지라 이런 부분이 훨씬 편안하고 멋지게 느껴졌습니다.

그런 제가 갑자기 내 이야기를 그려 보고 싶다는 생각이 든 건, 아무래도 2년간 있었던 육아의 고충 때문이었습니다. 평범하지만은 않은 기간이었는데 그래서 하고 싶은 말들이 생겼다고 할까요. 게다가 아이와의 시간을 기록하고 싶기도 했습니다. 이 시간이 너무 소중한데, 아이는 어릴 적 일들을 기억하지 못할 테니 나라도 또렷이 기억해 주고 싶어서. 그래서 SNS에 취미처럼 툰을 그리기 시작했습니다. 지금은 만화 연재라고 하기엔 좀 변질(?)되어 (꾸준히 하는 게 이렇게 어렵습니다.) 한 장 그림을 주로 올리고 있습니다만, 어쨌든 저는 불

특정 다수에게 제 얘기를 꺼내고 표현하며 위로를 받았고 지금도 즐겁게 그리고 있습니다.

이런저런 그림을 그리며 계속해서 드는 생각은 나 스스로를 잘 알아야 한다는 것입니다. 나를 잘 알아야 표현할 수 있는데, 종이를 펼치고 앉아 있다 보면 나조차도 나를 잘 모른다는 생각이 듭니다. 달리 말하면, 스스로를 별로 사랑하지 않는다고 느꼈습니다. 사랑하고 존중하지 않으면 도저히 타인에게 나를 표현할 용기가 나지 않기 때문입니다. 모두 저마다 자신의 색깔을 가지고 작업을 해 나가는데, 나의 색깔은 무엇일까 고민이 많아집니다.

이런 고민은 그림을 그리는 일에만 해당되지는 않을 것입니다. 저는 육아를 하면서도 육아 자체가 '나를 계속 바라보는 시간'이라고 느꼈습니다. 내가 이때 왜 아이에게 화를 내는지, 왜 조금 기다려 주지 못하고 보채는지, 어떤 것은 내버려둘 수 있고, 어떤 것은 안절부절하는지. 그런 저의 모습을 보다 보면 저의 어릴 적 모습까지도 거슬러 가게 됩니다. 내가 갖고 있는 어떤 응어리들이 아이를 대할 때 나타나는 걸까, 받아들이고 싶지 않거나 그러기 어려운 많은 '나'를 봐야만 했습니다.

앞서 이콘이 나를 드러내지 않는 그림이라고 했지만, 결국엔 드러납니다. 아무리 똑같은 그림을 그려도 그림 그리는 사람에 따라 다 달라지고, 한 사람이 그린 그림이어도 그때의 기분에 따라 또 달라집니다. 그래서 좋은 그림을 그리려면 그리기 연습을 많이 하기도 해야 하지만, 책을 읽고, 영화를 보고, 음악을 듣고, 사람을 만나며 나를 가꾸고 알아가는 경험 또한 좋은 그림을 그리기 위한 노력이라는 생각이 듭니다.

풀무에 다닐 때를 되돌아보면 제가 가장 아쉬운 것은 지나치게 다른 사람을 의식했다는 점입니다. 아마 '더불어 살아가는 것'을 잘못 이해하고 있지 않았나 싶습니다. 갈등을 싫어하고 피하는 것이 남들과 함께 살 때 가장 최선이라 여겼습니다. 눈치 많이 보고, 다른 이들이 나를 어떻게 생각할까에 너무 몰두해 있었습니다. 온전히 3년을 사람들과 함께 살아가야 하는 그 시기에 나 스스로에게 집중하는 시간을 가졌으면 어땠을까 하는 아쉬움이 남습니다. 지금은 확실히 그런 생각이 듭니다. 더불어 살아가려면 나 또한 그 속에서 나로서 '잘' 있어야 한다는 것을요.

어떤 그림을 그릴지에 대한 고민은 여전합니다만, 역시 전 자연물을 그릴 때 가장 편안합니다. 그리고 싶고, 잘 그려지기도 하고요. 주로 아이의 모습을 그리는데 자연 속에서 노는 아이의 모습을 그립니다. 저의 색깔을 그런 쪽에서 찾을 수 있지 않을까 생각합니다. 제가 가지고 있는 자연에 대한 감성은 풀무학교를 다니며 더 커졌습니다. 풀무 시절 동안 가장 기억에 남는 것이 무엇이냐 묻는다면, 확실히 말할 수 있는 추억이 있습니다. 뒤 운동장 가기 전에 옆길로 빠지면 작은 숲이 나오는데 거기서 머물렀던 시간들입니다. 단짝 친구와 함께 자주 갔던 곳인데, 뭔가 울적한 기분이 들 때면 거기에 갔고 심지어 중얼중얼 하고픈 말을 쏟아내기도 했습니다. 그러면 그 나무들이 다 듣는 것만 같은 위로를 받곤 했습니다. 한번은 시험 기간이었는데 친구랑 작당 모의를 했습니다. "우리 여기서 시험공부하자!" 친구와 몰래 책상과 의자를 하나씩 날라다 놓았습니다. 빼곡한 나뭇잎 사이로 내려오는 햇살, 숲 가운데 덩그러니 놓인 책상, 거기에 시험공부를 한다고 앉아서 책을 읽는 듯 멍한 듯 앉아 있던 친구와 나. 그때의 모든 분위기가 아직도 제 마음 한켠에서 저를 따뜻하게 해 줍니다.

풀무 3년 동안, 창업 후 13년 동안 저는 계속해서 변했고 앞으로도 변할 터인데 어떻게 잘 표현하며 살아갈지 모르겠습니다. 다만 그때그때 저를 정확히 바라보고 삶의 마디마다 함께 나를 만든 주변 사람들을 생각하며 그 마음을 이콘에 조용히 담거나, 좀 더 과감히 그림에 드러내며 살아가고 싶습니다.

준비는 천천히! 천천히 가는 공부

나혜원

풀무를 창업한 지 벌써 5년째다. 그리고 독일에서 산 지는 3년째다. 그림을 그리고 싶었지만 창업 후 딱히 대학 갈 생각이 없던 내가 독일에서 공부를 하게 될지 그때는 몰랐다.

고등학교 3학년, 절실히 대학 공부를 하고 싶었던 게 아니었기 때문에 대입을 준비하지 않고 졸업 후 일 년 동안을 그야말로 놀았다. 공부는 하고 싶으나 어떻게 공부할지, 어디서 공부할지를 모르겠으니 그럴 바엔 놀면서 생각하자고 선택한 것이다. 그렇다고 스스로 어떤 프로젝트를 시도할 여력이 있지도 않았다. 놀면서도 불안불안했고 눈에 보이는 어떤 결과를 만들어야 한다는 생각에 쫓기는 느낌이 들었다. 이 시간 동안 내가 가장 힘들었던 건 불쑥불쑥 찾아오는 쫓기는 듯한 불안감이었다.

나혜원 고등부 44회. 「풀무」 211호(2014년)에 실렸던 글.

그러던 중에 우연한 기회로 유럽 여행을 떠났다. 약 석 달 동안 독일과 유럽 전역을 여행했다. 고등학생 시절 우연히 들어간 갤러리에서 독일 작가 안젤름 키퍼의 전시를 본 적이 있는데, 그땐 독일 사람인지도 모르고 봤던 이 작가가 독일을 대표하는 표현주의 작가라는 걸 유럽 여행을 하며 알았다. 여행을 하며 내가 독일에서 받은 인상, 독일 표현주의 예술 특유의 내면에 대한 탐구가 좋았다. 눈에 보이는 단순한 아름다움이 아닌, 깊은 자기 연구가 좋아 독일로 올 결심을 했다.

지금 나는 독일 학교에서 그림을 공부하고 있다. 여행을 계기로 독일에서의 공부를 결심한 뒤 독일 미술대학에 들어가기까지도 많은 시간이 걸렸다. 우선 풀무 3학년 때 제대로 보지 않았던 수능을 다시 치르고, 반년 동안 한국에서 독일 학교 입학에 필요한 서류 등을 준비하고, 독일에서 1년 반 동안 어학과 포트폴리오를 준비했다. 준비 시간이 길어 남들 대학 졸업할 나이에 입학하게 된 터라 반에서 가장 나이가 많을 거라 생각했는데, 막상 학교에 들어가 보니 고등학교 졸업하고 바로 온 친구가 거의 없었다. 돈 벌다가, 나처럼 좀 놀다가, 아니면 다른 걸 공부하다가 온 친구가 많았다. 나이에 큰 중요성을 두지 않는 서구 사회긴 하지만, 스스로 그 나이에 맞는 사회적 위치라는 개념을 두지 않았다. 이것저것 하며 본인이 하고 싶은 걸 찾아가는 경우가 대부분이다. 그래서 그런지 독일인의 젊음은 오래가는 것 같다.

흔히 독일 대학은 입학은 쉽고 졸업이 어렵다고 한다. 졸업생이 적은 게 사실이고 힘든 것도 사실이지만 동시에 그 공부가 즐겁다. 왜 즐거운가 하면 하고자 하는 공부를 스스로 하기 때문이다. 내가 다니는 학교는 미술대학이기 때문에 그림 그리기가 가장 중요하다. 특히 미대 수업에서 가장 중요한 시간은 일주일에 한 번 담당 교수와 같은 반 아이들 앞에서 본인이 하고 있는 작업에 대해 프레젠테이션을 하는 것인데, 같은 반 친구들 모두 마치 중견 작가처럼 자기 작업에 대해 거침없이 설명한다. 담당 교수의 역할은 어디까지나 조언자에 머물고, 학생 스스로 본인의 길을 찾는 것을 중요하게 여긴다. 이것은 독일의 중고등학교에 해당하는 김나지움의 교육 목표인 자아실현(Selbstverwirklichung) 그리고 자아 확인(Selbstbestimmtheit)과도 같다. 다시 말하면 비판적 본인 의견 찾기 그리고 분야에 맞는 성숙한 인격을 만들어 내는 것이다.

독일의 기본 교육 제도는 보통 한국보다 1년 많은 13년제다. 거기다 독일의 교육 시스템은 복잡하기로도 유명하다. 초등학교인 그룬트슐레를 졸업하면 본인의 적성에 따라 하웁트슐레(보통학교), 레알슐레(직업학교), 김나지움(대학 입학을 위한 학교) 혹은 게잠트슐레(앞의 세 학교를 통합한 종합 학교)로 진학하는데, 본인이 원한다면 직업학교에서도 김나지움으로 옮기는 것이 가능하다. 또 학교 졸업 후 대입을 할지 취업을 할지 뚜렷하지 않은 경우, 하고 싶은 일을 찾으며 사회봉사를 하는 Freiwilliges Soziales Jahr(프라이빌리게스 소치알레스

야어)라는 제도가 있어 여유롭게 본인 적성을 찾는다. 독일 내에서도 13년 교육 제도가 다른 나라에 비해 길고 복잡하기 때문에 비효율적이라는 지적이 종종 나오기도 한다. 그러나 이런 비효율적이고 오래 걸리는 교육 시스템이 주는 이점이 분명 있고 잘 맞는 사람이 있다. 바로 나 같이 준비가 오래 걸리는 사람들!

나는 나 스스로를 굉장히 비효율, 아날로그적인 사람이라고 생각한다. 느릿느릿 내 눈으로 직접 확인해야 안심이 되는 사람이다. 그런데 독일 사회 시스템이 참 아날로그적이고 느릿느릿하다. 소위 빨리 산업화된 선진국이라는 나라가 답답할 정도로 느릿느릿 굴러간다. 예를 들면 모든 중요한 서류를 문서화해야 하고 그걸 편지로 주고받는다. 또 내가 다니는 학교의 수강 신청은 인터넷이 아니라 직접 교실로 가서 명단에 이름을 쓰고 와야 하고, 같은 반 친구들 중 스마트폰을 쓰는 비율도 절반이 안 된다. 이렇게 아날로그적이다 보니 모든 준비 기간이 길고 결과는 늦게 나오는 시스템이다. 그래서 결과 기다리는 사람 입장으로선 속이 아주 뒤집어질 일이다. 독일에서 살려면 끈기와 인내가 필수다. 내가 다니는 이 학교만 해도 지원은 1월에 했는데 결과는 8월에 나왔으니 장장 7개월을 기다려야만 했다. 아무리 느린 걸 좋아하는 나여도 속이 타 죽는 줄 알았다.

마냥 좋을 수도 없고 좋아할 수도 없지만 그럼에도 불구하고 독일에서의 생활은 즐겁다. 천천히, 그러나 진지하고 깊게 하고 싶은 것을 찾아가도록 격려하는 교육과 사회 시스템이, 이곳의 젊은이들의 삶이 여러모로 나에게 많은 용기를 주고 있다.

  풀무학교가 강조하는 것이고 독일 교육에서도 강조하는 것이 과정의 중요성이다. 당장의 어떤 결과를 바라지 않고 그 안을 어떻게 채울지를 고민한다. 배우고자 하는 것이 있어 지금 학교를 다니고 있지만, 앞으로 또 어떻게 나아갈지는 아무도 모르는 일이다. 그렇기 때문에 천천히 즐기면서 내가 하고 싶은 걸 찾아가는 게 제일 중요하다. 쫓기듯 하지 말고, 언제나 큰 그림을 잊지 말고, 어떤 화가가 될 것이 아닌, 나 스스로를 이미 화가라고 생각하며 살아가고 있다.

14학번 김설아로 살아가기

김설아

열아홉. 풀무 창업을 앞두고 하고 싶은 일은커녕 가고 싶은 학과 하나 결정하지 못해 끙끙거리며 하고 싶은 것도 없는데 대학에 가기 위해 왜 이런 고민을 해야 하는 건지, 남들 다 가니까 나도 대학에 가는 게 맞는 건지 고민하던 그때. 나는 대학이 아닌 세상에서 사람 사는 모습을 보고 배우다 정말로 대학 공부가 필요하다고 느끼게 되었을 때 가겠다는 선택을 했다.

창업 후 풀무 졸업 논문으로 공정 여행에 대해 쓴 것이 계기가 되어 여행을 통해 배우고, 놀고, 연대하는 여행학교 '로드스꼴라(Road Schola)'에 입학해 2년을 보냈다. 나와 우리 마을을 들여다보며 청산도에서 한 달. 코리아 디아스포라, 사진 신부를 찾아 하와이에서 2주. 공정 무역, 하이브리드, 대자연, 남미 문학이라는 주제로 남미에서 두

김설아 고등부 46회. 「풀무」 212호(2014년)에 실렸던 글.

달. 로드스꼴라를 통해 많은 곳을 돌아다니고 그 나라와 그 지역의 역사, 문화, 사회, 경제, 지리, 환경 등 수많은 이야기를 직접 보고 들을 수 있었다.

모든 이야기가 흥미진진하기는 했지만 자꾸 눈이 가고 귀가 번쩍 뜨이는 이야기는 다름 아닌 그들의 전통 의상과 춤, 신화와 전설 등의 옛이야기였다. 난데없는 몸살감기로 끙끙 앓아 눈앞에 맛난 음식을 못 먹을 지경에도 하와이, 마오리족, 사모아, 타히티의 전통 춤으로 이루어진 폴리네시아문화센터의 공연 'HA-Breath of Life'를 본 후에는 벅찬 감동에 가슴이 두근거렸다. 지도가 있어도 종종 길을 헤매는 길치가 한적한 골목에 위치한 민속 박물관을 찾아가고, 해발 5,000미터 고산병으로 숨쉬기도 어려운 우유니에서 소금 사막에 얽힌 설화는 왜 그리 귀에 쏙쏙 들어오던지.

여행 내내 그들의 모습과 생활, 목소리를 카메라로 담고, 눈으로 좇으며 생각했다. 그들의 생활과 이야기를 이해하기 위해서는 먼저 내가 나 자신이 어떤 사람인지, 나의 뿌리를 알아야 하지 않을까. 그렇게 20년이 넘는 시간 동안 하고 싶은 공부를 찾지 못했던 나는 민속학을 공부해 보자 마음먹었다. 그리고 2014년. 나는 안동대 민속학과 14학번 김설아로 한 해를 보냈다.

기대하던 민속학과의 수업은 과제 많기로 유명한 학과답게 매주 발표에 토론에 책을 읽고 자기 생각을 정리하거나 의문을 제시하는 주간 보고서가 학기 내내 줄줄이 이어져 조금 벅찰 때도 있었다. 하지만 책을 보고 달달 외우는 공부가 아닌, 풀무와 로드스꼴라에서의 공부처럼 직접 생각하고 이야기 나눌 수 있는 수업이었기 때문에 힘들어도 즐겁게 견딜 수 있었다. 수업뿐만 아니라 학교생활도 즐거웠다. 다른 동기들보다 세 살이나 많아 걱정한 것이 무색하게 아이들과도 잘 어울려 지냈고, 민속학과 소모임 '풍물굿패 마당'에 들어가 틈틈이 경상북도 무형문화재 제4호인 차산 농악도 배우고 안동대 안팎으로 크고 작은 공연을 하며 나름대로 알찬 학교생활을 보냈다.

창업 당시 대학에 가지 않겠다고 했던 내가 얼마 지나지 않아 대학에 들어가 공부를 하고 있다는 것이 조금 우습기도 하다. 이럴 것이었으면 3년이라는 시간을 보내지 말고 풀무를 졸업하고 바로 대학에 들어가는 게 낫지 않았을까 생각할 수도 있지만, 나는 지금도 그때의 선택을 후회하지 않는다. 그 선택 때문에 23살의 나이 많은 새내기가 되기는 했지만, 덕분에 로드스꼴라에서 더욱 넓은 세상을 보며 색다른 경험을 할 수 있었다.

주위를 둘러보면 대학에 다니면서도 여전히 자기가 무엇을 하고 싶은지 명확하게 모른 채, 끊임없이 하고 싶은 일을 찾아다니는 선배와 동기들이 많다. 고등학교를 졸업하자마자 대학에 가는 것이 당연하고 안전하다는 생각으로 성적에 맞춰 대학에 왔지만, 결국 자기가 원하는 것은 이게 아니라는 것을 뒤늦게 깨닫고 우왕좌왕하는 그들의 모습을 보면 참 안타깝다. 미리 방황하고 고민한 후 로드스꼴라를 통해 내가 어떤 세상에서 어떤 사람으로 살아가고 있는지, 내가 하고 싶은 공부는 무엇인지를 찾은 나와 달리, 자기를 돌아보고 생각해 볼 시간이 없었던 그들. 아직 젊기 때문에 지금의 방황 역시 괜찮다고 생각한다. 하지만 기껏 들어온 대학과 학비는 역시 아깝다. 그래서 나는 말하고 싶다. 조금 늦어도 괜찮아, 너무 뻔한 말이기는 하지만 정말로 그래. 지금 하고 싶은 걸 선택하면 돼.

열아홉, 확실하지 않은 진로로 초조하고 불안해하면서도 대학에 가지 않겠다고 빽빽대던 내가 『희망을 여행하라』라는 책을 감명 깊게 읽은 후, 졸업 논문 주제로 정했던 공정 여행이 계기가 되어 로드스꼴라에 가고, 또 민속학과에서 갈 줄 누가 알았을까. 그때그때마다 하고 싶은 대로 했던 선택이 나를 여기까지 이끌어 주리라고는 생각지도 못했는데, 그저 얼떨떨하니 생각지도 못한 행운을 맛보고 있는 기분이다.

그래도 이제는 불안하지 않다. 세상에 안전한 길은 없고, 어디서든 방황할 수 있으며, 내가 원하는 것을 선택하며 살다 보면 내가 원하는 길로 닿게 된다는 것을 알게 되었기 때문이다. 격하게 표현하자면 '내가 하고 싶은 것 하면서 사는 게 최고다!'라는 거다. 이런 건 누가 말해도 내 마음이 없다면 귀에 안 들어오는 게 사실이지만 그래도 말하고 싶어진다. 인생의 선택을 남에게 맡기지 말라고. 죽기 전 자신의 인생을 돌아보며 누군가를 탓할 수는 없으니까 말이다.

풀무 정신을 기억하며

이기훈

밝고, 맑고, 고요합니다.

'풀무'는 제 삶에서 가장 즐거웠던 순간을 추억하는 이름이면서, 다시금 삶의 매무새를 가다듬게 하는 이름입니다. 그런 풀무를 생각하며 살아가는 모습을 나눌 수 있어 기쁩니다.

저는 창업 후부터 지금까지 시민사회단체 '평화와통일을여는사람들(평통사)'에서 상근 활동을 하고 있습니다. 벌써 10년 차를 앞두고 있으니 나름대로 우직하게 잘 해왔다는 자부심이 듭니다. 풀무학교 문화 특강 때 평통사 활동가를 만난 것을 계기로 지금까지 왔으니, 이 활동은 풀무가 맺어 준 인연인 셈입니다. 종종 지나온 삶을 돌아보면 내가 선택했던 많은 것이 결국은 절대자의 안내에 따른 것이었다고 생각하곤 합니다. 풀무를 만난 것도, 지금 평통사 활동을 하는

이기훈 고등부 52회.

것도 그렇습니다.

우리 단체는 한반도의 '자주', '평화', '통일' 그리고 핵무기와 핵에너지를 반대하는 '반핵', 전쟁 수행을 위한 무기와 시설을 줄이는 '군축'을 기치로 내걸고 있습니다.

제가 함께하고 있는 활동 몇 가지를 소개합니다. 분단 사회의 모순이 가장 적나라하게 드러나는 분야는 외교와 국방입니다. 그만큼 목소리를 내야 할 문제도 많습니다. 평소 관련 뉴스를 유의 깊게 살펴보고, 꼭 목소리를 내야 하는 문제가 생기면 여론을 만들기 위해 기자회견이나 집회 · 시위를 열고 기고문을 쓰기도 합니다. 한번은 군인 출신이 아닌 민간인 국방장관을 임명해야 한다는 주제로 기고를 한 적이 있는데, 우연히 기고문을 본 풀무 선생님에게 "네 주장에 전적으로 동의한다."라는 문자를 받고 어깨가 으쓱했던 적이 있습니다. 최근에는 내년도 예산 심의 일정에 맞춰 과도한 국방 예산을 줄이고 민생 복지 예산을 늘릴 것을 요구하는 의견서를 작성해 국회에 제출했습니다. 연말과 연초에는 중고등학교, 대학교 학생들과 만나 통일 문제를 포함해 우리가 꼭 알아야 하는 여러 문제에 대해 강의하고 토론하는 활동을 하고 있습니다. 제 바람으로는 젊은 세대의 통일 여론이 갈수록 나빠지는 상황에서 통일을 주제로 풀무제를 한다면 좋겠습니다.

풀무학교에 다닐 때, 어떤 선생님이 "우리 사회의 근본 문제는 분단이라고 생각한다."라고 말씀하셨던 기억이 납니다. 그때는 잘 몰랐지만, 활동을 하면 할수록 그 의미를 몸소 느낍니다. 우리 사회의 근본적인 문제를 해결하는 데 이바지한다는 마음으로, 사상과 이념, 제도의 차이를 뛰어넘어 한반도에 발붙이고 있는 모두가 더불어 살 수 있는 평화 통일 세상을 만든다는 마음으로 계속 활동할 생각입니다. 이것이 제 방식대로 풀무에서 배운 것을 가장 잘 실천하는 삶이라고 믿습니다.

생활관 사감으로 있는 친구와 동생을 통해 풀무 소식을 들을 때면 참 그립기도 하고, 제가 다니던 때와 비슷하면서도 다른 모습에 재밌기도 합니다. 풀무에서 만난 친구들, 선후배, 선생님, 식당 엄마, 홍동 마을 사람들 얼굴이 떠오릅니다. 표현이 서툰 탓에, 찾아가거나 먼저 연락하지 못해 미안한 마음이 들지만, 내가 있는 자리에서 정직하게 열심히 사는 것이 내 인연들을 위해 할 수 있는 최선의 일이라고 위안 삼아 봅니다. 모두 저마다의 자리에서 잘 지내고 있길 기도합니다. 이 글을 쓰며 더불어 사는 세상을 가꾸기 위해 힘쓰는 한 명의 풀무인으로 살아가겠다고 다시 한번 다짐합니다.

어차피 우린 모두 늦었다

안혜민

책에 실릴 글을 부탁하는 연락을 받고 맨 처음 들었던 감정은 '아, 내가 십 년쯤의 시간이 지나는 동안에도 잊히지 않을 정도로는 잘 살았는가 보다' 하는 안도감이었다. 내가 살아가는 현재에 그렇게 충분히 만족하고 있지 않았기 때문에 이 연락 자체가 참으로 감사했다. 네가 지금 어떻게 살고 있던 네 이야기를 듣고 싶다는 초대가 아닌가. 이 초대에 정확하게 응하기 위해 오래도록 고민했다. 무슨 이야기를 해야 할까.

사실 풀무에서의 생활은 내게 후회와 많이 연결되었다. 창업식 때 '풀무인'이라는 이름이 가장 잘 어울리는 사람이라는 평을 받았음에도 불구하고, 나는 창업 이후 번아웃을 심하게 겪었다. 누구보다 열심히, 누구보다 바지런히 학교생활을 했다는 것이 내 자부심이었는

안혜민 고등부 53회.

데도 그랬다. 학교생활의 긴장이 풀리니 일상이 늘어졌고, 일상이 늘어지니 가득하던 자부심은 나를 공격하는 무기로 변했다. 학교생활에 집중하려고 대학 입시를 포기한 것은 정확히 내 선택이었지만, 평범한 선택이 빠진 자리에 무엇인가가 자연스럽게 채워질 것이라고 믿은 것 또한 어쩌면 우스운 일이었다. 그 때문에 창업 후 무엇을 해야 할지 무엇을 하고 싶은지를 찾는 데 오랜 시간이 걸렸다.

광주로 돌아가선 마을 공동체를 위해 운동을 하기도 하고, 지역 여성영화제의 운영진이 되기도 하고, 가족의 일을 도와 서점을 관리하기도 했다. 무기력과 우울증으로 한곳에 머무르는 상태가 자꾸만 가라앉는 이유 같아서 2023년에는 바깥으로 시선을 돌렸다. 프랑스의 수도원 떼제 공동체에 가서 자원봉사를 하기도 하고, 그곳에서 감사히 만난 인연으로 2024년 신학대학원 수업을 청강하기도 했다.

올해 초까지만 해도 나에게는 확신이 없었다. 공부하고 싶다는 생각과 글을 쓰고 싶다는 생각은 했지만, 어떻게 해야 내가 앞으로도 계속 나의 삶을 굳건히 다져갈 수 있을지 알 수 없었다. 대학이라는 곳은 나와 너무나도 다른 세계의 이야기 같았고, 대학에 가지 않은 채로 삶을 영위할 돈을 벌기는 더더욱 낯선 세계의 이야기였다. 구직하면서 면접을 보다가 은근히 무시하듯 졸업한 학교가 어떤 학교인지 설명해 달라는 요구를 받을 때마다 부끄럽지는 않았지만 서글펐다. 내가 이토록 사랑하고 삶의 기준을 세우게 도움 준 곳이 '사회적인' 기준으로는 충분치 않은 곳으로 여겨진다는 사실이 말이다. 어느 순간에는 내가 진정으로 하고 싶은 것이 무엇인지 알 수 없었다. 해야 하는 것이 무엇인지도 알 수 없었다. 파트타임으로만 돈을 버는 것을 불안해하며, 조심스레 시도해 본 대학 입시에 실패했다. '일단은' 언제든 편입을 할 수 있게끔 사이버대학에 입학해 수업을 들었다. 손에 잡히는 것을 계속 붙잡은 채 최악의 선택이 아닌 길로 갈 수 있기를 바라며 어영부영 버티기만 했던 것 같다.

2025년 겨울, 지금은 제대로 공부하고 싶다는 생각과 글을 쓰고 싶다는 생각이 가장 확고하다. 2018년 창업 이후 장장 7년의 시간을 돌아 드디어 내가 원하는 시작을 골라내었다고 생각한다. 서울에 기반을 두고 패스트푸드점에서 일을 하며 생활비를 충당한다. 그 사이에 시간을 쪼개 한국예술종합학교에 입학하기 위한 입시 과정을 거치고 있다. 목표하는 과와 전공은 예술사 극작과 서사 창작 전공이다. 나는 이 길을 가고 싶고, 실패하더라도 다시 시도할 준비가 되어 있다.

계기는 사소하다. 친구들의 도전을 옆에서 지켜보는 일, 너무 힘들어 딱 죽겠다 싶을 때 가장 먼저 든 생각이 글을 쓰고 싶다는 것이었던 일 그리고 가족들과의 대화. 그런 것들이 얽히고설켜 나로 하여금 제대로 된 한 걸음을 딛게 했다. 이제 와서 너무 늦은 것은 아닐까 고민하던 나에게 엄마는 말했다. "너 어차피 늦었어. 조금 더 늦는다고 해서 큰일 날 일 뭐 있어?" 그 말을 듣는 순간, 마치 학창 시절로 돌아간 듯했다. 풀무에서 말하는 삶의 방식에는 여러 가지가 있다. 전부 명문화되지 않았기에 어떤 것들은 정말로 받아들이고 해석하기 나름이지만, 지금 시점에서 내가 가장 강하게 오래도록 가지고 있는, 풀무가 가르쳐 준 삶의 방식은 진실되게 사는 것이다. 세상의 기준에 맞지 않더라도 내가 할 수 있는 만큼의 진실된 최선을 다하는 것. 몇 년간 고민하고 느리게 걸으면서 그래도 내가 지켜야 할 선은 여기 있다고 느꼈다. 그러한 태도를 멈추지 않고 중요한 순간 밀고 나갈 수 있게 도와준 것이 엄마의 한마디였다.

어쩌면 풀무학교를 나온 '우리들'은 세상의 기준에서 모두 늦은 사람들일지 모른다. 또한 제법 많은 사람이 나처럼 긴 후회를 경험할 거라고 생각한다. 아무튼 풀무는 일반적이지 않은 곳이니까. 우리는 사회로 나가기 직전의 단계에서 어쩌면 '반-사회적'인 공동체를 경험한다. 그러나 그러한 '반-사회적'인 순간들을, 경험들을 가졌기에 내가 정말 원하는 것을 찾을 수 있게 될 것이다. 내 안의 '친-사회적' 이지 않은 면을 버리고 싶지 않아 혼란스러운 순간들을 버틸 수 있을 것이다.

어차피 우린 모두 늦었다. 그래서 참 다행이다. 나는 종종 풀무를 떠올리면 이상하게 사무치게 외로우면서도, 외롭지 않아진다.

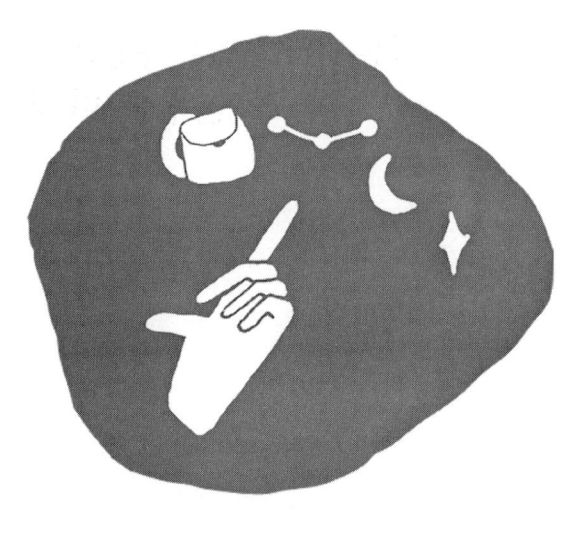

놀궁리

일본 PHD(인류와평화개발연구회)
농업 연수를 마치고

주형로

오랫동안 고대했던 일본 연수를 농사일로 바쁜 일손을 멈추고 떠나게 되었다. 8월 26일, 부산에서 배를 타고 고베항에 도착하기까지 22시간이 걸렸다. 27일 오후 4시, 마중 나온 PHD 직원의 안내로 해원회관에 숙소를 정했다. 저녁에는 PHD 직원과 PHD를 후원하는 몇몇 분 그리고 학생들이 함께하여 인사와 소개, 저녁 식사를 겸한 환영식을 자유로운 분위기 속에서 마쳤다.

우리 일행의 연수 일정을 적어 본다.

8월 28일 히가미낙농협동조합, 와다나베 씨 자연 양계장

29일 나카노 씨 집 방문, 히가미 농고, 이찌지마유기센터(발효

주형로 고등부 13회.「풀무」123호(1992년)에 실렸던 글.

퇴비장)

30일 교토 관광(청수사, 은각사, 금각사)

31일 효고현 중앙농업기술센터

9월 1일 아와지 섬(원숭이 동물원), 레트로 마을(세계와 아와지를

맺는 모임)

2일 니시오카 씨 방문, 일본 소비자와의 대화, 유기농산물센터

(꿈의 광장)

3일 아와지농업고등학교(수경 재배), 유기농업 농가(피망 재배)

4일 야스다 시게루 씨(고베대 교수)의 유기농업 강의, 노부나가

다카코 씨(소비자 단체 대표)의 직거래 강의

5일 재일한국 YMCA 교류(김수남 씨), 나라와 오사카(흥복사, 동

대사 대판성)

6일 재일 오사카 한인 교회 예배, 교포 지역 방문

7일 일본 기독교단 효고현 교류회

8일 휴식

9일 오사카 공항에서 귀국

위와 같은 일정에 따라 2주간의 일본 연수를 마쳤다.

일본 농촌은 집이며 도로가 잘 정리되고 농로까지도 포장되어 있
는 모습이 인상적이었다. 농사는 기계화 영농이었으며 젊은층보다는

60세 이상의 노인층이 대부분이었다. 특히 도시와 농촌이 떨어져 있는 것이 아니라, 도시 속에 농촌이 있고 농촌 속에 도시가 있는 이상적인 모습이었다. 어느 곳에 가든지 철저한 시간관념과 몇 사람 안되는 방문이라도 사전에 준비를 하고 끝까지 친절하게 안내해 주는 모습이 놀라웠다.

특히 인상 깊었던 곳은 아마지 섬의 몽키센터(원숭이 동물원)였다. 여기는 할아버지, 아버지, 아들 3대가 살면서 원숭이를 통해 공해 문제를 입증하기 위해 정부의 지원도 없이 어렵게 운영하고 있었다. 주인의 안내를 받으며 산으로 올라갔는데, 주인이 뭐라고 외치니 이쪽 저쪽에서 원숭이 수백 마리가 모여들었다. 미리 준비한 땅콩을 원숭이에게 주며 주인의 이야기를 들었다. 수년 전에 외국으로부터 수입해 온 농산물을 먹인 후 기형 원숭이들이 많이 생겼다고 한다. 원숭이 기형은 선천적인 것이 아니라, 농약과 제초제에서 오는 것임을 입증했다고 한다. 그때 마침 다리를 질질 끌며 한 원숭이가 와서 먹이를 달라고 손으로 툭툭 건드렸다. 그 원숭이는 발이 뒤틀리고 손가락은 두 개뿐이었으며 손목도 구부러져 있었다. 그 작은 원숭이는 찍찍거리며 인간의 작은 지식으로 쉽게 만든 제초제와 농약을 친 농산물을 먹으면 인간들도 나(원숭이)처럼 된다고 말해 주는 것 같았다. 여기 원숭이들은 이처럼 인간에게 경고하며 하나둘씩 희생되어 간다는 주인의 말을 듣고, 인간의 최고의 지식과 기술이 결국은 가장 어리석음을 말해 주는 것이 아닌가 생각되었다.

그러므로 우리가 생각하는 정농운동이야말로 어렵고 힘들지만 끝까지 지켜나가야 할 사명이라 생각되고, 또한 하나님 보시기에 아름다운 일이라고 생각해 본다.

내가 밟은 북녘 땅

정소진

    쉽지 않은 과정을 거쳐 6박 7일 동안 평양을 다녀왔다. 주위 여러 분의 격려와 도움으로 무사히 다녀올 수 있었기에 아껴 주신 모든 분께 감사의 말씀을 전한다.

    8월 11일부터 13일까지 방북을 위한 교육과 방북 신청 등 필요한 절차를 재중국 북경대사관에서 마치고, 14일 방북을 위해 11일 서울로 들어왔다. 서울에 들어오기 전에도 추진 본부로부터 정부의 방북 허가가 떨어지지 않은 상태라는 소식은 들었지만, 만약의 경우 다시 북경으로 돌아간다는 생각을 가지고 14일까지 기다림의 하루하루를 보냈다.

    8월 14일, 드디어 연락이 왔다. '조건부 방북 허용 방침'이 내려졌다는 것이다. 이번 방북자들끼리 상의를 위해 저녁 9시, 명동성당에

정소진 중등부 15회, 고등부 13회. 「풀무」 159호(2001년)에 실렸던 글.

있는 가톨릭회관에서 모임을 가졌고, 방북 단장인 김종수 신부님의 주지 사항을 들은 뒤 밤 11시 인천 영종도 옆의 무의도로 향했다. 내일 아침 일찍 출발하려면 아무래도 그곳이 가장 적지일 것이라는 생각에서였다. 아프리카의 머나먼 나라로 떠나는 것도 아닌데, 분단 56년이라는 장벽을 가진 나라로 가는 길이 이렇게도 힘들 줄이야!

평양에서의 첫날(8월 15일 수요일)

서로 다른 연령, 서로 다른 차림의 각계각층 340여 명이 출발을 위해 모였다. 여러 단체에서 모인 수많은 구성원들이 각자의 생각을 간직한 채 이 자리에 모였지만, 민족이 하나 되어야 한다는 생각으로 이념이나 사상을 초월해 이 자리에 모였으리라 여겨졌다. 그동안 마음속으로만 다져왔던 평범한 자연인 정소진의 통일 의지가 이번 방문을 통해 더욱 강렬해지기를 바라는 마음이다.

비행 스케줄 보드에는 '평양 OZ8018 12:00'이 선명하게 반짝이고 있다. 전에는 아무 의미 없이 느껴지던 '평양'이라는 글자가 온몸에 전율을 느낄 정도로 신비스럽게 다가왔다. 우리 일행을 태운 아시아나 전세기 두 대가 평양에 도착한 시간은 오후 1시였다. 창밖으로 보이는 북녘 땅의 모습은 우리 시골 풍경 모습과 별 다를 바 없는 산맥이었다.

50분간 비행 끝에 사뿐히 내려앉은 평양의 순안비행장, 김일성 주석의 초상화가 정면에 걸려 있고, 그 아래에는 빨갛고 노란 한복을 입은 수많은 군중이 붉은 조화 다발을 흔들며 환영하고 있었다. 뜨거운 시멘트 바닥 열기를 받으면서 "조국 통일", "자주 통일", "반갑습니다"를 외쳐대는 환영 인파의 표정을 바라보며 손을 흔드는 순간 코끝이 찡해졌다.

순안비행장에서 숙소인 고려호텔로 향했다. 남쪽보다는 좀 늦은 듯한 벼 이삭들, 논 사이 두렁에 심은 두렁콩이 우거진 모습은 친근한 우리 시골 풍경이다. 논과 과수원 그리고 하천을 지나 차량은 어느새 평양 시내에 진입했다. 우뚝 솟은 높은 빌딩과 탑 그리고 상징 조형물들을 보는 순간 '여기가 바로 평양이구나' 하는 생각이 든다. 페인트칠이 벗겨져 회색 표면이 드러난 건물도 있었지만 나름대로 깨끗해 보였다. 상업 광고 대신 체제 선전 문구들이 회색 도시의 분위기에 독특한 색채를 더해 주고 있었다.

호텔 앞에는 벌써부터 직원들이 나와 "반갑습니다"를 반복하면서 박수로 환영하고 있었다. 벌써 오후 3시, 평양 도착 후 처음 먹어 보는 고려호텔의 점심은 담백하면서도 정갈해 어머니가 만들어 주던 음식 맛이 났다. 귀에는 좀 설익지만 투박하면서 정감이 가는 사투리의 복무원 동무들의 친절이 밴 행동에서도 친근감을 느꼈다.

점심을 먹고 1층 로비로 나갔더니 평양축전 '3대 헌장 기념탑 행사' 개막식 참가 문제로 우리 추진 본부와 북쪽의 실랑이가 오간다.

"참석해라."

"못한다."

"우리는 이번 행사가 전부가 아니다. 앞으로의 더 많은 교류를 위해서는 개·폐막식 참석을 너무 강요하지 마라…."

긴 논쟁 후 우리 측은 집행부 대책 회의에 들어갔다. 그 사이 기다리던 남측 참가자들은 삼삼오오 모여 의견을 나누었다. 이때 북측에서는 각 방에 들어간 사람들에게 로비로 모이라고 연락했고, 영문도 모른 채 모인 남측 대표단에게 "개막식에 갈 차량이 출발하니 빨리 탑승하십시오"라고 안내했다.

우리 때문에 2만여 관중이 6시간 이상 기다렸다는 죄책감, '참관만 하는데 큰 문제가 되겠느냐'는 심리 그리고 순안공항과 호텔에서의 뜨거운 환영 인파에 대한 미안함과 흥분이 합쳐지면서 일부는 결국 차량에 올라탔다. 이미 개막식이 끝날 시간이었다.

대책 회의를 하던 집행부는 강력히 항의하며 모든 일정을 중단하고 내일 돌아가겠다는 의사를 표명했다. 남측 일부 언론과 보수 세력의 시선을 고려할 때, 개막식 참석 문제가 앞으로의 민간 교류에 큰 걸림돌이 될 수 있다고 판단했기 때문이다.

북측 안내원 100여 명은 "30만 명을 통솔하는 것보다 더 힘들다"고 하면서도, 우리의 자유분방한 모습 역시 낯설게 느꼈을 것이다. 일부에서는 이를 두고 '평양과 서울의 남남 갈등'이라 분석했지만, 적절한 표현은 아니라고 본다. 결국 평양 방문 첫날은 개막식 참석 문제로 인한 내적 갈등을 삭히느라 밤잠을 설치며 지새웠다.

평양에서의 둘째 날(8월 16일 목요일)

어젯밤 잠을 설쳤지만, 산뜻한 기분으로 평양의 첫 아침을 맞이했다. 아침 출근 시간이지만 오가는 사람들의 발길은 한적하기만 했다. 오늘 일정을 확인하기 위해 1층 로비로 향했다. 어제 일부 사람들의 개막식 참석 문제로, 일정을 진행할 것인지 서울로 돌아갈 것인지에 대한 논의가 한창이었다. 오늘 일정을 소개한 뒤, 저녁 폐회식 참석 여부에 대한 의견도 오갔다. 대부분의 의견은 참석하지 말아야 한다는 쪽으로 기우는 느낌이었다.

결론은 나지 않았지만, 우리의 이런 토론을 보고 듣는 북쪽 사람들은 어떤 생각을 할까? 이런 모습 자체가 남쪽의 현실을 알리는 또 하나의 기회일 수도 있다는 생각을 해본다.

남북 청년·학생이 공동으로 펼치는 행사를 본 뒤, 점심은 그 유명한 옥류관 평양냉면을 먹었다. 감자 전분으로 면을 만든다고 하는데, 청동빛 놋그릇에 가득 담아 나오는 냉면 맛이 일품이었다. 두 그릇이나 비우고 인민문화궁전 전시실로 발길을 옮겼다.

이번 행사 가운데 첫 번째 공동 행사인 '일본 침략 만행 전시회'가 인민문화궁전 1층에서 열렸다. 오늘 새벽까지 김민철 선생(민족문제연구소 연구실장)과 함께 전시물 설치 작업을 도왔는데, 이 행사는 여러 행사 중에서도 남북이 공동으로 관심을 갖고, 가슴과 역사를 함께 공유하는 뜻깊은 자리였다.

공동 선언문이 이 자리에서 발표되자 뜨거운 박수가 터져 나왔다.

중국에 오기 전, 12년 전 민족문제연구소 발족에 조금이나마 힘을 보탰던 기억이 떠올라 뿌듯함이 밀려왔다. 80이 넘은 한양원 선생님이 선언문을 우렁차게 낭독하실 때 온몸에 전율이 느껴졌다.

'그래, 바로 이거구나.'

서로의 다른 점만을 부각시켜 힘들어하고 대립하기보다, 공통되고 함께하는 감정들을 더 많이 찾아 가슴을 나누는 공간을 넓혀 가는 작업이야말로 어떤 통일 작업보다 중요하다는 사실을 절실히 느꼈다. 오늘처럼 우리가 하나 되는 마음으로 똘똘 뭉칠 때, 우리의 통일을 반대하는 외세의 힘에도 맞설 수 있으리라.

다음으로 본 봉화예술극장의 공연은 완벽했다. 드넓은 무대에서 펼쳐지는 화려한 공연은 무대 이동의 자동화와 배경 영상 연출이 매우 뛰어났다.

오늘은 평양 축전 폐막식이 있는 날이다. 또다시 참석 문제로 전체가 모여 토론에 토론을 거듭했고, 집행부는 별도로 회의를 반복했다. 결국 폐막식에 참석하지 않되, 폐막식이 끝난 뒤 나오는 인원을 밖에서 맞이하는 형식은 어떻겠냐는 김종수 신부님의 제안에 모두가 움직이려던 순간, 이미 폐막식이 끝났다는 전갈이 왔다. 아쉬움과 말썽만 남긴 개·폐막식이 되고 말았다.

어렸을 적, 나는 냇가에서 물고기를 잡으며 한여름을 보내곤 했다. 작은 하천이라 대부분 피라미와 붕어가 주류를 이루었다. 장마철에는 메기, 쏘가리, 가물치, 손바닥만 한 붕어를 잡아 온 동네잔치를 벌이곤 했다. 그러나 물이 적은 한여름에는 손가락만 한 메기 새끼라도 한 마리 잡으면 온 동네에 소문이 났다.

실은 손가락만 한 메기인데도 어떤 이는 주먹만 하다 하고, 또 어떤 이는 팔뚝만 하다 하고, 더 과장되면 사람만 한 메기라는 이야기까지 나돈다. 마을 전체가 왈칵 뒤집힌다.

이번 방북이 말 잔치 좋아하는 사람들이 어떤 목적을 갖고 부풀리거나 왜곡하는 일이 더 이상 없었으면 하는 바람이다.

평양에서의 셋째 날(8월 17일 금요일)

국내 여론 소식이 전해지면서 단원들의 표정에는 왠지 모를 뒤숭숭함이 비쳤다. 그래도 가장 복잡했던 개 · 폐막식 행사가 끝났으니 북쪽 지인들 보기에도 이제는 홀가분한 기분이었다. 은근히 개 · 폐막식에 참석을 종용하는 이야기를 듣지 않게 되었으니 마음의 부담이 줄어든 홀가분한 아침이다. 오늘 아침도 모여서 국내 상황과 어젯밤 실무 위원회 회의 내용을 전달하는 모임을 가졌다. 오늘은 홀가분한 마음을 이해하기라도 한 듯 대동강 뱃놀이 관광이 준비돼 있다고 한다.

우리 일행은 유람선에 몸을 실었다. 170미터의 주체탑과 나란히 물을 뿜어대는 대형 분수는 자그마치 150미터나 쏘아 올린다나? 배가 옆을 지날 때는 떨어지는 물보라가 마치 비를 내리는 듯한 형상이었다. 배는 서서히 쑥섬과 양각도 그리고 대동교를 지나 폭이 점점 넓은 수역으로 들어간다. 배를 타고 내려가는 동안 우거진 숲과 늪 그리고 평온한 단층집들이 서울 한강 주변의 도로와 빽빽이 들어선 아파트 숲과는 대조를 이룬다. 강 주변 평양 절경에 취해 있는 동안 배는 어느덧 강어귀에 몸을 기댄다. 아침에 나루까지 데려다줬던 버스들이 여기에서 기다리고 있었다.

김일성 주석의 생가인 만경대에는 깨끗한 잔디와 수목이 가득하다. 내가 어려서 사용하던 삼태기와 고무래 그리고 삽과 괭이, 장독 등 옛 농사 도구와 살림살이들이 진열되어 있고 안방 벽에 걸려 있는 가족사진들이 오는 손님을 맞이하고 있다.

오후에는 외곽의 동명왕릉에 간다기에 농촌에 사는 사람들의 모습에 기대를 걸고 차에 올랐다. 평양 시내를 좀 벗어나니 확 트인 왕복 10차선 도로로 들어섰다. 안내원이 어제 이야기했던, 북의 청년들이 손이 부르트며 삽과 곡괭이로 만들었다는 '청년영웅도로'였다. 넓게 뻗은 도로였지만 맞은편 차선에는 차량이 거의 보이지 않았다.

해 저무는 저녁 햇살을 받은 동명왕릉의 풍경은 맑고 깨끗했다. 울창한 솔숲과 대리석 정원, 주위의 갖가지 석물들이 왕릉의 품위를 더욱 장엄하게 연출했다. 동명왕릉 아래의 정릉사는 반듯한 담장 안에서 우아한 모습으로 우리를 맞이했다.

돌아오는 길에 그리도 말썽 많았던 3대 헌장 기념탑 앞에서 기념촬영을 했다. 이렇게 지척의 거리에 있는 것을 우리가 참석하지 않아서 평양 시민들과 각국에서 온 해외 동포들이 서운해했을까를 생각하니 다시 미안한 마음이 들었다. 남과 북의 아낙네가 양쪽에서 두 손을 쭉 뻗어 한반도를 받들어 올리는 상징 조형물은 누가 봐도 아름다운 예술품이었다. 여기에 담긴 의미 때문에 참석하지 못했음을 떠올리며, 언제까지 이런 줄다리기를 해야 하는지 생각이 깊어진다.

저녁에는 우리의 국립도서관에 해당하는 인민대학습당을 방문했다. 2,900만 권의 장서를 보유하고 있는 10만 제곱미터 규모의 대형 도서관이다. 목록실, 열람실, 정기 간행물실 등 전직 도서관쟁이인 나는 더욱 관심이 갔지만 시간이 허락하지 않는다. 목록은 국제 목록과 북한 목록집을 함께 사용한다고 했다. 아직까지 전산화가 안 되었는지 목록함의 카드는 흐늘흐늘해져 있었다. 2층 열람실 베란다에서 본 평양 시내의 야경은 서울과는 너무나도 대조적이었다. 전력난이 아직도 심각함을 느낄 수 있었다.

평양에서의 넷째 날(8월 18일 토요일)

이번 방문에서 가장 가슴이 설레던 코스인 백두산을 향하는 날이다. 1993년, 중국에서는 장백산이라 부르는 백두산을 오르면서 우리 땅을 통해 오르는 백두산을 얼마나 고대했던가? 언젠가 장준하 선생이 북쪽에서 올랐다는 백두산 기행문을 보면서 가슴이 설레곤 했는데, 이제는 내가 이 길을 오른다는 벅찬 생각에 새벽 6시 기상도 어려운 줄 모르고 벌떡 일어났다. 중국 땅 천지에서는 중국 쪽 관리원들 눈치 보느라 만세 한 번 제대로 부르지 못했던 우리의 영산 백두산, 생각만 해도 가슴이 설렌다.

팀의 절반은 묘향산에, 팀의 절반인 종단 대표들과 민화협 멤버들은 백두산에 오른다. 항공기 두 대에 나눠 삼지연공항으로 향한다. 해발 1,400미터의 삼지연, 비행기에서 내리는 순간 선선함을 느낀다. 삼지연에서 백두산 천지로 가는 길은 비포장도로 45킬로미터, 터덜대며 1시간 20분을 달린다. 하늘을 찌를 듯한 침엽수림 사이에는 고사한 침엽수들이 어지럽게 누워 있다. 차창 밖으로 보이는 이름 모를 꽃들과 들쭉나무들, 여기서 오른쪽으로 조금만 더 가면 산수와 갑산이라는 지역이 있는데 산수와 갑산은 옛날 유배지였다고 안내원 동무가 친절히 안내한다.

어느새 우리를 태운 차량 행렬은 침엽수 원시림을 빠져나와 확 트인 개마고원 길에 접어든다. 너른 고원 지대 위로 우뚝 솟은 정일봉을 낀 백두산 천지는 중국 쪽 백두산 천지와는 전혀 다른 느낌이다. 그런데 이게 웬일인가. 천지에 도착하는 순간, 천지 주변은 온통 짙은 안개로 뒤덮여 있다. 마음이 고운 사람이 오면 천지를 볼 수 있다고 했는데, 내 마음이 깨끗하지 못한 건 아닌지?

그렇게 30분쯤 지났을까. 갑자기 안개가 걷히면서 새파랗고 웅장한 깊이 384미터, 둘레 16킬로미터의 천지가 모습을 드러내기 시작하더니 따사로운 햇볕마저 내리쬐었다. 목사님들은 예불 덕으로 돌리고, 스님들은 목사님과 신부님의 기도 덕이라면서 서로 감사해한다. 또한 유림들의 정성이 담긴 제례 덕으로 돌리기도 한다. 이 얼마나 아름다운 풍경인가. 여기를 찾은 모든 이의 이런 마음에 감동해서 밝고 맑게 그리고 웅장한 천지가 그 모습을 드러내 주었을 것이다.

지금은 짙은 안개처럼 앞이 안 보이고 요원하게만 생각되는 우리의 남북통일도 천지의 안개가 걷히는 것처럼 한순간에 이루어지기를 바라는 마음 간절하다. 그러기 위해서는 이번처럼 서로가 가슴을 함께할 수 있는 만남의 기회가 많아야 하겠지만 말이다.

하산 길에 책에서만 보던 밀영에 도착했다. 김 주석이 항일 빨치산 유격대원으로 활동하면서 그곳에서 김정일 위원장을 낳았다는 밀영이다. 쏟아지는 빗물 속에 흘러내리는 계곡물은 말 그대로 얼음장이다. 세상에 이렇게 맑은 물이 어디 있을 수 있단 말인가?

그다음 들른 삼지연연못의 푸른 물은 높고 푸른 하늘과 일체를 이루고 있다. 광장 전체에 깔린 대리석과 유격대 병사들의 형상을 담은 동상 등…. 주위를 둘러싸고 있는 무성한 수림은 백두의 기운을 그대로 살려 놓은 듯하다. 그래도 기어이 머리에 떠오르는 생각은 인민들의 땀방울…. 우리를 태운 비행기는 삼지연에서 평양으로 향한다.

평양에서의 다섯째 날(8월 19일 일요일)

오늘은 묘향산이다. 평양에서 묘향산까지는 약 150킬로미터. 청천

강을 끼고 달리는 고속도로는 반대편 차량이 거의 보이지 않을 정도로 막힘없이 달린다. 강가에서 물장구치는 아이들, 그물을 들고 고기 잡는 어른들, 학교에서 단체로 야영을 왔는지 한 무더기의 아이들이 강가에서 열심히 운동을 하고 있다. 거의 2시간이 걸려 그 유명한 묘향산 보현사에 도착했다. 넓은 마당과 울창한 수목, 보현사의 역사와 전통을 자랑하는 탑과 대웅전, 후박나무의 넓은 잎새가 한층 빛난다.

말로만 듣던 향산호텔에서 점심 식사를 했다. 산과 물이 깨끗해서 인지 상 위에 올라오는 모든 음식이 깨끗하고 정갈하다. 녹음이 우거진 묘향산과 중간에 들어선 새하얀 호텔 그리고 호텔 정면에 펼쳐진 깨끗하고 드넓은 푸른 잔디는 한 폭의 그림을 연상케 한다.

향산호텔을 뒤로하고, 김일성 주석과 김정일 위원장이 세계 각국으로부터 받은 선물을 진열해 놓았다는 '국제 친선 전람관'으로 향한다. 약 6미터에 이르는 높은 대리석 건물의 천장, 1년 365일 섭씨 20도, 습도 50퍼센트를 유지한다는 전람관은 웅장함의 극치다. 여하튼 한반도 5대 명산인 묘향산 맑은 물이 흐르는 계곡 옆에 웅장하게 버티고 있는 초현대식 건물인 국제 친선 전람관은 많은 생각을 하게 하는 곳이었다.

평양에서의 여섯째 날(8월 20일 월요일)

오늘이 실질적으로 평양 방문의 마지막 날이다. 평양 외곽에 위치한 '애국열사릉'에 갔다. 520명의 유해가 안치된 이곳에는 비석마다 돌사진이 박혀 있다. 1986년에 건립되었다는 열사릉은 열사들의 업적이 영원히 살아 있듯, 사진도 역시 변하지 않는 영구적인 것으로 만들었다고 한다. 남쪽에서는 '적색 분자'로 분류됐던 분들이 이곳 열사릉에서는 열사로 대우받아, 이곳을 찾는 모든 이의 눈길을 모으고 있다.

이데올로기의 갈등 속에서 남북 역사의 비극인 동족상잔의 피비린내를 고이 간직한 이 땅 한반도! 서로가 처한 상황은 다를지라도, 서로의 사상은 남과 북이 다를지라도, 이들의 지향했던 하나의 공통점은 민족이라는 문제였을 것이다. 시대 상황에 따라서 이데올로기의 편 가름에 따라서 평가됐던 남북 열사들의 영령들이 저세상에서 어우러져 가슴에 맺힌 앙금을 벗어버리는 그날, 통일의 그날을 상상해 본다.

오후에 찾은 곳은 주체탑이다. 대동강을 끼고 강 건너 김일성광장과 정면을 마주한 주체탑은 전망대까지의 높이가 150미터, 상탑 부분의 횃불 20미터를 합하면 총 높이가 170미터나 되는 높은 탑이다. 탑 아랫부분의 광장과 탑 전체가 대리석으로 쌓여 있는 모습은 평양 시내 명소로서 장관을 이루기에 충분했다. 25,567개의 대리석 덩어리로 쌓아 올렸다는 안내원의 말을 들으며, 오늘의 뙤약볕이 더욱 따갑게 느껴졌다.

북경에서 '북에서 온 예술품이라면 진품을 대변한다'고 하며 모두 만수대창작단 작품이라던 이야기를 수없이 들어온 터라, 귀에 익은 만수대창작실을 직접 찾아갔다. 바삐 움직이는 사이에도 낯익은 도자기와 그림들, 수예품들이 눈에 들어온다. 수예실의 잽싼 손놀림과 입체적인 수예는 정교함의 극치를 보여 준다.

만수대창작실을 나와 간 곳은 대동강 유람선에서 소개받았던, 쑥이 많아 붙여졌다는 이름의 쑥섬이다. 남북 분단의 초기인 1948년 5월 2일, 남북의 정당 단체 대표들(김구, 김규식, 김책, 조소앙, 홍명희 선생 등)이 남북 통일을 모색하기 위해 모여 회담을 했던 곳이다. 사상과 이념을 떠나 민족의 이름으로 통일을 하자던 그때 그 자리의 어르신들 모습이 아련히 떠오른다. 그 당시를 소개하는 통일 선전탑과, 당시의 상황을 보여 주듯 늙은 버드나무 아래에는 당시 대표들이 앉아 있던 돗자리가 유리로 된 보호 상자 안에 그대로 깔려 있다.

오늘의 마지막 일정이자 우리의 6박 7일을 마무리하는 마지막 참관은 '소년학생궁전'이다. 북쪽의 영재 개발(?) 차원에서 컴퓨터, 서예, 수예, 악기, 노래 등 나이 어린 소년 소녀들의 재주가 영특해 보였다. 어려서부터 일인일기의 특성을 길러 준다는 북쪽의 교육, 학교 수업이 끝나자마자 학원으로 향하는 우리 어린이들의 모습을 떠올리게 한다. 무대에 올라선 북쪽 어린이들이 예쁘고 귀엽기는 우리 남쪽 어린이들과 조금도 차이가 없다. 사물놀이와 현대 기악 그리고 '김치 깍두기', '신고산 타령', '아리랑', '고향의 봄' 등의 노래와 깜찍한 춤은 남쪽에서 온 손님들을 박수와 열기의 도가니로 몰아넣었다.

오늘이 평양에서의 마지막 저녁이다. 오늘 저녁은 양각도호텔에서 그동안 우리 일행을 위해 고생하신 안내원들과 북측 인사들에게 식사 접대를 한다고 한다. 그동안 북쪽 안내원들과 고운 정, 미운 정이 흠뻑 들어 헤어지기 아쉬운 모습들이 역력하다. 6일 동안 만났던 사람들과 북쪽 산하가 영사기 필름처럼 뇌리를 스쳐 지나간다. 세심하게 보살펴 준 북쪽 여러분께 다시 한번 감사드린다.

평양에서의 마지막 날(8월 21일 화요일)

감동과 역동의 6박 7일 평양 방문 모든 일정이 끝나고 오늘은 서울로 돌아가는 날이다.

평양에 도착할 때와 마찬가지로 순안공항에는 환송 인파가 빨간 꽃송이를 들고 우리 일행을 환송한다. 악대의 음악 소리가 올 때와 달리 애달프게 들리는 까닭은 이별의 아쉬움이 크기 때문이리라. "잘 가라"는 환호 소리도 제대로 들리지 않는다. 우리를 환송하며 울먹이다가 눈물 흘리는 어린이들을 보는 순간 나도 모르게 눈물이 쏟아져 나왔다.

8월 15일부터 8월 21일까지 6박 7일간의 북쪽 땅 방문은 매우 의미 깊은 여정이었다. 오늘 이 시간까지도 방북 일행 중 일부 몇 사람에 대한 이적성 문제가 논의되고 있지만, 한마디로 어이가 없다. 이 땅이 남북으로 분단된 지 이미 반세기를 훌쩍 넘는 동안, 빨갱이를 논하고, 이적성을 논하며 또 현실에 안주하려 했던 그들은 그동안 통일을 위해서 무슨 일을 했는지 묻고 싶다.

말로만 통일을 외치면서 분단을 고착화시키고, 또 좁은 남쪽 땅을 사분오열로 갈라놓아 또다시 분열을 조장하며, 여기에서 자신의 이익과 영달을 위해 분주하게 즐기고 살아온 자들이 허울 좋은 말로 애국과 통일을 논하고 있을 뿐이다. 이런 이들이 이번 방북 단원들에 대하여 그 어떤 이유로든 할 말은 없다.(이번 방북 단원 가운데 일부의 돌출 행동을 옹호하고 싶은 생각은 없지만.)

이데올로기의 냉전 체제가 해체된 지도 어언 10년이 넘은 현시점에서 지구의 동쪽 끝 한반도에서는 남과 북이 모두 구시대의 유물인 이데올로기의 한 부분을 붙잡고 싸우는 모습이 안타까울 뿐이다.

참 고마운 풀무학교

황바람

맑았습니다.

오랜만에 풀무 식 인사를 하니, 기분이 새롭습니다. 생각해 보니 창업한 지도 벌써 4년 반이 흘렀습니다. 선배님들 많이 계신데 이런 말을 하기 쑥스럽기도 하지만, 창업을 하고 풀무 밖에서 지낸 시간이 꽤 길게 느껴집니다. 그동안 여럿 다양한 일도 있었습니다. 이번에 기회가 되어 창업한 이후에 제가 사는 이야기를 하려고 하는데, 곰곰이 돌이켜 보니 제가 풀무에서 배운 것, 영향을 받은 것이 정말 많다는 것을 느꼈습니다.

아직도 계속 배우는 과정이니, 지금은 알지 못하는 것들도 많습니다. 아무쪼록 이렇게 기쁜 마음으로 풀무를 기억하고 감사하게 생각하며 살고 있으니 참 좋습니다. 많은 친구들이 "풀무는 우리 모두의

황바람 고등부 37회. 「풀무」 179호(2006년)에 실렸던 글.

고향이다"라고 말합니다. 저 역시 오랜만에 찾은 고향에서 느껴지는 설렘과 포근함으로 풀무를 떠올려 봅니다.

자연은 정말 아름답다

풀무학교는 시골에 있습니다. 그래서 물, 공기, 산, 땅이 참 깨끗합니다. 솔직하게 말하자면, 제가 풀무학교를 다녀야겠다고 결심한 이유도 이 때문이었습니다.

처음 학교를 찾아갔던 날을 잊을 수 없습니다. 화창한 가을날, 더욱 싱그럽게 느껴지는 꽃과 나무가 심겨 있고, 작고 허름한 학교 건물이 소박하게 어우러져 있었어요. 너무 조용하고 평화로워서 '심심하지는 않을까' 걱정될 정도로 아늑하고 편안했답니다. 그중에 가장 매력적이었던 건 온몸에 흙을 묻히고 경운기를 타는 학생들 모습이었는데, 마냥 멋지고 아름답게 느껴졌습니다.

물론 입학해서 온몸으로 농사일을 배우며 그 실체(?)를 알게 되었지만, 덕분에 실컷 자연을 접하고 맛볼 수 있었습니다. 부끄러운 이야기지만, 풀무를 다니면서 '앞으로 농사꾼이 되겠다는 소리를 함부로 하지 말아야겠다'고 다짐했습니다. 농촌에서 농사짓고 산다는 것이 얼마나 어려운 일인지 깨달은 것입니다. 요즘 웰빙이니, 친환경이니 하면서 '자연'이 하나의 유행처럼 번지고 있는데, 대부분 환경 오염이나 스트레스와 같이 도시에서 받는 각종 악영향을 단번에 해결해 줄 수 있는, 무슨 만능 대안처럼 다루어지고 있습니다. 그러나 자연과 공생하는 삶이란 큰 노력을 필요로 합니다. 특히 현대 도시 사람들에게는 더욱 그렇습니다.

아름다운 자연에 둘러싸인 풀무에서 농업을 배우고 검소하게 공동체 생활을 했던 경험은 지금도 매우 소중합니다. 감수성이 예민한 시절에 접한 자연의 아름다움은 구체적인 추억으로 가슴 속에 자리매김하고 있고, 이를 발판 삼아 대학에서 환경 관련 공부를 하게 되었습니다.

제가 관심을 갖고 있는 분야는 '농촌'입니다. 사실 인간이 자연과 더불어 살아간다는 것에 대해 근본적으로 따져 본다면, 결국은 스스로 먹을 것을 키우며 살아가는 삶, 즉 농촌이란 삶터가 기본이 된다고 생각합니다. 어떻게 하면 보다 살기 편리하고, 친환경적이면서, 오랫동안 유지될 수 있는 건강한 농촌을 만들 수 있을지 고민하고 있습니다. 왜냐하면 풀무에서 깨달은 것처럼, 자연은 정말로 아름답기 때문입니다.

좀 더 자유로운 사람이 되거라

풀무 시절에 선생님들과 자주 대립했던 기억이 납니다. 사춘기에 머리 염색도 하고 싶었고, 술 마시며 한껏 호기심을 충족해 보고 싶었습니다. 그때는 왜 그리도 하면 안 되는 것이 많았는지, '풀무학교도 별 수 없구나' 하고 생각했습니다. 그러나 지금 돌이켜 보건대, 풀무에서 받은 큰 배움 중 하나는 바로 '자유로움'이었던 것 같습니다. 창업을 하고 대학 진학한 후 많이 느꼈는데, 풀무학교는 스스로 가치 있다고 여기는 것을 지키기 위해 매우 열심히 노력하고 있다는 것을 알게 되었습니다.

여러 어려움이 있을 때마다 솔직함으로 신념을 지켜 왔습니다. 솔직했기 때문에 풀무의 가치는 힘이 있었고, 그 안에서 자유로울 수 있었습니다. 너무 어렵게 말한 것 같은데, 제 경우에는 풀무의 믿음과 실천력에서 자유로움을 느꼈습니다.

신께 감사한 마음으로 진실하게 사는 것이 중요하다 배웠기에 종교의 다름이나 형식으로부터 생기는 편견을 버릴 수 있었습니다. 청소년 시기를 대입 시험 준비만으로 보내는 것은 문제가 있다고 풀무에서 배웠기 때문에 떳떳하게(?) 다른 것을 할 수 있었습니다. 반대로 대학에서는 공부를 해야겠다 생각하고, 기쁜 마음으로 매진할 수 있었습니다.

풀무에서는 정말 그랬던 것 같습니다. 수능 시험이 코앞이어도 풀무제 준비 때문에 동아리 방에서 밤을 지새우는 일이 그렇게 부담스럽지 않았습니다. 내가 가치 있게 생각하는 것이라면 할 수 있다는 자신감을 배웠습니다. 이 자신감은 창업 후 대학 생활을 하는데 큰 받침이 되었습니다.

저는 군대에 가지 않았습니다. 대부분 사람들이 입대하는 시기와 비교하면 많이 늦었습니다. 그래서 주변에서 걱정을 많이 하지만, 정작 저 자신은 별로 신경 쓰지 않았습니다. 많은 사람이 죽고 다치는 것이 전쟁이고, 그래서 저는 전쟁 연습을 하는 군대에 가고 싶지 않았습니다. 제가 하고 싶은 대로 살고 있으니 당연히 좋을 뿐 아니라, 오히려 젊은 시절에 여러 외국을 여행하고 다양한 경험을 쌓은 것이 자랑스럽습니다. 사실 금전적으로 넉넉하지 못했고 학과 공부를 쉬어야 하는 등 어려움도 많았지만, 풀무에서 배운 것처럼 가치 있다고 생각하는 것을 실천하고자 했습니다. 남들 다 가는 군대도 안 가고, 겉모습도 머리를 길게 길러 꽁지로 묶고 있으니, 어디를 가나 특이한 녀석 대접을 받습니다. 하지만 특이하기로 치자면, 풀무도 빠지지 않지요? 다른 사람의 눈을 의식하지 않고, 풀무에서 배운 신념을 지켜가며 젊은 청년으로서 보다 자유로운 사람이 되겠습니다.

퍼머컬처와 배낭여행

지금까지는 조금 추상적인 이야기를 했는데, 이제는 창업 이후 제가 관심을 갖고 해 온 일을 구체적으로 소개해 보겠습니다. 바로 퍼머컬처와 배낭여행입니다. 대학 시절 가장 재미있고 보람찼던 기억으로 남아 있습니다.

퍼머컬처(Permaculture)는 '지속 가능한 농업' 혹은 '지속 가능한 문화'라는 말의 약자로, 앞서 말했던 자연과 공생하는 삶을 위한 설계

이론입니다. 다시 말해 내 집과 농장, 마을, 도시 등을 설계할 때, 어떻게 해야 보다 지속 가능할지 고민해 보는 것입니다.

제가 처음 퍼머컬처를 접했을 때는 풀무학교 3학년 때입니다. 여름방학 때 2주 동안 '퍼머컬처 디자인 코스'라는 이름으로 교육 프로그램이 있었는데, 이 시기는 수능 시험 보기 전 마지막 방학이라 고민을 많이 했습니다. 솔직히 '2주 동안 수능 공부한다고 얼마나 점수가 오를까' 하는 막연한 생각에 퍼머컬처 교육을 들으러 갔습니다. 그런데 이때 내린 선택이 제 인생을 바꿨다고 할 만큼 중요한 시점이 되었습니다.

퍼머컬처는 지속 가능한 구조를 만들기 위해 자연과 환경의 생태적 지속성뿐만 아니라, 인간의 경제·문화적 지속성이 같은 비중으로 고려된다는 점이 인상 깊습니다. 또한 앞서 말했던 것처럼, 기본적으로 생태적이고 지속 가능하려면 인간과 자연이 접하는 가장 기본적인 과정인 농업이 바탕이 되어야 한다는 논리가 특히 의미 있게 다가왔습니다.

퍼머컬처에 대한 저의 관심은 커져 갔고, 그해 풀무학교 창업 논문을 퍼머컬처로 쓰게 되었습니다. 대학에 진학해서도 꾸준히 공부를 해서, 퍼머컬처 이론을 처음으로 정리한 빌 몰리슨 선생님을 호주에서 직접 찾아 뵙고, 세계적으로 유명한 퍼머컬처 공동체에 방문하기도 했습니다.

한동안 퍼머컬처를 공부하다 보니, 요즘 새로운 관심이 생겨났습니다. 저와 함께 퍼머컬처를 공부했던 많은 분이 지적했던 내용이기도 한데요, 지속 가능한 농업과 생태적 삶의 패턴을 설계한다는 것이 사실 따지고 보면 특별한 것이 아닙니다. 호주에서 처음으로 개념과 방법을 세련되게 정리했을 뿐이지, 이미 우리 선조들의 지혜 속에 고스란히 남아 있는 것입니다.

특히 우리나라 환경에 적합하게 퍼머컬처를 적용하는 방법을 고려해 본다면, 전통 방식의 탐구가 더욱 중요한 일이라 생각됩니다. 풀무학교에도 환경농업전공부가 생겼으니, 이런 분야에 보다 많은 연구가 있으리라 기대합니다. 우리 전통 농업과 생태를 공부하는 일은 중요할 뿐만 아니라, 아주 재밌습니다. 풀무 시절, 스치며 경험했던 것들도 많은 도움이 되고요. 앞으로도 꾸준히 공부해 보겠습니다.

이제 배낭여행 이야기를 해 보겠습니다. 지난 4년 반 동안 동남아시아, 호주, 유럽, 인도, 남미, 아프리카를 여행했습니다. 이렇게 돌이켜 보니 참 신기합니다. 대부분 짧은 일정 속에 맛보기였을 뿐이지만, 그래도 어떻게 이리 무식하게(?) 다닐 수 있었는지 말입니다. 역시 앞에서 말씀드린 것처럼, 풀무에서 배운 '자유로움' 덕택이 아닐까 합니다. 풀무에서 배운 자신감이 없었더라면 힘들었을 것 같아요.

가장 최근엔 브라질과 남아프리카공화국을 다녀왔습니다. 브라질에 있는 유명한 생태도시 '꾸리찌바' 탐방을 중심으로 계획을 짜서 대학으로부터 일부 지원을 받았습니다. 한정된 예산과 시간 속에 많은 것을 경험하려는 욕심을 부린 탓인지, 전체적으로 매우 바쁘고 힘

든 일정이었지만 꾸리찌바를 비롯해 브라질과 아프리카의 대자연을
온몸으로 체험했다는 것이 가슴 뛰는 추억으로 남아 있습니다.

꾸리찌바의 경우, 유럽이나 북미권과 같은 선진국이 아닌 나라에
서 생태도시가 형성되었다는 것이 독특합니다. 뚜렷한 목표를 갖고
힘차게 진행하려는 의지만 있다면 충분히 실현 가능하다는 점을 전
세계에 보여 준 것입니다. 전문적인 내용을 공부하기엔 능력도 부족
했고 여러 면에서 한계가 있었지만, 책과 텔레비전으로만 접했던 내
용을 직접 두 눈으로 확인하니 훨씬 현실감 있게 다가왔습니다. 자칫
무모해 보이는 계획이라 할지라도 이렇게 창조적인 아이디어와 노력
으로 어려움을 극복할 수 있다는 사실도 아주 신선했습니다. 뭐랄까,
지금 제가 공부하고 있는 일도 노력하면 충분히 실현할 수 있다는 가
능성을 증명받은 느낌이라고 할까요? 이 점이 가장 좋았습니다.

그리고 함께 아마존과 더불어 남미의 대표 야생지인 판타날과 이
과수 폭포를 찾아가 자연의 거대함을 온전히 느낄 수 있었습니다. 잘
알지 못했던 남아프리카공화국의 독립 역사까지 접하게 된 것도 매
우 인상 깊었습니다. 이번 배낭여행은 쉽지 않은 여정이었지만, 그만
큼 정말 유익한 시간이었습니다.

풀무라는 뿌리에서 자라나는 나무

저는 대학에서 산림환경자원학과에 다니고 있습니다. 나무, 숲, 야

생 동식물, 환경 영향 등을 공부하는데요, 그중 가장 많이 다루는 것은 역시 수목입니다. 나무를 자세히 살펴보면 참 신기합니다. 도저히 식물이 살 수 없어 보이는 척박한 곳에서도 어떻게든 뿌리를 내리고 자라납니다. 한두 해 관찰하면 죽었는지 살았는지 구분이 안 갈 정도로 변화가 없지만, 사실은 세상에서 가장 오래 사는 생물체 중 하나로 수백, 수천 년을 살아갑니다. 나무가 한평생 어떻게 살아가는지만 살펴봐도 흥미진진합니다.

제게 풀무는 듬직한 '뿌리'와 같습니다. 나무의 키가 크고, 줄기가 두꺼워지고, 잎과 열매를 맺을 수 있는 것은 뿌리가 있어 가능하다고 생각합니다. 이론적으로 봤을 때, 나무의 지상부 크기만큼 땅속으로 뿌리가 뻗어 내려간다고 합니다. 창업을 하고 제가 경험하고 배운 것만큼, 풀무라는 뿌리도 함께 깊어졌다고 생각합니다. 종종 풀무를 찾아 선생님들과 학생들을 만나곤 하는데, 그럴 때마다 전에는 미처 몰랐던 새로움을 배웁니다. 때로는 깜짝 놀랄 정도로 풀무의 가르침이 제 정곡을 찌르기도 합니다. '아는 만큼 보인다'는 말처럼, 제가 변화하고 성장하는 만큼 풀무도 커져만 갑니다. 더디더라도 꾸준히 자라나는 나무처럼 살아가겠습니다.

앞으로 해야 할 것이 참 많지만, 우리에겐 풀무라는 뿌리가 있으니 마음이 듬직합니다. 언젠가 멋진 열매를 맺는 큰 나무로 자라나길 기대해 봅니다.

풀무학교, 다시 한번 감사합니다.

평화열차 타고 유라시아 횡단 여행

윤승민

이적과 유재석이 함께 부른 '말하는 대로'라는 노래가 있습니다. 이 노래를 듣자마자 가사에 공감했던 기억이 있는데, 저도 비슷한 생각을 한 적이 있기 때문입니다. 풀무 때 재미 삼아 공책에 수십 번씩 되풀이해 쓰곤 했던 바람들이 신기하게도 많이 이루어졌어요. 성공회대, 피스보트 세계 일주, 유럽 여행, 유라시아 횡단 열차까지요.

뭔가를 하고 싶어서 계속 상상하고 바라고 생각하다 보면, 아주 좋은 기회가 언젠가 한 번쯤은 찾아오게 되는 것 같습니다. 저는 운 좋게 그 기회를 잡아서 부모님께 손도 벌리고 알바도 하고 빚도 져 가며 여행을 다녔습니다. 무모하고 철없긴 했지만, 만약 놓쳤다면 계속 후회했을 것 같습니다. 여기에는 그중에서도 가장 최근에 다녀온 유럽 여행과 평화열차에 관한 내용을 쓰려고 합니다.

윤승민 고등부 45회. 「풀무」 208호(2013년)에 실렸던 글을 수정해 실었다.

이번 여행을 가게 된 계기는 평화열차였어요. 평화열차 프로그램은 지난 11월에 부산에서 열린 10차 WCC(세계교회협의회) 총회의 사전 행사인데, 베를린에서 출발해 기차로 러시아와 중국을 거쳐 부산으로 들어오는 여정이었습니다. WCC에서 다루는 많은 사회적 의제 중 한반도의 평화통일에 대한 교회의 메시지를 전달하는 차원에서 기획된 프로그램입니다.

평화열차 배너를 본 순간 유난히 소름이 돋았던 건, 그로부터 바로 2주쯤 전에 갑자기 유라시아 횡단 열차를 타고 싶어서 인터넷으로 조사도 해보고 동생에게도 얘기한 적이 있기 때문이었습니다. 그전에도 바라는 대로 많이 이뤄졌지만, 이번에는 유난히 속도(?)가 빨라서 꽤 놀랐죠. 게다가 평범한 유라시아 횡단 열차 여행이 아니고, 들르는 곳마다 평화를 위한 행사를 열고 국제 관계와 통일 관련 컨퍼런스도 하는 프로그램인 만큼 평소 그쪽에 관심이 있었던 저에게 더할 나위 없이 좋은 기회였습니다. 주최 측인 NCCK에서 학생은 비용을 일부만 부담할 수 있게 배려해 주셔서, 결국 윤정민과 천가슬 46회 두 동생을 데리고 시끌벅적한 여행을 하게 되었습니다.

더욱 좋았던 건, 베를린에서 평화열차 팀에 합류하기 전에 우리끼리 2주 정도 여행을 할 수 있다는 것이었습니다. 지난 2월 유럽 여행을 기획했던 경험을 살려 이리저리 일정과 교통편, 숙박 등을 조정하니 아부다비를 경유해 브뤼셀-파리-떼제-파리-프라하-베를린(평화열차 합류)-모스크바-이르쿠츠크-베이징-단둥-서울-부산이라는 엄청난 일정이 만들어졌어요. 비행기로 유럽에 넘어가 버스로 국경을 건너고, 기차로 유라시아를 횡단해 배를 타고 한국에 돌아오는 대장정이었습니다.

지면의 한계가 있어 출발과 여행 초반은 생략하고, 떼제공동체 이야기부터 쓰려고 합니다. 풀무 시절부터 관심이 있었는데, 프랑스에 1년이나 있었는데도 가보지 못해서 후회하고 있던 차에 마침 갈 기회가 생긴 것이었습니다. 떼제는 수사님들이 계신 기독교 초 교파 공동체인데, 유럽에서 젊은이들이 가장 많이 몰려드는 곳이기도 합니다. 여름이면 한 주간에 7,000여 명까지 모인다고 하는데, 우리가 간 때는 학기 중이라 사람들이 많지 않았어요. 떼제의 하루 일과에는 성경 모임이나 워킹 그룹도 있지만 사실 그건 많이 빼먹었고, 제일 중요한 건 기도였던 것 같습니다. 아침, 점심, 저녁 하루 세 번씩 화해의교회에 모여 수사님들의 리드에 맞춰 떼제의 노래를 반복해 부르는 의식입니다. 라틴어와 영어, 때로는 프랑스어와 독일어로 노래를 부르면서 계속 반복하다 보면 어렴풋이 가사의 뜻을 생각하게 되곤 했습니다.

무엇보다 멜로디가 좋았습니다. 떼제의 노래는 예전에도 몇 곡 알고 있었지만, 정말 떼제에서 부르게 되니 전과는 다르게 느껴졌습니다. 몇 곡의 노래를 오랫동안 반복해 부르다가 여러 나라의 언어로 성경 구절을 읽고, 또 몇 분인가를 아무 소리도 내지 않고 침묵하다 다시 노래를 부릅니다. 아무것도 가르치려 하지 않고, 아무것도 강요하지 않는 이 단순한 반복이 좋았어요. 몇 년 동안 교회와 기독교에 대해 조금은 부정적으로 생각하고 있었던 저에게 떼제에서의 경험은 무거우면서도 새로웠습니다. 조용하고 차분한 분위기에서 그 많은 사람이 무릎을 꿇은 채 떼제의 노래를 부르고, 머리를 땅에 대고 기도하는 모습이 뭔가 엄숙해 보이기도 했습니다.

때마다 기도에 참석하기를 일주일, 노래를 반복하고 엉켰던 생각을 침묵 시간에 정리하면서 신의 존재를 믿는 사람이든 그렇지 않은 사람이든 떼제에서 얻어갈 것이 많겠다고 생각했습니다. 비록 떼제를 떠나면서 일정이 틀어져 기차역 근처 건물 화단에서 거지꼴로 노숙하긴 했지만, 그것까지 포함해 평생 잊을 수 없는 경험을 한 것 같아요. 요즘도 가끔 떼제에 다시 가고 싶다고 생각하곤 합니다.

떼제를 떠난 우리는 3박 4일간 프라하에서 푹 쉬면서 먹고 놀다가, 베를린으로 가서 이틀을 더 놀고 평화열차 팀에 합류했습니다. 120여 명 중에 젊은 사람이 20여 명뿐이어서 마치 '꽃보다 할배' 확장판을 보는 것 같았는데, 대부분 목사님과 사모님, 신부님, 교수님 등등이셨던 어른들은 내심 걱정했던 것과 달리 여행 내내 우리보다 더 팔팔하신 것 같았습니다. 11명의 한국인 젊은이 그룹은 여행팀의 공동 짐을 함께 나르면서 얼굴을 익히고, 기차를 탄 200여 시간 동안 서로 외모와 인격의 밑바닥을 보여 주면서 매우 빠르게 친해졌습니다.

우리는 베를린에서 모두 모여 동독과 서독의 통일 이야기를 들으며 베를린 장벽을 보고 브란덴부르크 광장에서 촛불 예배를 드린 뒤,

모스크바에 도착해 러시아의 이질적인 분위기를 실감했습니다. 모스크바에서 이르쿠츠크까지는 4박 5일 동안 기차에서 몇 번 내리지도 못하고 4,800킬로미터를 달렸어요. 우리 민족의 시원이라는 바이칼 호수에도 갔는데, 도무지 호수 같지 않게 규모가 어마어마했습니다. 그 너머로 보이는 만년설이 그저 신기하기만 했죠.

이번 여행에서 가장 기억에 남은 순간은 애초 목표로 설정했던 평양 통과가 눈앞에서 좌절됐을 때였습니다. 출발 전과 여행 초반까지도 남과 북이 서로 공을 받았다 넘겼다 줄다리기하면서 평양 통과를 승인할 듯 안 할 듯 아슬아슬한 상황이었습니다. 결국 최종 시한까지 북에서 대답하지 않으면서 줄다리기가 끝났는데, 가능성이 낮다는 걸 알면서도 속상한 건 어쩔 수 없었습니다. 이후 우리 여행팀에도 많은 후폭풍이 있었고, 결국 씁쓸하게 단둥을 거쳐 배를 타고 입국해야 했죠. 베이징에서 단둥으로 이동할 때 탔던 기차가 평양행이었는데, 우리는 그 기차를 끝까지 타고 갈 수 없었습니다.

이 과정을 겪으면서 느낀 건, 최근 젊은 세대가 통일의 필요성과 정당성에 관심이 없다는 얘기가 어느 정도는 사실이라는 것이었습니다. 평화열차에 참여하신 어른들이 정말 간절하게 통일을 생각하는 모습과 젊은 세대의 또 다른 모습을 보면서 표현하기 어려운, 무언가의 변화가 이뤄지고 있다는 걸 실감하게 되었습니다.

이런저런 일들이 많았지만, 평화열차 참가자들은 모두 무사히 부산에 도착했습니다. 100명이 넘는, 그것도 평균 연령이 높은 집단이 여행 인솔 경험이 많지 않은 스태프들과 함께 유라시아를 기차로 무사히 횡단했다는 건 정말 대단한 일이었어요. 크고 작은 시행착오도 많았지만, 다들 책임감을 가지고 서로 돕는 분위기라 다 잘 된 것 같습니다.

9월 중후반부터 11월 초까지, 40일가량 여행을 하면서 정말 다시는 이런 기회가 없을 거라는 생각을 했습니다. 브뤼셀에 첫발을 디딘 순간부터 새벽 버스를 타고 파리로 넘어가 떼제에서 일주일을 보냈을 때, 다시 파리를 찍고 프라하로 넘어가 느긋한 관광객이 됐을 때, 기차를 타고 베를린에 도착해서 바쁜 일정으로 이곳저곳을 다녔을 때, 평화열차 팀에 합류해 200여 시간 동안 약 9,000킬로미터를 기차로 횡단했을 때, 평양까지 가는 기차를 탔지만 단둥에서 중간에 내려야 했을 때, 배를 타고 한국으로 돌아와 부산역에 내릴 때까지 늘 그랬습니다. 이번 여행은 그야말로 다시없을 기회였던 것 같아요. 지난여름에 이 여행과 복학 사이에서 망설이던 내가 바보 같을 정도였습니다.

쓰다 보니 너무 많은 내용을 생략한 것 같아 아쉽네요. 이 여행을 글로 쓰고 싶었지만 당겨쓴 여행 비용을 갚느라 엄두도 못 내던 차에, 짧게라도 정리할 기회가 있어 다행이라고 생각합니다. 다들 저에게 이제 여행 좀 그만 가라고 하는데, 사실 가고 싶은 곳이 엄청 많이 남았거든요. 그래도 2년이나 휴학하고 여행을 다녔으니 일단은 충분한 것 같습니다. 학교에 가서 공부하고 싶을 정도예요. 공부하고 싶게 만들다니 정말 좋은 여행을 했다는 생각이 듭니다. 이제 역마살 소리 듣지 말고, 현실(?)에서 해야 할 일들을 찬찬히 고민해 봐야겠습니다.

평화로 가기 위한 첫걸음

이주희

　밝았습니다. 저는 지난 6월 6일부터 9일까지 히로시마에서 열리는 원폭 국제 민중 법정 토론회에 참가했습니다. 한국 원폭 피해자 관점에서 미국 핵무기 투하의 역사적 의미와 현재 시점에서 핵무기 사용 및 확장 억제의 불법성을 공부하고, 한반도 비핵화와 핵 없는 세상의 길을 찾아보자는 취지로 열린 토론회였습니다.

　히로시마에 도착하여 개인 시간을 보내고, 다음날 히로시마 곳곳에 있는 원폭 피해 참상을 둘러봤습니다.

　첫 번째로 간 곳은 아이오이교입니다. 상생교라고도 불리는데요, 이곳은 미국이 원자폭탄 투하 때 목표로 삼았던 곳입니다. 1945년 8월 6일 새벽, 미국 육군 항공대 소속 에놀라 게이가 히로시마 오타강과 모토야스강이 만나는 지점에 있는 아이오이교에 인류 최초의 핵

이주희 고등부 56회. 「풀무」249호(2024년)에 실렸던 글.

무기인 '리틀보이'를 떨어뜨립니다. 투하된 폭탄은 히로시마 상공 580미터에서 폭발했습니다. 은백색 섬광이 번쩍 빛나고 폭풍이 몰아쳤으며 고열로 화재가 발생했고, 버섯구름이 태양을 가려 깜깜한 어둠이 한동안 히로시마 일대를 뒤덮었습니다. 폭발 지점을 중심으로 반경 1.6킬로미터 이내 모든 것이 완전히 파괴되었습니다.

아이오이교는 특이한 T자 형 다리이고, 공중에서 그 모양을 쉽게 알아볼 수 있었으며, 도시 중심부와 가까워 표적이 되었습니다. 폭탄이 떨어지자 뜨거운 열기를 견딜 수 없어 수많은 사람이 오타강으로 뛰어들어 시신들로 강이 메워졌다고 합니다. 물을 마시지 못해 오염된 빗물을 받아먹는 사람도 있었습니다.

그 당시 트루먼 정부는 왜 아이오이교를 표적으로 생각했을까요? ① 원폭 투하를 통해 일본인들의 전쟁 의지를 약화할 수 있는 목표물을 고를 것 ② 중요한 사령부나 군대 집결지 또는 군사 장비와 보급품 생산 중심지 같은 군사적인 성격을 가질 것 ③ 원폭 효과를 정확히 측정할 수 있도록 이전의 공습으로 크게 파괴되지 않은 상태, 원폭의 위력을 확실히 판단하기에 충분히 큰 규모일 것. 이 3가지 이유로 아이오이교가 표적으로 정해졌습니다.

하지만 폭탄은 아이오이교에서 244미터 떨어진 시마병원에 떨어졌습니다. 헤이그 육전 협약에는 "포격 시 병원이나 학교, 유물 등은 피해를 면하게 하기 위하여 필요한 모든 조치가 취하여져야 한다."라고 규정합니다. 따라서 시마병원이 폭심지가 된 것은 미국의 원자 투하가 반인륜적인 행위였다고 보입니다.

아이오이교 모토야스 강변 쪽으로는 '원폭 돔'이 앙상한 지붕을 드러내고 있습니다. 대부분 사람은 이 상징물을 원폭이 떨어진 지점, 즉 그라운드 제로로 알고 있고 일본도 그렇게 홍보하고 있지만, 평화의 상징물로 보이는 것이 필요했던 미국과 일본 친미 내각에 의해 그라운드 제로는 원폭 돔이 되었습니다.

당시 원폭으로 인한 피해자는 약 45만 명입니다. 이 중 4분의 1은 강제 동원된 한국 노동자들이었습니다. 히로시마에는 약 7만 명, 나가사키에 약 3만 명의 조선인이 강제 동원, 취업, 학업 등으로 살고 있었습니다. 1940년대 히로시마에선 "한국인을 만나면 고향을 묻지 마라. 어차피 합천 사람이니까."라고 할 만큼 일본에 있는 한국인 대부분이 합천 사람이었습니다. 합천은 '한국의 히로시마'라고도 불립니다.

원폭 투하 이후 한국인 원폭 피해자 10만 명은 역사 속에서 지워졌습니다. 조선인들은 일본에서 사라졌고, 미국에서는 무시당했으며, 한국에서도 외면당했습니다. 미국이 원폭의 원죄를 숨기기 위해 일본의 전쟁 범죄를 묵인하며 전범 국가에서 피해국으로 둔갑시킨 사이 조선인들의 피해는 무시되었습니다. 그렇다고 해방된 조국에서 원폭 피해자들을 반겨주지도 않았고, 동포로부터 무시와 조롱을 받았습니다. 한국 원폭 피해자는 핵무기의 참상을 존재로서 증명하는 분들이자 고난에 찬 역사의 산증인입니다. 대부분의 피해자가 피폭

후유증으로 육체적, 정신적 고통을 겪었지만, 당시에는 원인을 몰랐기에 치료도 처방도 받을 수 없었습니다. 하지만 피폭 피해자를 괴롭히는 더 큰 문제는 그 피해가 대물림된다는 점입니다. 자식을 낳으면 원폭으로 인한 유전병으로 끝없는 전쟁을 하고 있습니다. 원폭 피해자들은 출산과 자녀 건강 등 유전적인 질환이 대물림될까 불안해하고 걱정합니다.

평화공원 구석 한편에는 한국인 원폭 희생자 위령비가 있습니다. 1970년 한국에서 만들어 히로시마로 가져갔지만, 한동안 평화공원 내에도 들어가지 못했다가 1999년이 되어서야 히로시마 시장의 지시로 지금 구석진 자리에 놓이게 됐습니다. 그것도 몇 년 전까지는 위령비 앞에 펜스가 설치되어 있었습니다.

참상을 다 둘러보고 평화기념관으로 갔습니다. 평일임에도 일본 각지에서 수학여행을 온 학생들로 넘쳐 났습니다. 2차 세계대전의 전범 국가인 일본에 대해 원폭 피해국이라는 것이 강조되는 현장은 평화기념자료관에서 볼 수 있었습니다.

평화기념관은 원자폭탄으로 희생된 당시의 현장 사진과 기록물로 인해 그날의 참상을 눈앞에서 생생하게 볼 수 있습니다. 원폭으로 아이를 잃은 부모님이 아이의 자전거를, 오빠의 교복을, 할머니의 시계를 기증했는데, 제 눈으로 직접 보니 그때의 아픔과 슬픔이 고스란히 전해졌습니다. 하지만 이 자료관에는 일본인과 같이 피해를 겪은 조선인들의 모습은 보이지 않았습니다.

원자폭탄을 투하한 행위는 결코 군사적으로 필요해서 이루어진 것이 아닙니다. 이미 많은 정치학자와 역사학자들이 밝힌 것처럼, 원자폭탄 투하는 2차 세계대전 이후 세계 질서를 주도하려는 미국의 정치적 계산에 따른 것이었습니다. 자신들의 정치적 목적 달성을 위해 수십만 명의 무고한 생명을 살상한 것입니다. 이 점을 간과하면 원자폭탄 투하의 피해가 정당화되며 원폭 피해 행위도 정당화될 수 있습니다. 어떠한 명분으로도, 어떠한 상황에서도 핵무기 사용은 정당화될 수 없습니다.

6월 8일에는 9시부터 토론회를 했습니다. 8시간에 걸친 토론회에서는 많이 지쳤지만, 다양한 나라에서 온 학자들과 활동가들의 열띤 토론을 들으며 이곳을 찾은 사람들이 국가도 인종도 다르지만 평화를 염원하는 마음만큼은 같다는 것, 그 마음이 하나로 모여지는 것이 따뜻하게 느껴졌습니다.

평화는 정의가 실현되는 곳입니다. 전쟁이라는 말 앞에 어떠한 단어를 붙인다고 한들, 정의로운 전쟁, 의로운 전쟁은 없다고 생각합니다. 전쟁을 통해서는 평화가 실현될 수 없습니다.

히로시마에 다녀오며 평화로워 보이는 도시와 과거의 원폭 참상을 보며 만감이 교차했습니다. 이분들을 위해 제가 할 수 있는 일은 같이 싸우고, 기억하고, 기도하는 것이라고 생각합니다. 원폭 피해자들의 고통을 함께 나누고 덜어주는 것은 역사의 진실을 세우는 일이며, 우리 모두가 핵무기 없는 평화로 가기 위한 첫걸음입니다. 동북아시아와 한반도가 핵전쟁 위기 속에 있다는 현실은 아무도 부정할 수 없을 것입니다. 한반도와 동북아에서 핵무기를 막고 평화가 실현되어야 합니다. 고맙습니다.

덴마크에서 보낸 편지

이슬빛

첫 번째 편지

'밝고, 맑고, 고요합니다.' 풀무학교의 인삿말입니다. 스치는 시간마다 지녀야 할 태도를 담고자 했다 들었습니다. 부러 이 말을 꺼낸 이유는 평생 지니고 살아온 시간과 다른 곳에 도착했기 때문입니다. 이렇게나마 전혀 다른 땅 위에서 뒤흔들린 시간 감각과 속절없이 흔들리는 삶의 균형을 잡아보고자 합니다. 이 말이 닿는 그곳에도 평온한 하루가 있기를 바랍니다.

사람 길은 종잡을 수 없다지요. 우연에 우연이 겹쳐 예정에 없던 코펜하겐행 비행기를 탄 지도 벌써 일주일이 지났습니다. 익숙지 않은 언어를 쓰는 곳에 떨어지는 것은 쉬운 일이 아님에도 장학생으로 선

이슬빛 고등부 59회. 스마일게이트 희망스튜디오 지원으로 자유스콜레가 주최한 덴마크 인생학교 한달살기 장학 사업 참여 후 쓴 글을 수정해 실었다.

정되었다는 전화를 받고 얼마 지나지 않아 비행기표를 끊었습니다.

고등학교를 졸업한 뒤 제자리걸음만 반복하고 있다는 감각에 사로잡혀 있었습니다. 내가 무엇을 하고 싶은지도, 어디로 가고 있는지도 모른 채 걸음을 흉내 내고만 있다고 생각했어요. 그래서 이곳에 오기를 택했습니다. 거센 물살에 몸을 맡기면 어디로든 갈 수 있을 것 같아서. 그 끝에 무엇이 있을지는 알 수 없지만, 제자리에 멈추어 있느니 어딜지 모를 곳이라도 가고 싶었습니다.

처음으로 혼자 비행기를 타고 해외에 나왔습니다. 오랜 시간 하늘에 떠 있는 비행기 속에서 제가 한 선택을 내내 곱씹었습니다. 나는 왜 이걸 선택했을지, 한 달 동안 나는 무엇을 해야 할지. 선뜻 답은 나오지 않았지만 모든 순간과 시간을 꼭꼭 씹어 삼켜야겠다는 마음을 다졌습니다.

낯선 도시에 도착하고 다음 3일간은 코펜하겐 시내를 돌아다닐 수 있었습니다. 자동차보다 자전거가 많은 도시. 때로는 걸음이 차보다 빠르기도 한 도시. 느려질수록 빨라지고, 여유로울수록 많은 것을 볼 수 있는 도시. 어디를 보아도 한국과는 다른 느낌이었습니다. 평일 오전에도 여유를 즐기는 사람들, 아이들과 동물들이 눈치 살피지 않고 공존하는 모습, 바퀴 달린 것이 이동하기 편하도록 설계된 도시를 보며 많은 생각을 했습니다. 왜 한국은 이렇지 못했을지, 이제라도 이렇게 변해갈 수 있을지, 이런 나라에 산다는 것은 어떤 느낌일지 상상했어요. 정작 나는 여전히 조금이라도 더 도시를 구경하려 바삐

발을 옮기고, 이런 행동은 괜찮은 것인지 눈치를 보고, 낯선 언어에 내내 움츠러들어 있었는데도 마음 한 켠이 평화로웠습니다. 본다는 것은 무엇이기에 내가 그곳에 속하지 못하면서도 평온을 찾게 할까요? 어쩌면 내가 평생 가지지 못할 것이어도, 내 것이 아니어도 그게 내게 무언가가 될 수 있는 것일까요? 골목 속 작은 가게들과 뛰어노는 어린이들을 보며 이 순간이 제 속에 쌓이고 있음을 느낍니다.

풀무학교는 덴마크 교육에서 영감을 받아 모양새를 다듬어 왔습니다. 전인 교육을 앞세우고, 공동체를 강조하며 몸과 마음의 조화, 사람과 사람의 만남을 중시하지요. 그렇기에 폴케호이스콜레의 교육 철학과 교육 방식은 모든 게 낯선 이곳에서 제게 가장 익숙한 것이었습니다. 풀무학교의 모습과 꼭 닮아 있었기 때문입니다. 사람을 중심에 두고 이루어지는 수업과, 긴장된 몸을 풀어 마음까지 열도록 하는 진행, 계속해서 얼굴을 맞댈 수밖에 없는 학교의 구조가 교육이란 무엇인가에 대해 알려주는 듯했습니다. 비록 어설픈 영어와 숫기 없는 성격 탓에 어려움도 있었지만, 이곳에서 한 달을 보낼 수 있다는 것을 기대하게 만드는 첫 주였습니다.

지난 수요일에는 학교 근처 마을을 방문하는 프로그램이 있었는데, 한 장소에 도착하면 다음 장소의 힌트를 볼 수 있고, 그 안내를 따라가다 보면 마을의 주요 장소들을 모두 둘러볼 수 있게끔 구성되어 있는 점이 정말 인상 깊었습니다. 장소마다 학생들이 이용할 만한 먹거리들을 조금씩 맛볼 수 있도록 준비되어 있었던 것이 참 다정한 소개라고 느꼈어요. 마을과 공동체를 애정할 수 있도록 이끄는 모습이 좋았습니다. 마을을 한 바퀴 돌며 문득 이 학교에서 보내는 한 달을 평생 추억하겠다는 생각이 들었습니다. 또 한 번 영영 마음이 묶일 곳을 만났다는 걸 느꼈어요. 한 달만 와 있으려다가 한 학기로 연장하고 만다는 사람들의 이야기를 오롯이 이해할 수 있었습니다. 한 학기를 이곳에서 보낸다면 나라는 사람 깊은 곳의 무언가가 바뀔지도 모르겠다는 감각이 찾아왔습니다.

새로운 장소에서의 시간은 아주 긴 동시에 정말 짧습니다. 하루하루 많은 것이 쌓여갔지만 지나고 돌아보니 쏜살같은 한 주였습니다. 부디 이곳에서 내딛은 걸음들이 내게 깊은 자국으로 남을 수 있기를 바랍니다. 매일 졸린 몸을 붙잡고 일기를 쓴 것은 그 때문이었습니다. 누군가의 정성과, 누군가의 노력과, 누군가의 마음 덕에 이곳에 왔습니다. 고맙고 고마운 마음뿐입니다. 이렇게 또 한 번 사람에게 큰 빚을 졌습니다. 나의 삶을 통해 다른 누군가에게 갚아나갈 수 있기를 소망해 봅니다.

덴마크의 보세이에서, 윤 드림.

두 번째 편지

평안이 당신 곁에 있기를.

저는 지금 덴마크에서 보냈던 시간을 뒤로하고 한국행 비행기를 탔습니다. 떠나온 곳에 남은 것은 무엇인가 곱씹으며 편지를 씁니다.

한달살기를 마무리하며, 자유스콜레의 한달살기 프로그램을 설명한다면 어떤 문장을 지을 것이냐는 질문을 받았습니다. 이곳의 다채로움과 아름다움을 한 문장에 녹이기란 불가능하겠지만, 제게 가장 소중하고 눈부셨던 조각을 꺼내 여러분께 전해 봅니다. 당신이 누구든, 이곳이 당신의 쉼과 멈춤을 오롯이 용인하리라 자신합니다. 이 글 속에서 당신이 모든 당신을 기꺼이 환대하는 공간을 마주할 수 있기를 소망합니다.

보세이에 올 때, 대안 공동체와 대안 교육을 기대했습니다. 제가 생각한 대안이란, 한국의 정상성 강요에서 벗어날 수 있는 삶이었어요. 한국의 대안 교육은 대체로 교육을 제공하는 학교가 세워 놓은 이상향이 있곤 합니다. 대안학교들은 무릇 한국의 여러 문제와 갈등 속에서 이대로는 안 되겠단 굳은 마음 위에 세워집니다. 그렇기에 그들은 각자의 큰 방향성과 지향점이 있고, 학생들은 그에 대해 듣고 보고 공부해 가며 생각을 넓히죠. 그런데 보세이는 그런 한국의 대안 교육과는 느낌이 사뭇 달랐습니다. 뭐라고 표현해야 할까요. 대안을 위한 대안이 아니라, 우리가 대안이라 여겼던 것들이 그들의 삶 속에 이미 녹아 있다고 말하면 옳은 표현일까요? 각자의 몸 상태에 맞는 움직임을 소개해 주는 체육 수업들, 느리다면 느린 대로 제 속도를 찾을 수 있게끔 하는 분위기, 열심히가 아니라 안전히, 잘이 아니라 즐겁게 해야 한다는 것이 당연한 공동체를 보았습니다.

종종 게임, 악기, 운동 따위를 좋아하냐는 질문을 받았습니다. 늘상 저는 "좋아하지만 잘하지는 않아."라며 사족을 붙였지요. 그 말을 듣는 모든 아이들이 "너는 잘할 필요가 없는걸, 좋아하는 마음이 가장 중요한 거지."라고 답하던 모습이 떠오릅니다. 특별히 사려 깊어서, 다정해서, 친절한 아이라서 제게 그리 말해 주는 것이 아니었습니다. 이게 이곳에서 당연한 사실이어서 바로 튀어나오는 답이었지요. 그게 저를 참 망연하게 만들었습니다. 한국의 아이들은 왜 이 쉬운 말을 쉽게 뱉지 못했던 걸까요? 칠 줄 모르는 피아노 앞에 앉아 건반을 누르는 아이들이 있었습니다. 한 시간이 넘도록 곡의 첫 마디를 벗어나지 못하는 연주가 이어져도 그 누구도 뭐라 하지 않았고, 그 누구도 눈치 보지 않았어요. 그게 이곳에서는 당연한 것이었습니다. 피아노를 치는 데 필요한 것은 피아노를 치고 싶다는 마음 하나뿐이었으니까요. 우리도 이미 잘 알고 있는 것이 왜 이곳에서는 현실이고, 우리에게는 대안이었던 걸까요.

저 또한 그들에게 질문을 던지기도 했습니다. "너는 이곳에 왜 왔어? 무엇이 너를 이곳으로 데려왔니?" 하고요. 일본어를 배우려고, 한국의 아이돌을 좋아해서, 경찰이 되고 싶어서와 같이 명확한 목적이 있는 아이들도 있었어요. 그러나 그 수많은 꿈 사이에서 제게 가장 인상 깊었던 것은 "대학 진학 전 잠깐 쉼이 필요했다."는 말이었습니다. 내가 하고 싶은 것은 그저 쉼이라 말하는 아이. 그 친구의 말에 누구도 의문을 표하지 않았습니다. "너는 그냥 쉬려고 왔구나, 좋다."

하고 말았지요.

대학에 들어가기도 전, 반년을 외부에서 고립된 학교에서 보낸다는 건 한국에서는 많은 이유를 필요로 하는 선택이잖아요. 규정된 정상성과 삶의 궤도에서 벗어난다면 내 선택의 맥락을 타인들에게 설득시켜야 하는 것이 당연한 일이잖아요. 내가 왜 이곳에 왔는지, 무엇을 찾고 싶었고, 이곳의 어떤 가치가 소중했고, 그 가치를 통해서 어떤 변화를 얻어가고 싶은지를 줄줄 읊어, 끝내 이 선택이 옳았음을 증명해야 하는 거잖아요.

그런데 이곳에서는 그렇지 않았습니다. 삶의 지도에 쉼표를 찍는다는 게 이다지도 당연하고 스스럼없는 일이라는 게 큰 충격이었어요. 장학생에 지원하는 에세이에서, 이곳을 "쉼과 멈춤을 타박 없이 품어내는" 곳이라 상상한다는 글을 적었습니다. 그런데 그 글을 쓸 때조차 저는 무언가를 타박 없이 품어낸다는 것이 진정 무엇인지 몰랐던 것입니다. 그건 합당한 이유와 근거와 맥락 위에서만 멈춤이 용인되는 것이 아니라, 그의 삶이 어느 때에건 그 자체로 가치 있음을 모두가 안다는 뜻이었습니다. 선택의 가치는 증명되어야 하는 것이 아니었어요. 그걸 겪은 뒤에야 알았습니다.

많은 기대를 품고 이곳에 왔습니다. 한국 대안 교육의 원형을 마주하는 것, 외국인들과 소통하는 일에 익숙해지는 것, 하고 싶은 것을 찾는 것, 내가 어떤 사람인지 알아가는 것. 여즉 앞으로 무엇을 해야 할지 선명히 알지는 못합니다. 그럼에도 마음이 충만히 채워졌다고 여길 수 있는 것은 제가 이곳에서 얻은 것이 최초의 기대를 가뿐히 넘어섰기 때문입니다. 소중한 이름들이 생겼고, 평생 잊고 싶지 않은 기억이 생겼고, 한국에서 느꼈던 답답함들이 내 탓이 아니었다는 확신과 더 나은 사회를 구성할 수 있다는 희망이 생겼습니다. 일반적이지 않은 내 삶의 맥락들을 설명하는 것에 지쳐가던 제게, 비주류라 여겨온 것들이 당연한 사회의 선택지로 존재하는 세계란 큰 위로였습니다.

아는 것 속에는 다정이 있고, 모르는 것 속에는 설렘이 있다지요. 다정이 늘어나는 시간 속에서도 여즉 설렘을 품을 수 있는 한 달을 보냈다는 것이 참 소중했습니다. 이곳에서 내딛었던 걸음들을 오래 잊지 못할 것 같습니다. 처음이란 이름표가 온갖 곳에 붙던 순간, 다르고 몰라서 더 사랑할 수 있던 사람과 장소가 있었습니다. 앎과 이해가 사랑과 관계의 전부가 아님을 이곳에서 배웠습니다. 언어도 문화도, 모든 것이 다르고 서로를 온전히 알 수 없는 불가해의 순간 속에서도 애정을 품을 수 있던 시간을 기억합니다.

밤마다 일기를 적었습니다. 그만큼 기억하고 싶은 날들이었습니다. 그 속에 적힌 모든 이름과 그 하루들을 만들어 준 모든 사람에게 고맙고 고마운 마음입니다. 길게만 느껴졌던 한 달도 지나고 나니 순식간입니다. 시간이란 늘 손 틈새로 쏟아지는 법이고, 이미 쏟아진 화살은 도로 잡을 수가 없습니다. 속절없이 흐르는 시간 속에서 제가 부여잡은 것들은 무엇이었을까요? 그것이 시간인지, 순간인지, 사람인지. 혹 그 모든 것을 더하여 우리는 사랑이라 부르는지요. 알 수 없는 일입니다. 그럼에도 이 편지가 닿은 당신 옆에 내가 쥐었던 것 또한 가닿기를 바랍니다. 지나온 걸음들을 사랑하고 말았기 때문입니다. 깊고 깊은 자국이 남았습니다. 이 흔적을 오래 보듬고 살피겠습니다. 그리하여 누군가에게 이 마음들을 갚을 수 있기를 바라봅니다.

보세이를 뒤로 하며, 윤 드림.

풀무학교 사람들

1판 1쇄 펴낸날 2026년 4월 20일

엮은이 강규병, 김기선, 조혜정
펴낸곳 도서출판 그물코
펴낸이 장은성
만든이 김수진
인 쇄 호성인쇄

출판등록일 2001.5.29(제10-2156호)
주소 (350-811) 충남 홍성군 홍동면 광금남로 658-7
전화 041-631-3914
전자우편 network7@naver.com 누리집 cafe.naver.com/gmulko

ISBN 979-11-88375-41-7 03800 값 18,000원